Kna

Über die Autorin:

Renate Dorrestein ist eine der bekanntesten Autorinnen der Niederlande. Ihre zahlreichen Romane nehmen regelmäßig Spitzenplätze der Bestsellerlisten ein. Sie wurde 1954 in Amsterdam geboren, arbeitete viele Jahre als Journalistin und war Herausgeberin der Monatsschrift »Opzij«. 1995 wurde sie mit dem Annie-Romein-Preis ausgezeichnet. 1997 erhielt sie den ehrenvollen Auftrag, die Jahresgabe für die Nationale Boekenweek zu schreiben wie vor ihr Leon de Winter, Hella S. Haasse, Cees Noteboom und Tessa de Loo.

RENATE DORRESTEIN

EIN HERZ VON STEIN

Roman

Aus dem Niederländischen von
Jörg Schilling und Rainer Täubrich

Knaur

Die niederländische Originalausgabe erschien unter dem Titel »Een hart van steen« bei Uitgeverij Contact, Amsterdam/Antwerpen.

Besuchen Sie uns im Internet:
www.knaur.de

Vollständige Taschenbuchausgabe 2003
Droemersche Verlagsanstalt Th. Knaur Nachf., München

Umschlaggestaltung: ZERO Werbeagentur, München
Umschlagabbildung: Photonica, Hamburg
Druck und Bindung: Clausen & Bosse, Leck
Printed in Germany
ISBN 3-426-62265-3

2 4 5 3 1

Für Hilde

»Ruf mich, ruf mich, sprich mich an,
o ruf mich mit meinem wahren Namen an!«

Neeltje Maria Min:
Meine Mutter hat meinen Namen vergessen

Teil eins

Frits' Studienzeit

Herbst 1956 oder 1957

Wir waren schon zu viert, als Ida geboren wurde, in einer ungewöhnlich kalten Sommernacht. Weil fast Vollmond herrschte, war es um zwei Uhr noch so hell, daß wir die Sommersprossen auf unseren Nasen zählen konnten.

Wir waren fest entschlossen, wach zu bleiben, bis wir den ersten Schrei des neuen Babys gehört hätten. Wir hatten Chips und Cola in unser Schlafzimmer auf dem

Dachboden mitgenommen und unsere wärmsten Flanellpyjamas angezogen.
Ich hatte es mir mit einem Stapel Kissen auf Kesters Bett gemütlich gemacht. Um die Zeit totzuschlagen, lasen er und ich zusammen ein Batman-Heft. Er stupste mich sanft in die Seite, wenn ich umblättern sollte. Unsere Schwester Billie saß auf ihrem Stammplatz vor dem Spiegel, der neben dem Kleiderschrank hing, und schnitt ganz konzentriert mit einer Nagelschere die gespaltenen Spitzen aus ihren langen schwarzen Haaren. Und Carlos stand vor Aufregung aufrecht in seinem Laufstall und sang schlaftrunken vor sich hin, sein Bäuchlein wölbte sich über seiner heruntergerutschten Nachtwindel. Wir nannten ihn Carlos, weil er als Baby haargenau wie Prinz Charles, diese Bohnenstange aus England, ausgesehen hatte.
Es war gegen Ende der Sommerferien; ich weiß es noch genau. Jeden Abend saßen dicke, hartnäckige Zecken zwischen den Zehen, die man, wie Billie sagte, gegen den Uhrzeigersinn herausdrehen mußte, weil man sonst eine Infektionskrankheit bekam. Wir hatten an diesem Tage Heidelbeeren gepflückt, unsere Zähne waren noch ganz blau von ihnen. Nur Kester hatte seine geputzt. Mein Bruder hatte sich in der letzten Zeit in ein heftiges Gefecht mit dem Schmutz der Welt eingelassen. Er wusch jeden Tag seine Achseln und sein Gesicht, aber er stank weiter und sah noch immer wie eine speckige alte Zeitung aus. Um ihm zu zeigen, daß es mir nichts ausmachte, kuschelte ich mich beim Lesen von Zeit zu Zeit an ihn.
Er saß mit untereinandergeschlagenen Beinen auf seiner

roten Tagesdecke und hielt die Füße verborgen. Er hatte seit kurzem dicke schwarze Haare auf den Zehen, für die er sich zu Tode schämte. Er wartete das Ende von Batman nicht ab, sondern nahm sich Billies Feile vom Fußboden und begann damit unter seinen Nägeln herumzustochern.
Unsere Betten standen an den vier Wänden: Jeder von uns hatte sein eigenes Reich. Manchmal, wenn wir uns stritten, zogen wir Kreidestriche über den Holzboden, um unser Gebiet abzugrenzen, oder wir legten eklige, weiche Beutestücke aus dem Teich unter die Bettdecken der anderen.
»Ob es wohl noch lange dauert?« sagte Billie und setzte sich neben mich.
Kester bog die Feile mit dem Daumen zurück und ließ sie dann mit einem zischenden Geräusch in ihre Richtung schnellen. »Müssen wir kein Wasser kochen?«
»Wir sind hier nicht bei High Chaparall«, sagte meine Schwester. Sie kratzte sich gelangweilt an der Wade.
Wir saßen eine Weile schweigend zusammen, zu müde, um uns eine neue Ablenkung auszudenken. Schließlich sagte Kes: »Du mußt mich nicht lieben, Scarlett, aber küß mich.«
Billie rief: *»Oh, Rhett! Darling! Don't get killed!«* Sie ließ sich zurückfallen, rang die Hände und stöhnte. Dann sprang sie auf und sagte: »Und jetzt denke ich mir etwas für dich aus.«
»Casablanca«, sagte ich zu Carlos, der an den Stangen seines Laufstalls rüttelte.
Billie und Kes lachten, ich wußte nicht warum. Billies langes Haar wehte wie eine Fahne über ihren Schultern,

und ich roch Kesters Socken. Aus welchem Grund auch immer bekam mein Herz plötzlich einen kleinen Stoß wie das Pendel einer alten Standuhr, die lange Zeit stillgestanden hatte. Was war das für ein miserabler Sommer gewesen. Es hatte mit Carlos' Unfall angefangen, oder nein, schon vorher, natürlich. Am ersten Ostertag, als mein Vater nach dem Eiersuchen auf einmal verkündet hatte, daß wir Familienzuwachs bekommen würden. Er setzte seine Brille ab und wieder auf, eine von seinen Marotten, wenn er nicht die richtigen Worte fand, und sah in einer Art schüchternem Triumph von einem zum anderen. Ich hatte das Gefühl, daß wir ihm eigentlich die Hand geben müßten, um ihm zu gratulieren.

Wir saßen alle zusammen in der Küche, bereit, mit dem Osterfrühstück zu beginnen. Meine Mutter sagte: »Ihr dürft euch einen Namen ausdenken.«

»Ramona!« rief ich wie aus der Pistole geschossen. Das sangen die Blue Diamonds: »Ramona! Ramona! Uuhuu!«

»Und wenn es nun ein Junge ist?« fragte Kester.

Erschreckt begann ich an der Spitze einer Haarlocke zu kauen: Wollte er denn kein Schwesterchen mehr?

Billie sagte entrüstet: »Wir haben keinen Platz mehr unterm Dach. Wenn noch ein Kind dazukommt, will ich ein eigenes Zimmer.«

»Ach, Schatz«, sagte meine Mutter unbestimmt.

»Ich bin fünfzehn!« rief Billie, als ob das irgend etwas erklärte.

Wir sahen sie alle erstaunt an.

»Ich brauche etwas *privacy!*«

»Was brauchst du?« fragte Kester.

Später fragte ich meine Mutter, was hinter Billies Forderung steckte. »Ich weiß es nicht genau, Ellen«, sagte sie. »Daß ihr groß werdet wahrscheinlich.«
In mein Tagebuch schrieb ich verärgert, daß ich solche »abstrakten Antworten« nicht leiden könne. Ich stand auf solche Begriffe, und deshalb mochte ich es auch nicht, wenn Billie, die nur auf der Hauptschule war, ein Wort verwendete, bevor ich es in die Familie eingeführt hatte. Ich würde nach den großen Ferien aufs Gymnasium gehen. Ich würde Livius übersetzen und Homer. »Gab es in der Antike«, notierte ich in meinem Tagebuch, »schon *privacy*, oder ist das eine moderne Idee?« Meistens bekam ich die beste Note für meine Aufsätze, weil – so vermutete ich zumindest – mein Lehrer die ganze Zeit ein Lexikon benutzen mußte, um mir folgen zu können. Eigentlich stand mir meine Intelligenz aber oft auch ganz schön im Wege. »Sind wir, was wir denken?« fragte ich in meinem Tagebuch, und ich hoffte es nicht, ehrlich gesagt.

Wir waren alle stolz auf unser Haus, mit seinem Geruch nach vergilbtem Papier und den bis unter die Decke gestapelten Archivkästen. Eine schöne altmodische Villa war es damals noch, vor dieser elenden Renovierung, mit einer kleinen Eingangstreppe und einem gekachelten Flur und einer Küche im Souterrain. Man fühlte sich schon beim Anblick glücklich und geborgen, wenn man angeradelt kam durch die totenstille, von Eichenbäumen gesäumte Allee, die in einer sanften Kurve bei einer ländlichen Reitschule endete. Im Winter konnten wir mitten auf der Straße Schlittschuh laufen, so wenig Ver-

kehr gab es. Unvorstellbar eigentlich, daß das erst fünfundzwanzig Jahre her ist.
Der größte Teil unseres Hauses wurde von den Zeitungsausschnitten in Beschlag genommen, und deshalb konnte keine Rede davon sein, eines der Zimmer für Billie zu räumen: Wo sollten wir denn in Gottes Namen all die Mappen lassen? Der einzige Platz, den das Zeitungsarchiv meiner Eltern noch nicht geschluckt hatte, war der Keller unter der Küche, weil er zu feucht war.
Wenn es heftig geregnet hatte, drang das Grundwasser durch den Kellerboden und bildete trübe Pfützen, in denen ölige Flecken blau und gelb schillerten. Billie ließ sich davon aber nicht ins Bockshorn jagen. Schon am zweiten Ostertag begann sie, sich einzurichten. Aus Holzstücken, die sie in den Müllcontainern in der Nachbarschaft fand, aus alten Türen und morschen Schrankbrettern legte sie ein System von Planken und Laufstegen über dem zerborstenen Fußboden an. Darunter sah man das Wasser glänzen. Die mit Schimmel überzogenen Wände versteckte sie hinter Jutebehängen. Sie verbrannte Weihrauch gegen die muffige Luft, und in allen Ecken qualmten Kerzen.
Wir durften ein einziges Mal ihr neues Territorium besichtigen, danach konnten wir wieder verschwinden. Kester sagte, daß sie in dieser Tropfsteinhöhle Gicht kriegen und furchtbar krumm werden würde. Neiderfüllt baute er sich im Walnußbaum im Garten hinter dem Haus eine Bude und brachte auf der wackligen kleinen Tür ein Schild an: ZUTRITT FÜR UNBEFUGTE VERBOTEN. Jedesmal, wenn ich die schiefen Buchstaben las, hörte ich in Gedanken seine neue, brüchige Stimme,

die ihm genausoviel Sorgen machte wie die Haare auf seinen Zehen.
Die ganzen Osterferien saßen Billie und Kes verbissen in ihren Stellungen, und ich konnte niemandem mein Zeugnis zeigen mit den sechs Zweien und den zwei Einsen und dem Stempel mit dem Waschbären, der eine Mütze aufhatte. Ich verstand die beiden überhaupt nicht mehr. Ich sah Billie vor mir, unten an der glitschigen Kellertreppe: ihr Gesicht ebenso verstockt wie gleichgültig, ihre Haut blaß durch den Mangel an Tageslicht, ihr Haar voller Strähnen wegen der Feuchtigkeit. Was stellte sie dort nur an? Wollte sie eine Lehre als Seejungfrau machen? Und Kes in seinem Baum als Orang-Utan?
Ich dachte an das kleine Wesen im Bauch meiner Mutter, das hierfür verantwortlich war, und einer Anwandlung folgend sagte ich zu meinem Vater, daß es Ida heißen solle, denn einen häßlicheren Namen konnte ich mir nicht ausdenken. Ida reimte sich auf Malaria, und wenn man ein paar Buchstaben hinzufügte und umstellte, kam Diarrhöe heraus. Wie würde man sie später in der Schule ärgern. Das war ihr verdienter Lohn.
Jeden Abend machte ich vor dem Schlafengehen zwei Teller mit Butterbroten fertig; den einen stellte ich vor die Kellertür, den anderen brachte ich nach draußen. Noch heute kann ich mich an das betaute Gras unter meinen nackten Füßen erinnern und an die geheimnisvolle Stille im Garten unter dem Sternenhimmel. Manchmal rief unvermittelt eine Eule, ein Laut, der mich aus irgendeinem Grund fast in Tränen ausbrechen ließ. Das nächtliche Universum erschien mir viel zu unermeßlich für Kes, der in Mathematik Probleme hatte. Er

war nämlich rechenschwach. Aber das schlimmste war, mir fiel nichts ein, das ihn hätte spüren lassen, wie wichtig es für mich war, daß es ihn gab, hier in seiner Hütte. Schließlich schraubte ich meine Fahrradklingel auf, löste alle Rädchen und legte den ganzen kleinen Rosthaufen ins Gras, so daß er ihn sehen konnte. Kes wußte sicher nicht, was er den ganzen Tag machen sollte, wenn er nichts mit den Händen tun konnte. Zwei Muttern und einen Bolzen, und schon legte er los. Beim Addieren war er zwar nicht so genial, aber wenn man ihn mit geschickten Fingern agieren sah, wußte man gleich, daß man einen Bruder mit außergewöhnlichen Talenten hatte. Er spielte auch singende Säge. Das machte ihm so leicht keiner nach.

Für Billie legte ich immer eine Lucky Strike von meinem Vater zu den Butterbroten.

Danach nahm ich schnell ein paar Schlucke aus der Geneverflasche, die im Flurschrank stand. Dann duselte ich wenigstens sofort ein, sobald ich im Bett lag, und brauchte nicht die ganze Zeit mitanzusehen, daß nur Carlos bei mir auf dem Dachboden schlief. Er war fast drei und unermüdlich im Fragenstellen: »Warum stehen die Kühe auf der Weide? Warum ist das Gras grün?« Bei jedem Warum quollen ihm beinahe die Augen aus dem Kopf, weil die Welt so groß und unbegreiflich war.

Für mich war die Zeit damals noch das, was die Welt für Carlos war: eine unübersichtliche, feindliche Masse. Ich wußte noch nicht, daß fast alles irgendwann wieder vorbeigeht, meistens verrückterweise auch noch ganz von selbst. Auch jetzt war das so. Eines Morgens erschien Billie einfach wieder zum Frühstück, in einem hautengen gerippten Rollkragenpullover ohne Ärmel. Sie gab überhaupt keine Erklärung über ihren unterirdischen Aufenthalt ab. Ebensowenig Kes über seinen in der Baumhütte, als er am selben Tag auf einmal wieder beim Abendessen dabeiwar, übermüdet und stinkend. Ich war davon überzeugt, daß sie ins Haus zurückgekommen waren, weil ich in dieser Woche zwölf werden würde, ein Fest, das sie natürlich um keinen Preis der Welt versäumen wollten.

Am Morgen meines Geburtstags wurde ich vor Aufregung schon früh wach. Carlos winselte in seinem Bettchen sein erstes Warum. Die Gardine schloß nicht ganz dicht, und ein Streifen staubigen Lichts fiel auf seine blonden Locken, wodurch er mehr denn je einem Cherubim glich, wenn auch einem unglücklichen.

»Warum was?« flüsterte ich zurück.

»Warum habe ich nicht Geburtstag?«

»Weil ich ihn habe.« Ich hatte mir einen Hund gewünscht. Billie würde mir jetzt beibringen, wie man raucht, das hatte sie mir ein Jahr lang versprochen. Ich würde mich von jetzt ab viel mit meiner Frisur beschäftigen, die in einer total komplizierten Weise so lässig wie möglich sitzen mußte, sonst hatte man verspielt. Ich würde Pickel auf dem Kinn bekommen und eine Stinklaune. Und jeder würde sagen: »Was wird Ellen groß!« Von heute an würde ich auch bestimmt nicht mehr dieses ekelhafte Gefühl im Magen haben bei dem Gedanken, daß Billie die Älteste war, Kes der älteste Sohn und Carlos der Jüngste: Nur ich hatte keine besondere Position in unserer Familie, und niemand würde mich vermissen, wenn ich plötzlich nicht mehr da wäre. »Aber das

dritte Kind ist das beste Kind«, sagte mein Vater immer zum Trost, »das dritte Kind ist der Zement.«
Jedesmal, wenn ich mich beschissen fühlte, schrieb ich das mit dem Zement in mein Tagebuch, aber lieber war es mir, wenn mich mein Vater auf den Schoß nahm, ich meine Wange gegen den rauhen Tweed seiner Jacke schmiegen und dem Klopfen seines Herzens lauschen konnte, dem zufriedenen Herzschlag, der sagte: Ich bin dein Vater, und ich finde dich gut so, wie du bist.
Er war selbst auch mal zwölf geworden. Er würde also sicher wissen, wie wichtig dieser Tag für mich war. Papa sprach zwar nicht viel, aber er konnte, wie so manche sanftmütige Menschen, manchmal erstaunlich wütend werden und einem auf einmal eins hinter die Ohren geben.
Ich hielt es nicht mehr länger aus im Bett. In der Gesäßtasche meiner Jeans steckte eine lange Liste mit Hundenamen, an der ich seit Weihnachten gearbeitet hatte. Unter manchen Namen war ein roter Strich. Wenn ich meinen Hund sah, würde ich sofort wissen, wie er heißen sollte.
Als ich Carlos angezogen und mit nach unten genommen hatte, stellte sich heraus, daß die Tür zur Waschküche neben der Küche geschlossen war. Ich spitzte meine Ohren, um zu hören, ob dahinter tolpatschige Welpenpfoten über die Fliesen tapsten. Um mich abzulenken, deckte ich schnell den Tisch. Ich holte das blaue Geschirr aus dem Küchenschrank. Mama nannte das unser Festservice. Wenn niemand Geburtstag hatte, nahmen wir das weiße.
Als ich gerade fertig war, kam Kes in die Küche, mit

einem Pickel auf der Wange so groß wie der Mond. Er sah mich nicht an, pfiff aber leise »*Happy birthday*«, während er sich im Stehen ein Butterbrot schmierte.
Obwohl ich vor Spannung fast erstickte, füllte ich den Kessel und stellte das Teewasser auf.
»Vielleicht können wir ja heute nachmittag ins Kino gehen«, sagte mein Bruder nach ein paar Minuten mit vollem Mund.
Vor Freude stieß ich einen Schrei aus.
»Ich auch!« gellte Carlos.
Ich nahm schnell einen Zwieback und strich Butter darauf. »Nein, du dumme Sau, es ist mein Geburtstag.«
»Na, hör mal!« sagte Billie, die in der Tür stand. Sie hatte ein langes weißes Kleid aus indischer Baumwolle an, mit einer Stickerei um den Hals, in die kleine Spiegel eingefaßt waren. Sie war manchmal so schön, daß man sich beinahe nicht vorstellen konnte, so jemanden zur Schwester zu haben. Ich wußte, daß sie schon mit dreizehn im Sommer im Schwimmbad Zungenküsse getauscht und jetzt gleich zwei Freunde hatte: einen mit einem Moped und einen mit einem eigenen Zimmer. Einer durfte von der Existenz des anderen nichts wissen, was mir bis jetzt Billies ganze Sammlung von Kosmetikproben eingebracht hatte.
Sie musterte mich ernsthaft: »Du hast doch nicht heimlich in die Waschküche geguckt, Ellen?«
Ich schüttelte den Kopf. Mein Herz klopfte bis zum Hals, meine Sehnsucht saß wie ein Speer in meiner Brust.
»Augen zu!« sagte meine große Schwester.
Mit der Hand auf der Klinke der Waschküchentür

preßte ich meine Augen so fest zusammen, daß ich weiße Funken sah.
»Hallo, Leute!« sagte da plötzlich mein Vater.
Ich öffnete die Augen, und auf einmal standen meine Eltern vor mir, noch ungekämmt und Schlaf in den Augen.
»Ich habe Geburtstag«, sagte ich atemlos.
Meine Mutter lachte und kam auf mich zu. Sie trug einen offenen Morgenmantel über ihrem rosa Nachthemd. Darunter wölbte sich schon ihr Bauch. Als sie sich über mich beugte, um mir einen Kuß auf den Scheitel zu geben, roch ich ihren besonderen Duft, einen nicht zu bestimmenden Geruch, der mich immer ein wenig beunruhigte. Erst vier Jahre später, als Jasper Staalman mich im Fahrradkeller vom »Regenbogen« entjungferte, konnte ich ihn einordnen: Es war der laue Duft von Sex, der meine Mutter jeden Morgen umgab.
»Lieber Himmel«, sagte sie, während sie sich plötzlich aufrichtete und beide Hände um den Bauch spannte, »ich fühle das Baby! Zum erstenmal. Gib mir mal deine Hand, Ellen, fühl mal! Ist das nicht ein schönes Geburtstagsgeschenk?«
»Ich auch!« rief Carlos. Mit ausgestreckten Ärmchen sprang er auf.
»Paß auf!« schrie ich.
Aber in seiner ungestümen Hast stieß Carlos schon gegen den Herd, auf dem der Dampfkessel pfiff. Der Kessel polterte herunter. Kochendes Wasser ergoß sich über meinen kleinen Bruder und lief ihm dampfend über Hals und Brust. Schmerzerfüllt und ungläubig riß er den Mund auf, er schnappte nach Luft und brüllte los. Billie stieß meine Mutter beiseite und warf sich auf ihn.

»Sibylle!« rief mein Vater. »Sofort unter die kalte Dusche mit ihm!«
Wir liefen alle hinterher, Kes und ich als erste. Carlos' Brüllen erfüllte das ganze Treppenhaus. Oben stand die Badezimmertür weit offen, und Billie hockte neben ihm unter der Dusche. Sie hielt seinen zappelnden Körper fest unter dem eiskalten Wasserstrahl, die Stickerei ihres Kleides begann schon durchzuweichen, und unter der nassen Baumwolle zeichneten sich die Träger ihres BHs ab.
»Charlie«, rief ich, »du darfst heute nachmittag mit in den Film, wirklich!«
Billie schaute auf. Die nassen Haare klebten ihr im Gesicht. Fast unhörbar sagte sie etwas Unglaubliches. Sie sagte: »Tut mir leid, Ellen. Tut mir echt leid.«
Ich tastete nach Kesters Hand. Ich hatte mich in die Zunge gebissen: Ich schmeckte den kupferartigen Geschmack von Blut.
»Ruf den Notdienst an, Kes!« sagte Billie ruhig.
»Sein Hals löst sich ab«, stammelte mein Bruder.
»Ssst. Es ist nur seine Haut.«
Auf dem Treppenabsatz stießen wir mit unseren Eltern zusammen. Meine Mutter fragte etwas, sehr beunruhigt, und hielt noch immer ihren Bauch fest. Unter der gedehnten Haut steckte Ida. Sie steckte dort und wartete, bis sie noch mehr Unheil anrichten konnte.
Ohne meiner Mutter zu antworten, polterten Kes und ich die Treppe hinunter. Noch Tage später schmerzten die Muskeln in meinen Fingern, so fest hatte ich sein Handgelenk umklammert. Wir mußten ungefähr eine Tonne Zeitungsausschnitte von dem Tischchen in der

Diele werfen, bis wir das Telefonbuch fanden, aber es kam auf alle Fälle ein Ambulanzwagen voll geschäftigen Personals. Sie steckten Nadeln in meinen kleinen Bruder und hängten Beutel mit einer glibberigen Flüssigkeit an spitze Haken. Sie nahmen ihn mit ins Krankenhaus, und von diesem Moment an war es, als ob Carlos niemals existiert hätte.

Die Vorstellung, daß er sterben könnte, war so unerträglich, daß ich vom ersten Augenblick an keine Erinnerung an sein Leben mehr ertragen konnte. Deshalb löschte ich ihn aus, ich strich ihn aus meinem Gedächtnis, mit seinem fragenden Stimmchen und seinem schmierigen Plüschbären, an dem er im Bett immer laut herumnuckelte. Der Notdienst hatte unsere Straße noch nicht verlassen, und ich hatte meinen Bruder schon vergessen. Mit mir war alles in Ordnung. Ich war die einzige, die nicht mit rotumränderten Augen herumlief. Nur konnte ich mir beim besten Willen keinen Namen für meinen Hund ausdenken: Anstelle des niedlichen Welpen, den ich mir vorgestellt und für den ich meine Liste mit den sechsundvierzig Namen aufgeschrieben hatte, war es ein plumpes schwarzes Monster aus dem Tierheim. Er war gebraucht. Ich war mir sicher, daß er meine Enttäuschung bemerkt haben mußte, und ich hatte die schwere Aufgabe, ihn zu beruhigen. »Du bist gut so, wie du bist«, beschwor ich ihn. Er wedelte bedrückt mit dem Schwanz.

Weil ich nachts nicht einschlafen konnte, selbst zwölf Schluck Genever halfen nicht, ging ich mit Hund oft in den Garten. Dort lagen wir mit dem Gesicht auf der Erde in einer flachen Mulde unter Kesters Baumhütte.

Totenstill lagen wir nebeneinander und lauschten dem Wachsen der Lupinen, der schweren Arbeit der Regenwürmer und der Schnecken. Wir hörten Maulwürfe wühlen und das verhaßte Siebenblatt in den Rittersporn- und Eisenhutrabatten meiner Mutter neue tückische Wurzeln schlagen. Unter uns war eine Art kolossale Peristaltik im Gange, ein Mechanismus, der nur das Ziel hatte, weiter zu existieren. Daß das Leben weiterging, stand fest, aber viel Sinn oder Gerechtigkeit durfte man nicht von ihm erwarten.

Neben mir seufzte Hund. Sein Atem roch nach alten Regenjacken, und niedergeschlagen nahm ich mir vor, ihn glücklich zu machen. Ich legte meine Wange an seine weiche Schnauze. Er war auch ganz allein auf der Welt.

Der Schlafmangel machte mich ganz leicht im Kopf, aber vor allem verlieh er allen meinen Vorhaben etwas Fieberhaftes. Ich nahm mir jede Nacht etwas Neues, etwas Großartiges und Gewaltiges vor wie die Sache mit Hund, aber es gelang mir niemals, diese Vorhaben bei Tageslicht zu realisieren. Jeden Tag enttäuschte ich mich selbst aufs neue. Es gelang mir nicht einmal, meinen Stabheuschrecken rechtzeitig frische Efeublätter zu geben. Sie lagen jedesmal wieder tot in ihrem Glasbehälter, und dann legte ich schnell warme Holzschnipsel auf ihre Eier.

Als Carlos endlich wieder nach Hause zurückkommen sollte, hatte ich keine Fingernägel mehr und meine Lippen waren völlig zerbissen. Es war Juni, die Hortensien schlugen aus, es waren Windbeutel bestellt, aber ich

konnte mich nicht freuen. Die Tatsache, daß mein kleiner Bruder noch lebte, bedeutete einzig und allein, daß ich ihn erneut würde verlieren können, sogar tausende Male, in tausend teuflischen Varianten. Dann war es eigentlich besser, wenn man keinen kleinen Bruder hatte.
Kes sagte, daß ich geradewegs dabei sei, Buddhist zu werden, als ich ihn in meine Gedanken einweihte. Billie sagte, daß ich eher ein widerliches Ekel sei, und sie verdrehte mir den Arm auf dem Rücken, um mich zur Einsicht zu bringen. Danach durfte ich ihren neuen Nagellack ausprobieren: Miss Helen, knallrot, in einem bauchigen Fläschchen, im Warenhaus geklaut.
Carlos sollte im Laufe des Vormittags ankommen. Vater und Mutter waren in einem Taxi weggefahren, um ihn abzuholen. Billie hatte Limonade gemacht und sie mit sechs Gläsern auf den grünen Holztisch auf der Gartenterrasse bereitgestellt, grüne Limonade aus Renekloden. Hauttransplantationen, sagte sie, während sie mir eine Socke hochzog und Kes einen Zipfel seines Oberhemds hinten in die Hose steckte, brauchten ihre Zeit. Wir durften es uns nicht anmerken lassen, wenn wir bei Carlos' Anblick erschräken.
Es war ein eigenartiges Wetter, drückend warm und doch windig. Zwischen den schmelzenden Eiswürfeln in der Limonade trieben schon ein paar tote Wespen, als Kes um halb zwölf fragte: »Vielleicht haben sie einen Unfall gehabt?«
Billie sagte, sie werde hysterisch, wenn er seinen Mund nicht hielte, und ich ging nach hinten in den Garten und setzte mich auf einen umgestülpten Eimer. O Mann, sagte ich die ganze Zeit zu mir selbst, o Mann. Meistens

half das. O Mann: so daß man dachte, man sei Trini Lopez oder John Wayne. Wir kannten ihre Gesichter aus dem Archiv, und niemals schienen sie irgendein Problem zu haben. Richard Burton fand ich toll, und Sean Connery auch, sogar mehr als nur einfach toll. Kes und ich machten oft Interviews mit einer Toilettenpapierrolle: *»Well, Sean, did you like being double o-seven?«*
»No actually, Ellen«, antwortete Kes dann unbewegt, *»to be quite honest with you, I hated every minute of it.«* Und dann krümmten wir uns vor Lachen, bis wir schief waren, so wie ich jetzt vor Schlafmangel ganz schief war.
Um zwei Uhr hielt ein Taxi vor unserem Haus.
Unsere Eltern waren mit Carlos in der Stadt Eis essen gegangen und hatten zwei Packungen Legosteine für ihn gekauft. Als sie aus dem Auto stiegen, Papa mit Carlos in den Armen, gefolgt von Mama mit ihrem dicken Bauch, blinzelten sie gegen das Licht, als kämen sie aus einer anderen, intimeren Wirklichkeit und müßten sich nun wieder daran gewöhnen, daß wir auch noch da waren, was sie, gelinde gesagt, zu erstaunen schien.
Vater trug Carlos zum größten Korbsessel auf der Terrasse und setzte ihn vorsichtig hinein. Unser kleiner Bruder war vom Kinn bis zur Taille in einen Verband eingewickelt, wodurch sich sein Hemd an allen Seiten ausbeulte.
»Hey, Quasimodo«, sagte Kester. Dann errötete er tief.
Vor Nervosität brach ich in Gelächter aus. Hund begann zu bellen, hoch und schrill, wie um mich zur Ordnung zu rufen.
»Herzlich willkommen zu Hause, Kleiner!« sagte Billie. Im Laufschritt kam sie auf ihn zu, in ihrer Schlaghose,

geschneidert aus einer alten Jeans, von der sie die Seitennähte der Beine aufgeschnitten hatte, um dreieckige Stoffstücke mit kleinen Vergißmeinnicht darauf einzufügen. Sie kniete sich neben ihn und faßte ihn an seinen nackten Knien, die blaß und wehrlos aussahen. Braungebrannt und voller schmutziger Schrammen hätten sie sein müssen. O Mann! Übergangslos begann ich, leise zu weinen. Ein kleiner dreijähriger Junge mit makellosen Beinen, das war doch zum Verrücktwerden!

»Billie«, fragte Carlos und kniff seine Augen wegen des Lichts zusammen, »warum scheint die Sonne?« Es klang lustlos, und er schaute dabei nicht so wie früher, so erregt vor machtlosem Verlangen, die Welt zu verstehen. Seine großen blauen Augen saßen noch an derselben Stelle genau wie sein Mund und seine Nase, und auch das Grübchen in seinem Kinn war noch da, unverletzt, aber er sah nicht mehr wie Carlos aus. Er ähnelte Clint Eastwood, so wie Clint Eastwood ausgesehen hätte, wenn er allein mit allen Kühen von Rawhide am Nordpol überwintern und junge Seehunde hätte totknüppeln müssen, um zu überleben. Tran und Fett, das war wichtig in der Kälte.

»Die Sonne scheint, um dir ihr fröhliches Gesicht zu zeigen«, sagte Billie in singendem Tonfall. »Damit kleine Jungens dann wenigstens ...«

»Das ist überhaupt nicht wahr, du Dussel!« schrie ich wütend. »Die Sonne scheint, weil die Erde sich dreht, weil alles sich dreht, alle Planeten und auch die Sterne und der Mond und die Milchstraße – und Gott.« Glasklar sah ich es vor mir: wie alles wirbelte und schwebte im Weltall – es ging dort wild zu, und dadurch purzelte

manchmal etwas durcheinander. Sie konnten zwar behaupten, daß dein kleiner Bruder noch lebte, aber mit deinen eigenen Augen konntest du sehen, daß der alte Carlos tot war.
»Ellen«, sagte meine Mutter, »verdirb nicht die Stimmung!«
Ich war sprachlos vor Wut. Es war dieses Scheusal von Ida, das Carlos in diesen Schlamassel gebracht hatte, nicht ich. »Im alten Griechenland konnten die Familien ihre unerwünschten Nachkommen auf dem Müllhaufen zurücklassen. In Sparta wurden Babys, die nicht den Erwartungen entsprachen, sogar vom Felsen geworfen oder im Taygetos ausgesetzt.« Das stand in dem zerfledderten Buch über die Geschichte des Altertums, das mein Vater und ich in der Aula meiner zukünftigen Schule beim Verkauf von Secondhand-Büchern glücklich erworben hatten. Wir schwitzten damals beide in der fremden Umgebung wie die Pferde. Ich hatte seine Hand so fest wie möglich gehalten.
»Möchtest du so einen leckeren Windbeutel, Michiel?« fragte meine Mutter.
»Carlos«, sagte ich hart. »Er heißt Carlos.«
»Ellen!« warnte mich mein Vater.
Ich war jetzt so rasend vor Zorn, daß mir der Kopf davon brummte. Diese Trottel hätten mein Brüderchen niemals Michiel Adriaan nennen dürfen. Wenn der Name nicht stimmte, hatte man dem Schicksal gegenüber keine Chance. Es wußte dann nicht, wo man steckte, wenn man Schutz brauchte, man stand gleichsam auf der verkehrten Liste, und daraus konnten sich die schrecklichsten Katastrophen entwickeln.

In diesem Augenblick schlug Carlos die Augen zu mir auf. Ich bekam eine Gänsehaut bis zum Zahnfleisch, als wir einander zum erstenmal wieder ansahen. Carlos, wollte ich sagen, du bist gut so, wie du bist, wirklich. Aber das wäre eine Lüge gewesen, und beklommen begann ich, die Windbeutel zu verteilen.

Auch jetzt noch, fünfundzwanzig Jahre später, wenn ich Dokumentarberichte über Brandwunden sehe, oder auch einfach so, ohne irgendeinen Grund, frage ich mich manchmal, ob die feurige, glänzende Haut auf seinem Hals, seiner Brust und auf seinem linken Arm wohl jemals wieder in Ordnung gekommen ist. Sie schien viel zu eng für ihn zu sein, man fühlte sich schon beengt, wenn man nur hinsah. Aber er ist sicher noch einige Male von einem plastischen Chirurgen behandelt worden. Wahrscheinlich würde ich ihn nicht einmal mehr wiedererkennen, wenn ich ihm auf der Straße begegnete. Ich habe ihn zum letztenmal gesehen, als er fünf war, im Haus seiner neuen Eltern. Er war noch jung genug, um ein ganz neues Leben zu beginnen. Ich war zu dieser Zeit schon vierzehn, da will dich niemand mehr adoptieren.

Damals gab es den Zeitungsausschnittdienst Matla in Den Haag und Vaz Dias und später Euroclip. Wir waren einfach Van Bemmel, aber wir waren als einzige spezialisiert auf Americana. Als Kleinster mußte man sich auf dem Markt deutlich profilieren.
Jeden Morgen, wenn wir zur Schule gingen, kamen die Werkstudenten angeradelt, die für uns ausschnipselten,

und dann lieferten die Kuriere auch ihre täglichen Zeitungs- und Zeitschriftenstapel bei uns ab. Offiziell nahm das Archiv die beiden mittleren Etagen unseres Hauses in Beschlag. Dort wurde in sechs Zimmern an langen Tischen nach Themenbereichen ausgeschnitten: »Kultur«, »Politik«, »Sport«, »Showgeschäft«, »Verbrechen« sowie »Wissenschaft & Technologie«. Die grauen Stahlkästen standen aber überall, bis hinein in den Wintergarten. An den verrücktesten Stellen fanden sich Stapel von Ausschnitten, die jemand kurz aus der Hand gelegt hatte, weil das Telefon läutete oder die Hausklingel ging. Uns hatte man das eiserne Gebot auferlegt, sie nicht anzurühren, denn niemand könne sie, wenn man sie an eine andere Stelle legen würde, je wiederfinden.
Wenn ich nichts Besseres zu tun hatte, saß ich gern auf der Treppe zwischen dem ersten und dem zweiten Stock, von wo aus ich, wenn die Türen offenstanden, in alle Zimmer sehen konnte. Meine Kniekehlen zitterten vor Vergnügen, wenn ich sah, wie meine Eltern das scheinbare Chaos der Firma Van Bemmel mühelos unter Kontrolle hielten, einfach indem sie ruhig hinter ihren Schreibtischen saßen. Um ihnen meine Wertschätzung zu zeigen, malte ich mir manchmal mit einem roten Smartie die Lippen an. Man mußte so lange darauf spucken, bis der Farbstoff abging. Einmal, ich war ungefähr zehn, entglitt das nasse Bonbon meinen Fingern und fiel auf einen Stapel mit Ausschnitten auf einer Stufe unter mir. Als ich mich nach vorne beugte, um es aufzuheben, stellte sich heraus, daß es mitten auf der breiten Stirn von Henry Kissinger gelandet war.
Kissinger hatten wir bestimmt tausendmal, wir erstick-

ten an ihm, genauso wie an Kriegsveteranen auf der Freitreppe vor dem Weißen Haus. In einem plötzlichen Impuls nahm ich den Ausschnitt, faltete ihn zweimal und setzte mich darauf.

Ich war totenstill nach dieser teuflischen Tat. Es war, als könnte ich in allen sechs Zimmern der Firma Van Bemmel das anschuldigende Ritsch-Ratsch der Scheren hören, und das Rascheln von Zeitungsseiten, die suchend umgeblättert wurden. Es hing ein Geruch von frischem Kaffee im Haus, irgendwo schlug eine Tür zu. Das wiehernde Lachen von Marie-Louise war zu hören, der Theologiestudentin, die schon seit Jahren »Showgeschäft« für uns ausschnitt. Mein Herzschlag wurde ruhiger. Ich dachte daran, wie toll ich jeden Abend für meine Mutter das Geschirr abtrocknete: Danach war ich pitschnaß, weil ich jeden Teller gegen meine Brust preßte. Was war schon ein einziger Kissinger, zumindest in meinem Fall?

Bei diesem Gedanken bückte ich mich und nahm den ganzen Stapel mit Ausschnitten auf meinen Schoß. Ich konnte eine Menge davon kaputtmachen. Und das würde ich jetzt auch mal kurz beweisen. Das Papier war weich und ein bißchen fettig. Es ließ sich ganz einfach in lange Streifen zerreißen. Aus den Streifen machte ich Schnipsel.

Deutlich sah ich vor mir, wie mein Vater hinter seinem Schreibtisch oder meine Mutter, über das Verzeichnis gebeugt, auf einmal dachte: Wo sind bloß die letzten sechs Monate Kissinger geblieben? Meine tollkühne Stimmung schlug um. In zunehmender Panik schaute ich auf meine Hände, die ihr zerstörerisches Werk eigenwillig

immer weiter fortsetzten. Ich brach in Tränen aus, aber ich konnte nicht aufhören. Es war genau wie in dem bösen Märchen von dem Mädchen mit den roten Schuhen, dessen Füße immer weitertanzen mußten, sogar als sein eigenes Mütterchen im Sterben lag.
Irgendwo auf der Welt stieg Kissinger gerade jetzt aus einem Flugzeug aus, um mit Friedensverhandlungen zu beginnen, und noch bevor jemand *»Hello, Mister«* hätte sagen können, fiel sein Gesicht mit dem optimistischen Lächeln unter dem gewellten Haar schon in Hunderte von Schnipsel auseinander.
Tell us, Henry, didn't you hate being torn up?
No, actually, Ellen, I enjoyed every minute of it.
Mein Vater würde einen Wutanfall kriegen. Er würde mir eine Tracht Prügel verpassen, ich würde die Spuckebläschen in seinen Mundwinkeln sehen, und einen Augenblick lang würden wir beide wissen, daß ich nicht nur der Zement war.
Damit ich meiner gerechten Strafe nicht entkam, legte ich die Schnipsel gut sichtbar in den Kaninchenstall unseres Moos', aber die Sache kam nie ans Licht. Meine Eltern dachten, daß uns eine Phase »Kissinger« deshalb fehlte, weil Esmée, die damals »Politik« ausschnitt, eine Zeitlang durch das Pfeiffersche Drüsenfieber ausgefallen war. *»The kissing disease«*, sagten sie, und dann brachen sie beide kopfschüttelnd in Gelächter aus.

Die Ausschnitte wurden von den Studenten mit dem Datum und den verschiedenen Stichworten versehen und landeten dann auf dem Schreibtisch meines Vaters: eine niemals endende Lawine von Schießereien, High-

Society-Hochzeiten, Mondlandungen, Oscar-Verleihungen, Rassenunruhen, Rodeos, politischen Querelen, Mißwahlen und Raubüberfällen.
Mein Vater ordnete alles nach Themen. Er machte die Mappen, das war seine Arbeit. Wenn Journalisten anriefen und um Informationen baten über Marilyn Monroe oder die Präsidentschaftskandidaten der Republikaner in den letzten zwanzig Jahren, dann schlug meine Mutter im Verzeichnis nach und konnte die gewünschte Mappe einfach aus dem Schrank ziehen. Den Pappumschlägen entstieg Pulverdampf und das Zischen von *Coca-Cola, The Real Thing;* man hörte Martin Luther King über seinen Traum reden; Indianer gedachten in halb verschluckten Sätzen Wounded Knees; es erklangen fröhliche Schreie von Cheerleaders, die enthusiastisch grellbunte Pompons schwenkten, das Echo der Schüsse, die JFK niedergestreckt hatten, das Bimmeln des Riesenrads auf Coney Island und das einsame Zähneknirschen der Gefangenen, die in der *death row* auf ihre Exekution warteten. Wenn man eine Mappe öffnete, bleckten die Ratten ihre spitzen Zähne, die in der Bronx ein Baby totgebissen hatten; Mafiosi ließen ihre Messer aufspringen; alte Bag-Ladies starrten einen mit Gesichtern an, die der Alkohol zerstört hatte; Studenten skandierten »Johnson ist ein Mörder!«; Timothy Leary sagte, daß LSD unschädlich sei; Leichen, deren Geschlechtsteile verstümmelt waren, wurden in Plastiksäcke gesteckt; blonde Mädchen liefen über den Campus in Twinsets, die Jacke lose über die Schultern geworfen, und sagten, einen Stapel Bücher unter dem Arm, mit Tränen in den Augen zu ihrem Freund: *»I'm*

not ready for it, Chad«; und heruntergekommene Bedienungen warfen für unzählige Trucker unzählige Beefsteaks auf unzählige Teller.
Kurzum: Wir hatten ganz einfach alles bei uns zu Hause. Uncle Sam hätte wohl einpacken können, wenn es die Firma Van Bemmel nicht gegeben hätte: Dadurch, daß meine Eltern jeden Abend die Mappen zuschlugen und sie in die Archivkästen drückten, als seien sie Gefangene in der *death row,* blieb der ganze dampfende Hexenkessel der USA intakt. Einen unentbehrlichen Anteil der Macht, die wir bei Van Bemmel über die Vereinigten Staaten ausübten, nahm auch die Tatsache ein, daß die Themen ganz genau mit Vor- und Zunamen in roter Tinte auf den Mappen standen. »Erst benennen!« sagte mein Vater immer zu den Werkstudenten. »Nur was einen Namen hat, kann man später wiederfinden.« Ich wußte, daß mehr dahintersteckte: Er war wie Adam im Garten Eden, der über alles Herr und Meister wurde, indem er jedem Geschöpf den richtigen Namen gab. Erst sehen, dann benennen. Nicht umgekehrt. Wiedererkennen war das Schlüsselwort.

Wenn man sah, wie mein Vater seine Mappen hegte und pflegte, hätte man glauben können, er sähe es wohl am liebsten, daß niemals auch nur ein Ausschnitt das Haus verließ. Er wollte seine Sammlung vollständig halten. Meine Mutter fand es dagegen gerade gut, wenn pausenlos das Telefon klingelte und Kester und ich nach der Schule dicke Pakete zur Post bringen mußten, unterstützt von Bas, der als unser Hausmeister fungierte. Er war ein junger manisch-depressiver Riese, der ohne besonderen Grund melancholisch oder völlig ausgelassen war. Mit schweren Schritten stampfte er durchs Haus und rief mit sonorer Stimme: »Margje! Margje, Telefon! Telefon für Margje!«

Meine Mutter hieß Margje, ein zarter, altmodischer Name, aber international gesehen war er eine Katastrophe. Es machte sie wahnsinnig, ihn ständig geduldig am Telefon buchstabieren zu müssen, und eines Abends, nachdem wir *»Peyton Place«* angeschaut hatten, sagte sie, als zum Sendeschluß der gefrorene Wasserfall auf dem Bildschirm erschien: »Betty! Das ist die Lösung, Leute. Von jetzt an heiße ich Betty Venbemmel.«

Und um es amerikanisch klingen zu lassen, sagte sie »Beddy«.

Beddy aus *»Peyton Place«* war ein wildes Mädchen, das in einer Kneipe wohnte. Sie trank das Bier gleich aus der Flasche und lief mit den Jungens mit, auch mit Babyface Norman, der ein Volltrottel war. Darüber waren Billie und ich uns völlig einig.

»No-hor-mannn!«

»Würg.«

In den Tagen nach dieser Proklamation war meiner Mutter nichts anzumerken, aber ich traute der Sache nicht und beobachtete sie genau. Sie war fröhlich wie fast immer. Manchmal fragte man sich, wieso sie eigentlich meinen Vater geheiratet hatte, diesen stillen Hüter von Zeitungsausschnitten. Mein Vater staubte sozusagen vor Ernst und Trockenheit, während sie Funken sprühte. Die Leute mochten sie sofort, ob sie nun Beddy hieß oder nicht, und ich weinte in mein Kissen, weil sie überhaupt keine Beddy zu sein brauchte: Kein Atom, keine Zelle,

kein Fädchen, kein Buchstabe mußte an ihr verändert werden. Warum mußte sie das Schicksal bloß so herausfordern?
Mein Vater hieß Frits. Er war nach niemandem benannt. Mein Opa und meine Oma hatten diesen Namen wahrscheinlich einfach schön gefunden.
»Hey, Frits«, sagte ich einmal frech, während ich mich an seinen übervollen Schreibtisch lehnte, »mach doch mal den Blitz!«
Er nahm seine Füße von der untersten Schublade, die er als Stütze herausgezogen hatte, setzte sich gerade hin und sah mich verlegen an.

Mein Vater war zwanzig, als er meine Mutter kennenlernte. Er machte eine Ausbildung zum Dokumentar und finanzierte sie mit einem Job in einem Fahrradgeschäft. Er wollte nichts lieber als mit seinen Studienkollegen lautstark Bier trinken und anzügliche Witze erzählen, aber immer wenn er mit verzogenen Mundwinkeln mitlachte, schämte er sich. Er war nicht witzig. Er besaß damals einen einzigen Anzug und nur ein Paar Schuhe. Er wendete selbst seine Hemdkragen, er flickte seine Schuhsohlen. Auf den paar Fotos, die es aus dieser Zeit gibt, sieht man an seinen hungrigen Augen, wie arm er war. Er träumte in diesen Tagen, erzählte er uns später manchmal verschmitzt, wenn wir händeweise Chips in Billies Dipsoßen tauchten, von einer eigenen Erdnuß-Garnitur, einer Holzschale mit sechs dazugehörigen kleinen Schälchen, die bis zum Rand mit dicken, knusprigen, vor Fett glänzenden Erdnüssen gefüllt waren. In seiner Vorstellung schöpfte er sie mit dem Holz-

löffel in sein Schälchen, und dann leerte er dieses mit einem Mal in seinen Mund.
Bei dem Wort »Erdnuß-Garnitur« krümmten Kes und ich uns vor Lachen.
Vor kurzem, bald nachdem ich in unser altes Haus eingezogen war, habe ich am Geburtstag der Königin selbst so eine Garnitur gekauft, ein gebrauchtes Erdnuß-Set aus grauem, verwaschenem Kunststoff. Ich brauche unheimlich viele Sachen, um das Haus einzurichten. Es ist so groß. Man sagt oft, daß einem sein Elternhaus immer kleiner vorkommt, wenn man es als Erwachsener wiedersieht. Aber hier trifft diese Regel nicht zu. Unser Haus scheint mir sogar geräumiger als vor fünfundzwanzig Jahren, jetzt, da es nicht mehr bis in die letzte Ecke von Archivkästen in Beschlag genommen wird.
Ich sah es in der Zeitung. Vollkommen zufällig. Zu verkaufen: DROSSELALLEE 11. Die Buchstaben sprangen mir ins Gesicht, die Anzeige löste sich von der Seite und schwebte geradewegs auf mich zu, als sei sie nur für mich bestimmt. Es war keine Frage von Wahl oder Entschluß. Die Entscheidung war schon getroffen, ohne mein Zutun, von einer Instanz, die viel resoluter war als ich. Es war einfach ein Zusammentreffen von Umständen mit der bezwingenden Kraft einer Schicksalsfügung.
Ich rief den Makler an, und bevor ich mich besinnen konnte, stand ich mit ihm auf den Schachbrettfliesen im Flur. Er war etwas jünger als ich, ein unbedarftes Milchgesicht. Er redete von »Ia-Lage«. Offensichtlich hatte er keine Ahnung, was sich hier abgespielt hatte.
Mental war ich gut gewappnet. Ich wußte nicht, ob ich

diese Konfrontation ertragen könne. Ich ging zur Drosselallee in der angstvollen Überzeugung, daß ich meinen Kopf nicht gerade auf meinen Schultern würde halten können und daß meine Beine jeden Schritt verweigern würden. Ich erwartete, meine alte Trauer werde mich wie ein Bulldozer überfahren. Aber genau das Gegenteil passierte. Ich war so entrüstet über das, was die vorherigen Eigentümer angerichtet hatten, daß ich kaum Zeit hatte, an mich selbst zu denken. Schon allein die Küche im Souterrain ließ mein Herz bluten. Die schönen Holzschränke hatte man offensichtlich abmontiert, die blauen Kacheln waren übermalt, und überall glänzten einem protzige Einbaumöbel entgegen. Mir brannte es bis unter die Nägel. Ich dachte: Was wird das für eine Schufterei werden, alles wieder in den alten Zustand zu bringen, und da wußte ich, daß das Haus mich gewaltlos wieder für sich eingenommen hatte.
Auch oben waren unsere Spuren ausgelöscht. In den Zimmern, wo Esmée und Marie-Louise einst über die Zeitungen gebeugt gesessen hatten, waren da und dort Wände herausgebrochen worden. Es roch nach Leim, Farbe und Tinte der Grafikdesigner, die zum Schluß dort ihr Büro hatten, ein ekelhafter, unpersönlicher Geruch. Die Fenster im Nebenzimmer im ersten Stock waren verblendet; hier hatten sie offenbar ihre Dunkelkammer gehabt. Billie und ich hingen da früher oft aus dem Fenster, weil man von dort direkt in Bas' Verschlag sehen konnte.
Der Makler zählte die Modernisierungen auf. Der zugige Wintergarten, in dem wir früher nach der Schule Limonade tranken: abgebrochen. An seiner Stelle: eine

unpersönliche verglaste Schiebewand aus Aluminium. Das knackende Treppenhaus aus Eichenholz, wo mein liebster Aussichtsposten gewesen war: ersetzt durch eine High-Tech-Wendeltreppe aus Stahl. Die Gasöfen, gegen die man so schön in Strümpfen die Füße drücken konnte: verschwunden. »Die Zentralheizung ist erst drei Jahre alt«, sagte der Makler nach einem Blick auf sein Clipboard.

Und bei allem, was er sagte, empfand ich kleine, heftige Stöße schmerzhafter Freude, denn das Haus brachte mir bei jeder Mitteilung erschütternd und ungeschminkt wieder in Erinnerung, wie glücklich, bei Licht besehen, meine Jugend gewesen war. Verrückt: Niemand hat jemals die Möglichkeit erwähnt, daß es auch eine ganze Menge Gutes gab, auf das ich zurückblicken könnte. Meine Vergangenheit besteht in den Augen der anderen immer nur aus dieser einen alles beherrschenden Tragödie, die sich hier abgespielt hat. Aus diesem einen Tag, als das Leben wie eine Bombe in unserem Gesicht explodierte.

Die Polizei fand Carlos und mich in der dunkelsten Ecke von Billies altem Keller, weinend vor Angst. Sibylle, Kester und Ida waren da schon tot. Sie scheinen nicht gelitten zu haben. Auf den Fotos des Gerichtslabors saßen sie ganz friedlich da. Meine Eltern übrigens auch.

Während Frits van Bemmel lernte, wie man Karteikarten anlegte, und von einer unerschöpflichen Erdnuß-Garnitur träumte, tippte Margje de Groot in einem Rechtsanwaltsbüro Plädoyers ab. Zur Arbeit nahm sie täglich einen Apfel mit und ein Butterbrot mit Aufschnitt oder

Schinken. Das aß sie mittags an ihrem Schreibtisch, dessen Blick auf einen sonnenlosen Innenhof ging. Jeden Montagmorgen kaufte sie an der Pförtnerloge sechs Teegutscheine und sechs Kaffeegutscheine. Hungrig war sie nie.

Von ihren Träumen ist nichts bekannt, aber wir wissen schon, daß sie manchmal das deutliche Gefühl hatte, ihr Leben sei nicht das ihre, es könne einfach nicht das ihre sein, nicht mit diesem langweiligen Job und mit den tyrannischen, kranken Eltern, die ihrer Pflege bedurften. Und sie einfach sterben zu lassen ging natürlich auch nicht. Nach der Arbeit kochte sie rote Bete oder Eintopf für diese mickrigen Despoten, die weder einander noch ihr das Licht in den Augen gönnten, setzte sich dann auf das Korbsofa in ihrem Zimmer und kämpfte gegen den Gedanken an, daß wieder ein sinnloser Tag vorübergegangen war.

Aus lauter Langeweile drohte sie in eine Verlobung mit einem Mann zu stolpern, der Richard hieß und alles über wilde Tulpen wußte. Jeden Sonntag ging sie mit ihm spazieren. Er fand es schön, wenn sie weiße Söckchen trug.

An einem Dienstagmorgen im April hatte sie auf dem Weg zur Arbeit einen Platten. Sie wußte, wo ein Fahrradgeschäft war, und schob das Rad sofort dorthin. Dies wissen wir: Wie sie genervt in der Werkstatt mit diesem Geruch nach Öl, Eisen und Gummi hin und her schlenderte. Wie Frits sie, immer wenn er von seiner Arbeit aufsah, wie eine himmlische Erscheinung auftauchen sah in dem schmutzigen Raum, in ihrer leichten Jacke, die Hände auf dem Rücken. Sie hatte die Frische des frühen Frühjahrsmorgens mit hereingebracht, und er mußte an pieksaubere weiße Laken denken, die sich an der Wäscheleine im Wind blähten. Sie war die Art Mädchen, die solche Assoziationen hervorriefen: so alltäglich und erfrischend wie ein Glas Buttermilch. Im Sommer würde sie Sommersprossen auf den Armen bekommen, und im Winter würden sich ihre Wangen beim Schlittschuhlaufen rot färben. Es gab nichts an ihr, das ihn verwirrte oder in Verlegenheit brachte.

Er zog ihren Reifen mit geschickten Bewegungen wieder auf die Felge, stellte das Fahrrad auf die Räder und schob es ihr entgegen. »Sollen wir am Sonntag zusammen mit dem Fahrrad nach Spaarndam fahren?« fragte er.

Sie schlug erstaunt die Augen auf.

Wir wissen, daß sie zögerte.

Wir wissen, daß sie überrascht war, weil sie von jemandem beachtet wurde, der nicht Richard hieß, und im Anschluß daran ziemlich enttäuscht, weil derjenige nun ausgerechnet unser mittelloser Vater sein mußte.

Und doch sagte sie ja. Aus schlichter Querköpfigkeit, glaube ich.

Wir wissen, daß es Frits Gerardus Theodorus van Bemmel den ganzen Samstagabend kostete, seine ausgefransten Manschetten wieder vorzeigbar zu machen. Wir wissen, daß seine Hose über dem dampfenden Wasserkessel seiner Vermieterin eine Bügelfalte so scharf wie ein Messer bekam. Nur an der abgewetzten Sitzfläche konnte er nichts ändern.

Wir wissen, daß am nächsten Tag hervorragendes Wetter war: wolkenlos und windstill. Die Fakten kennen wir genau. Sie sind uns schließlich oft genug erzählt worden. Wir können mit geschlossenen Augen sehen, wie diese beiden Menschen, die unsere Eltern werden sollten, sich um zehn Uhr morgens an der verabredeten Stelle trafen. Sie sind, so unglaublich uns dies später auch erscheinen mag, in diesem Augenblick noch separate Individuen mit einem eigenen Leben, und unsere ungeborenen Kinderseelen schweben deshalb noch frei durch den Kosmos und warten auf ihren Platz auf der Erde. Wir selbst haben natürlich überhaupt gar keinen Einfluß auf den Lauf der Ereignisse. Wie sollten wir auch etwas bewerkstelligen können, wir haben ja weder Materie noch einen Herzschlag, wir bestehen nur aus dem feurigen Verlangen, irgendwo dort unten mit Freude empfangen und mit unserem richtigen Namen angerufen zu werden. Während wir uns träge in der Ursuppe vor der menschlichen Existenz drehen, müssen wir einfach abwarten, wie, wo und wann wir unsere Bestimmung finden werden. Wir sind den Grillen des Schicksals ausgeliefert, oder besser gesagt: dem, was sie dort unten die Liebe nennen.

Margjes Eltern schenkten sich an diesem Sonntagmorgen gerade Kaffee ein, als es klingelte. Sie erwarteten keinen Besuch, sie hatten sich nur zwei Tassen gekocht. Wie Krabben scharrten sie in der dumpfen Küche herum, mit Händen, die krumm waren vom Rheuma, auf Beinen mit verkalkten Adern. Schmerz und Beschwerlichkeit waren ihre unablässigen Begleiter; jeder haßte seinen eigenen untüchtigen Körper mit einem stillen, starken Haß. Wenn sie einander anschauten, er-

kannten sie sich selbst und mußten die Augen niederschlagen.
»Es klingelt«, sagte sie spitz.
Er schwieg. Er hatte sich noch nicht rasiert, eine Tätigkeit, die er von Tag zu Tag mehr verabscheute. Während sie auf dem Flur zur Haustür ging, sah er aus der Küche die unbeholfenen Bewegungen ihres grobgliedrigen Körpers. Sie hatte die Lockenwickler noch in den Haaren.
»Ach nein, Richard!« rief sie.
Ihm war dieser Richard piepegal. Er wollte, daß seine Tochter einen Juristen aus ihrem Büro heiratete.
»Hier ist Richard«, sagte seine Frau, während sie vor dem Gast in die Küche stapfte.
»Wir haben keinen Kaffee für dich«, sagte er fies. »Wir hatten nicht mit dir gerechnet.« Er wies auf die zwei Tassen auf der Anrichte.
Richard lachte. Er hatte ein ebenmäßiges Gesicht und ein bemerkenswert gutes Gebiß. Diese Zähne waren eine Beleidigung, und die Muskeln, die sich unter seinem Oberhemd abzeichneten, machten die Sache auch nicht viel besser.
»Das macht nichts. Ich komme nur, um Margreet abzuholen. Wir hatten uns für heute morgen verabredet.«
»Oh«, sagte er. Er ging ins Wohnzimmer und ließ sich unter Schmerzen und mit Bedacht in die Ecke seines Sofas niedersacken.
Sofort übernahm Richard die Rolle des Lakaien. Er trug die Kaffeetassen herein, stellte sie auf den niedrigen Tisch. Dann setzte er sich in den Sessel neben dem kalten Gasofen. Er legte die Hände um seine Knie. Vertrau-

lich sagte er: »Ich denke, es kommt nicht unerwartet für Sie beide, wenn ich sage, daß ich ernsthafte Absichten mit Ihrer Tochter habe.«
Sie schnauzte: »Aber Margje hat doch heute morgen gesagt, daß sie mit dir einen Ausflug macht. Nach Spaarndam. Ihr beide zusammen.«
Der Vater sah interessiert auf. Er hatte noch nicht bemerkt, daß seine Tochter weg war.
Sie wieder: »Sie ist schon vor einer halben Stunde weggefahren. Sie fährt mit dir, sagte sie.« Ihre Augen blitzten vor Bosheit.
Luder, dachte er. Luder. Und doch verspürte er zum erstenmal so etwas wie Hochachtung für seine Tochter, und als Richard sich getrollt hatte, schlug er seine Frau. Einfach aus Gewohnheit, weil sie sich wieder mal verplappert hatte, denn wirklich wütend war er nicht.

»Diese Art und Weise fand ich die anständigste«, sagte meine Mutter immer ausdruckslos, wenn sie erzählte, wie sie es verstanden hatte, ihren Verehrer ohne jeden Streit loszuwerden. Sie sah dabei unausstehlich kokett drein.
Ich fand, daß sie sich die Sache ganz schön leichtgemacht hatte. Ohne diesen einen zufällig platten Reifen an irgendeinem Dienstagmorgen wäre Richard niemand Geringeres als mein Vater geworden. In diesem Fall wäre ich zur Hälfte anders ausgefallen. Und wie hätten meine Eltern mich dann um Himmels willen jemals als jemanden erkennen sollen, der Ellen hieß? Auch meine Brüder und Schwestern wären unter anderen, unter falschen Namen aufgetaucht, und dadurch wären wir alle

über unsere wahre Identität im unklaren gewesen. Mit perfekten Zähnen hätten wir einander bei der Vorstellung höflich zugelächelt.
Wenn man einen Augenblick darüber nachdenkt, wird man wahnsinnig. Ein platter Reifen, ein verpaßter Zug, ein verlorenes Taschentuch: aus den kleinsten und banalsten Zwischenfällen entstammt die ganze Menschheit! Geschlechter reihen sich scheinbar wie feste Ketten durch die Zeit, aber jedes Glied könnte genausogut ein anderes sein. Wer sind wir, die wir uns Menschen nennen? Eine ungeordnete Bande willkürlicher Gene. Möge Gott uns beistehen!
Solche Überlegungen stellten unsere verliebten Eltern selbstverständlich nicht an. Es erschien ihnen, als ob sie in besonderer Weise und mit einem höheren Ziel für einander geschaffen waren: Wo er schüchtern war, war sie forsch; wo sie die Nerven verlor, blieb er bei klarem Verstand. Sie hatte ein Gefühl für Spontaneität, er für Kontinuität. Sie konnte glaubwürdig beleidigt sein, er verstand sich auf die Kunst des Kompromisses. Er hatte Ambitionen, sie äußerte Anteilnahme. Er war ein Mann, sie eine Frau. Eine bessere Kombination konnten sie sich nicht vorstellen. Sie hatte einen Körper. Er auch.
Als sie nebeneinander vor dem Altar standen, war ihre Schwangerschaft kaum noch zu verbergen. »Ja, ich will«, sagten sie, und die ganze Kirche konnte hören, was sie damit meinten. Margjes Mutter verschluckte sich vor Wut an ihrem Pfefferminzbonbon. Neben ihr saß Richard, der es sportlich nehmen wollte. Sie hörte seinen Atem zischend entweichen. Es klang wie »Hure«. Aber vielleicht irrte sie sich, oder es war nur das, was sie

selbst dachte. Bitter überlegte sie, daß sie recht gehabt hatte, jedesmal, wenn sie ihrer arroganten Tochter vorgehalten hatte: »Denk bloß nicht, daß du was Besonderes bist.« Margje war auch nicht besser als das erstbeste Straßenmädchen.

Der Bräutigam stand ziemlich dumpf in seinem geliehenen Jackett daneben. Mal scharrte er mit den Füßen, dann stand er auf einmal wieder stocksteif still. Von Zeit zu Zeit blickte er unsicher zu seiner Braut hinüber. Er war sich der Tatsache deutlich bewußt, daß ihr Körper ihre physische Intimität verriet, und der Gedanke trieb ihm das Blut ins Gesicht. Er hatte niemals viel Hoffnung in dieser Hinsicht gehabt, aber jetzt war es doch eine Tatsache: Frits van Bemmel war ein Mann von Welt.

Hinter sich hörte er das Hüsteln und Rascheln der Hochzeitsgäste. Eine Welle der Unruhe schien sich durch den Raum fortzupflanzen, Bank um harte Bank, als sehe jedermann im gleichen Augenblick das gleiche Bild vor seinem inneren Auge auftauchen: Margje und Frits, träge vor Befriedigung, zwischen den zerwühlten Bettlaken. Unter keuschen Hütchen und sittsamen Schleiern entstanden plötzlich frivole Gedanken, die Atmosphäre knisterte davon, und manche Männerhand verschwand wie von selbst tief in der Hosentasche, um dort ein bißchen herumzutasten. Die bleiche Jungfrau Maria im Seitenschiff schlug hungrig ihre riesigen Augenlider auf, in den bunten Glasfenstern bog sich wollüstig ein strammer Heiliger über den gemarterten Körper eines anderen, und die Holztauben am Fuß der Kanzel begannen gurrend miteinander zu turteln.

Frits zwinkerte und schob den Ring auf Margjes Finger.

Es bereitete ihm riesigen Spaß, daß sie dadurch kein Stück respektabler wurde: Das Stimmengewirr hinter ihm verstummte keinen Augenblick, und er brauchte sich nicht umzudrehen, um zu wissen, daß sie beide, einzig und allein, weil sie gemeinsam hier standen, eine Orgie ausgelöst hatten. Stolz legte er seine Hand auf ihren Bauch, in dem Sibylle, die schon sechs Monate auf ihre Geburt wartete, ungeduldig mit den Füßen strampelte.

Billie war diejenige, die meine neugierigen Fragen beantwortete und die ein Buch für mich aus der Bibliothek holte. Beim Ansehen der Fotos von wäßrigen Embryos mit großen Köpfen und schutzlosen, zusammengerollten kleinen Rücken bekam ich fast einen Klaustrophobieanfall. Daß ich diese Haft überlebt haben sollte, kam mir höchst unwahrscheinlich vor, aber es bereitete mir ein boshaftes Vergnügen, daß Ida nun da drin saß und ebenfalls fast erstickte.
Als ich das Buch durchhatte, gab Billie mir auch noch eine mündliche Erklärung über Eizellen und Samenzellen, während sie geduldig an den klebrigen Harzstreifen herumzupfte, mit denen sie gerade ihre Beine enthaarte. Sachlich sagte sie: »Und man kann es auch verhüten, mit einem Kondom.«
»Warum machen sie das dann nicht?«
»Du fragst schon wie Carlos.« Sie streckte ihre Hand aus, und ich reichte ihr ein Wattebäuschchen. Während sie es mit einer Lotion befeuchtete, um ihre Beine damit zu betupfen, sagte sie mit einem dramatischen Seufzer: »Das Problem ist, daß sie nicht die Finger voneinander lassen können.«

»Aber es ist doch die Frage«, sagte ich aufgeregt, »ob wir damit einverstanden sind.«
Billie sah mich an mit einer Mischung aus Irritation und Mitleid. »Zieh Leine, Ellen! Ich muß noch meine Achselhöhlen machen.«
Eigentlich war sie ganz schön prüde.
Ich verduftete.
Unten an der Treppe lag Hund und sah mich verstohlen an. Mit Schuldgefühlen setzte ich mich zu ihm. Die Sommerwärme hing schwer im Haus. In allen Zimmern des Büros standen Fenster und Türen weit offen.
»Margje!« polterte Bas. »Telefon für Margje auf der Drei.«
Ich hörte die müden Schritte meiner Mutter. Dann knackte ihr Schreibtischstuhl unter ihrem Gewicht. »Beddy Venbemmel«, erklang ihre Stimme.
Etwas später legte sie den Hörer auf und kam aus dem Zimmer. Sie sah blaß und erschöpft aus. »O Ellen«, sagte sie erleichtert, als sie mich sah. »Läufst du eben mal zu Marie-Louise, um die Orson-Welles-Mappe für mich zu holen? Ich komme heute einfach nicht von der Stelle.« Sie drückte ihre Fäuste in den Rücken und streckte sich. Widerwillig stand ich auf.
Marie-Louise saß auf der Kante ihres Schreibtisches und unterhielt sich mit einer Kollegin. Ohne das Gespräch zu unterbrechen, sah sie mich fragend an. »Orson Welles«, sagte ich. Sie nahm eine Mappe von einem Stapel und reichte sie mir. Ich schlug sie auf, während ich zurücklief. Betroffen blieb ich stehen. Dieses breite, fleischige Gesicht. Dieses dunkle Haar. Diese riesigen Schinken von Hängebacken. Ich rannte zum Zimmer meiner Mut-

ter, warf ihr die Ausschnitte hin und stürmte wieder auf den Flur.

Hund lag noch genau in derselben Haltung am Fuße der Treppe und keuchte kurzatmig. Ich zerrte ihn in Sitzstellung, nahm seine rechte Pfote und bewegte sie pumpend auf und ab. Feierlich sagte ich: *»Pleased to meet you, Orson.«* Ich war so erleichtert, endlich seinen Namen gefunden zu haben, daß ich es sicher eine halbe Stunde lang vergaß: Ida, dieses Unglückskind, würde in ein paar Wochen geboren werden.

Sibylles erster Tag am Strand

August 1959

Seit meinem Umzug in die Drosselallee kampiere ich im Souterrain. Hier ist Platz genug für mein Bett und für den Tisch, auf dem ich maßstabsgetreu meine Pläne zeichne. Ich arbeite wie ein Pferd. Das ganze Haus ist in den letzten Wochen vermessen und kartiert worden. Alle Zimmer sind numeriert. Ich könnte sofort ein paar Bauunternehmen anrufen und um Angebote bitten. Nur fällt mir ständig etwas Besseres ein. So bleibe ich weiter

mit meinem Zollstock, meinen Bleistiften und meinem Radiergummi an der Arbeit.
Genau wie früher dringt nur wenig Tageslicht durch die schmalen Fenster. Als Kind hatte ich das Gefühl, geschützt zu sein, hier, halb unter der Erde. So stellte ich mir das Leben im Bauch eines großen, freundlichen Tieres vor. Nun funktioniert diese Illusion aber nicht mehr. Das Summen des Kingsize-Kühlschranks reißt mich nachts aus dem Schlaf, und der Anblick der Heizungsarmaturen aus rostfreiem Stahl, des Mikrowellenherds und der Spülmaschine ist auch nicht gerade herzerwärmend.
Gut, ich habe hier viel Platz und ständig Kaffee zur Hand, aber wer schläft auch schon in der Küche?
Nun aber los, Ellen, du wußtest doch verdammt gut, was du angefangen hast. Keine Zweifeleien! Erobere das Haus! Wenn wir nun, um irgendwo anzufangen, erst mal ein eigenes Zimmer einrichten? Zum Beispiel im alten Verschlag von Bas? Dort ist es sonnig. Und es ist neutrales Terrain. Wir müssen die Sache nicht gleich auf die Spitze treiben.
Okay, okay.
Ich gehe mit Putzlappen und Fensterleder zum alten Pförtnerverschlag. Die Rolläden der Grafiker hängen noch da, eine schöne Zugabe. Dann schleppe ich meine Matratze, den Lattenrost und mein Bettzeug dorthin. Ich verstaue meine Unterwäsche ordentlich gestapelt im Wandschrank in der Ecke. Ich kann mich bei Gott wirklich nicht erinnern, was Bas früher alles in diesem Schrank untergebracht hatte. Der Schrank ist zum Fürchten. Ein Schrank, der zu Bas paßt, zu Bas mit sei-

nem Stiernacken und den Fäusten so groß wie Kohlenschaufeln. Bas, der jeden Tag als erster kam und als letzter ging. Bas, der Carlos und mich von der Polizei aus dem Keller holen lassen mußte. Man neigt so sehr dazu, sich in die eigene Erschütterung zu versenken, daß man es manchmal vergißt: Die konzentrischen Kreise, die von dieser Erschütterung ausgingen, haben auch das Leben anderer berührt.

»Telefon für Margje! Telefon für Margje auf drei!«
Aber er ist mein eigener Apparat, der plötzlich klingelt, unten in der Küche. Mit dem nassen Wischtuch in der Hand höre ich es, ohne einen Entschluß fassen zu können.
Nur mein Arzt hat meine neue Nummer. Er bestand darauf, daß ich mir einen Telefonanschluß zulege. Das wird notwendig sein, wenn die Wehen beginnen, sagte er. Er ist ein altmodischer, zuverlässiger Mann. In seinem Wartezimmer liegen ausschließlich uralte Nummern von *Reader's Digest.* Darin gibt es eine Serie: »Ich bin Harrys Herz« und einen Monat später »Ich bin Harrys Nebenniere«. Da liest man dann immer wieder einen ergreifenden Erfahrungsbericht, wie es ist, jemandes Organ zu sein. Harry hat natürlich keine Gebärmutter, so daß ich nie erfahren werde, wie die meine sich jetzt fühlt, nachdem sie von einer sich rasend schnell ausdehnenden, besitzergreifenden Macht in Beschlag genommen wurde. Aber vielleicht erleben Gebärmütter das gar nicht so. Schließlich ist Schwangerschaft ihre eigentliche Bestimmung.
Ich werfe das Wischtuch in den Eimer, renne die Kü-

chentreppe hinunter und nehme mit einem Ruck den Hörer ab. »Hallo?«

»Ellen?« sagt mein Mann nach einigen Augenblicken der Stille.

Es ist etwa ein Jahr her, daß ich ihn zuletzt gesprochen habe. Idiotische Gewohnheit, daß ich an ihn noch immer als an »meinen Mann« denke.

»Ellen?« Sein Tonfall verrät, daß er eigentlich nicht erwartet hatte, mich unter dieser Nummer zu erreichen, die er soeben gewählt hat.

»Ja.«

Ich höre ihn atmen. Er ist leicht asthmatisch, nicht so, daß man darüber beunruhigt sein müßte, aber gerade genug, um regelmäßig Streit ums Staubsaugen zu bekommen. Das alltägliche vertraute Gekabbel von »du aber auch immer« und »du aber auch nie …« Vor Heimweh wird meine Kehle trocken. Ich möchte durch das Glasfaserkabel zu ihm hinkriechen und die eine kahle Stelle unter seinem Ohr berühren.

»Ich habe eine Benachrichtigung für dich bekommen, sie liegt hier schon seit Wochen. Ich habe mich krumm telefoniert, aber niemand wußte, wo du dich rumtreibst.« Er spricht jedes Wort sehr sorgfältig aus, als halte er sich mit großer Mühe unter Kontrolle. Noch verbissener fährt er fort: »Du kannst doch nicht einfach so vom Erdboden verschwinden?«

»Das habe ich nicht gemacht. Ich wohne einfach in der Drosselallee.«

»Einfach!« Seine Stimme überschlägt sich.

Ich sehe ihn vor mir, wie er gestern abend plötzlich auf die Idee gekommen sein muß, die Telefonauskunft an-

zurufen. Seine große Verwunderung, als er erfährt, daß in der Tat seit kurzem eine Van Bemmel in der Drosselallee zu wohnen scheint.
Ungeschickt fragt er: »Was willst du denn in dem riesigen Kasten?« Er meint: Was hast du in diesem Spukhaus zu suchen?
Ich wickle die Telefonschnur um mein Handgelenk. Wenn ich ihm die Wahrheit sage, breche ich ihm noch einmal das Herz. Um ihm entgegenzukommen, sage ich quasi mitteilsam: »Ich habe total zufällig gesehen, daß es zum Verkauf stand.«
»Was hast du bezahlt?« fragt er automatisch. Das Blut staut sich, wo es nicht fließen kann. Sag Immobilien, und du sagst Thijs.
Ich nenne den Preis, ungeniert. Zu meinem einundzwanzigsten Geburtstag erhielt ich die Verfügungsgewalt über meinen Teil des Erbes, das aus dem Verkaufserlös des Hauses bestand und über Jahre hinweg gut angelegt worden war. Thijs sagte immer, daß er mich wegen meines Geldes geheiratet hätte. Nicht, daß wir je einen Groschen davon ausgegeben hätten. Blutgeld. Es lag auf der Bank, brachte Zins und Zinseszins. Wir sprachen davon als dem »Drosselallee-Fonds«, ein fast imaginäres Konto für den Fall, daß mal Not am Mann wäre. Nun habe ich mein Elternhaus dafür zurückbekommen.
»Aber du hattest doch eine tolle Wohnung?« fährt Thijs fort, der dort nie einen Fuß über die Schwelle gesetzt hat.
»Die war mir zu klein«, sage ich matt.
Er schweigt. Direkte Fragen waren nie seine Stärke. Dann sagt er: »Ich komme heute abend kurz vorbei, um dir die Benachrichtigungskarte zu bringen.«

Bevor ich antworten kann, hat er aufgelegt. Nervös ziehe ich den Telefonstecker heraus. Man sollte doch meinen, daß man wenigstens am Ort des Verbrechens in Ruhe gelassen wird. Wer kommt schließlich auf den Gedanken, daß man sich nach all den Jahren ausgerechnet in der Höhle des Löwen befindet?
Wer außer Thijs, dem hervorragenden Ellen-Kenner und Ergründer meiner Motive, Thijs, mit dem ich dreizehn Jahre meines Lebens geteilt habe und der das außerordentliche Talent besaß, genau zu wissen, wie ich geliebt werden wollte? Selbst wenn er ich gewesen wäre, hätte er es nicht besser machen können. Wenn er ich gewesen wäre, hätte er mich an faden Sonntagen auch bis zwölf ausschlafen lassen, um mich dann mit einem frischen Cappuccino zu wecken, er hätte mich auch in meiner Arbeit unterstützt und bestärkt, meine Launen ertragen und nie ein Stück Kuchen gekauft, ohne mir sofort, ungefragt, die Hälfte davon abzugeben.
Bedingungsloser Thijs, armer, ein ums andere Mal betrogener Thijs. Nicht, daß mir die Sache selbst je viel bedeutet hätte, aber ich bin süchtig nach dem einen ruchlosen Moment – du da, darf ich mit dir mit? –, dem einen unbedachten Augenblick, in dem du beschließt, dich an einen vollkommen Unbekannten auszuliefern, an jemanden, der genausogut ein Perverser oder ein gefährlicher Verrückter sein könnte. In einem solchen Moment weißt du, daß du lebst.

Ich ziehe meine wattierte Jacke an und hole mein Fahrrad aus dem Schuppen. Es ist ein unfreundlicher, windiger Frühlingstag. Im Garten liegen die Narzissen abge-

knickt auf dem Boden, plattgedrückt vom Regen der letzten Nacht.
Mit dem Fahrrad dauert es fast eine halbe Stunde bis zur Stadt. Früher habe ich es manchmal gehaßt, daß wir in einem Außenbezirk wohnten, einem langweiligen Villenvorort, weit weg von den Geschäften und Kinos in Haarlem. Ich mußte mich jeden Tag auf dem Fahrrad abrackern, jedenfalls die paar Monate, als ich auf das städtische Gymnasium am Prinzenhof, genau im Zentrum, ging.
Als ich am Großen Markt mein Fahrrad anschließe, klatscht der Regen schon wieder in bösartigen Böen herunter. Geduckt eilen die Menschen unter Schirmen und Kapuzen an den Ständen entlang. Ich kaufe frischen Thunfisch, Stielmus und Sirupwaffeln. Speist eure Gäste, sorgt dafür, daß es ihnen an nichts fehlt! Er hat allerdings nicht gesagt, wann er heute abend kommt. Einen Hering dazu? Oder Erdnüsse für meine neue Nußschale? Meine Laune bessert sich dadurch nicht. Aber etwas zu essen anbieten werde ich ihm. Ich werde sein Lieblingskartoffelpüree mit Kümmel zubereiten und auch die Knoblauchmajonaise, in der der Löffel steht. Verbissen kaufe ich frischen Salbei, Koriander und Schnittlauch für den Salat. Rhabarber, da ist er auch verrückt drauf. Ein Strauß Tulpen auf dem Tisch ist wohl das mindeste.
Meine Tasche quillt über, zum Zeichen dafür, daß ich ihm nichts Böses will. Guter Thijs, er wollte mich so gern haben vor vierzehn Jahren: Von uns beiden ist er es, der ein Recht darauf hat, wütend und enttäuscht zu sein? Als ich ihn verließ, war er buchstäblich aufgelöst. Ich hatte ihn vollständig zerrieben, hatte ein ausgemer-

geltes Nervenbündel aus ihm gemacht. Er trank zuviel, er knirschte im Schlaf mit den Zähnen, und während unserer endlosen Debatten riß er gedankenlos eine Wimper nach der anderen aus, so daß seine Augenlider immer rot und entzündet waren. Zuletzt saß er beinahe Tag und Nacht in seinem Büro.

Er ist Architekt, er hat sich auf die Restaurierung denkmalgeschützter Gebäude spezialisiert. Wenn mal irgendwo eine ungenutzte Kirche und verlassene Mühlen vor dem Abbruch gerettet werden müssen, ist Thijs dafür der ausgewiesene Mann. Ich glaube, daß er zur Zeit damit beschäftigt ist, den ehemaligen Wasserturm am Stadtrand als Bürogebäude für eine Versicherungsgesellschaft umzubauen. Mit seinen eigenen Händen gibt er der Geschichte immer wieder eine neue Wendung; hinter seinem Zeichentisch verändert er das Gesetz von Ursache und Wirkung, er verschafft Ansammlungen von uralten Steinen durch eine neue Bestimmung eine neue Bedeutung.

Er hätte sicher lieber eine andere Nachricht erhalten als eine, die ihn an meine Geschlechtsorgane erinnert. Allerdings hätte er nach seinem Telefonanruf die Benachrichtigung über meinen Abstrich auch einfach schicken können, statt sie höchstpersönlich in die Drosselallee zu bringen. Will er die Gelegenheit benützen, mir persönlich zu sagen, daß es ihm nun wieder ausgezeichnet geht und daß er jemanden getroffen hat, der ihn wirklich glücklich macht? Kommt er, um mir Absolution zu erteilen, damit wir fortan ohne Unbehagen und freundschaftlich aneinander denken können?

Was für ein schöner Gedanke, in all seiner Unwahrscheinlichkeit.

Manchmal habe ich das Gefühl, daß Thijs aus unserem alten Haus, in dem wir zusammenlebten, noch immer seine Liebe auf mich abfeuert. Wo ich auch bin, ich bin der Norden auf seinem Kompaß. Ich frage mich manchmal, wo all die Liebe bleibt, die er mir aus der Ferne schickt, Kubikmeter um Kubikmeter massive, solide, verläßliche Liebe, die an mir abprallt. Nimmt sie in diesem Moment endlich ihre wahre Gestalt an, diese hoffnungslose, unerwiderte Liebe: Wird sie dann spröde und zerbrechlich? Löst sie sich in Atome auf, die unsichtbar durch die Atmosphäre schweben, um von schmachtenden dreizehnjährigen Mädchen, von Homo- und Heterosexuellen auf Parkbänken, in Supermärkten, in Hauseingängen eingeatmet zu werden? Ich will bei dir sein, ich will bei dir sein. Dieser physische Notstand, der Zwang, den Geliebten zu berühren. Das unerklärbare Gierige und Egoistische der Liebe, diesem zerbrechlichen, wankelmütigen, treulosen Ding.
Regenwasser rinnt an meinem Kragen entlang, während ich beim Blumenstand warte. Neben den Eimern mit Schnittblumen stehen Kisten mit vielfarbigen Stiefmütterchen und Primeln. Winterfeste Pflanzen gibt es auch: Vergißmeinnicht, Akelei, Lavendel. Daneben ein Kasten mit Saatgut in glänzenden Tütchen: Kapuzinerkresse, Duftwicke, Jungfer im Grünen.
Meine Schwester Sibylle ließ mich vor Ekel erschaudern, wenn sie eine Handvoll Blätter der Kapuzinerkresse in sich hineinstopfte. Selig kaute sie auf ihnen, ihre dicken Wangen aufplusternd. Billie in einem dünnen Sommerkleid mit einer grünen Faser im Mundwinkel. Kester, der ihr nicht nachstehen wollte, aß einmal eine große

Portion Fingerhut und fiel dann vor unseren Augen auf den Boden. Erst dachten wir noch, daß er uns zum besten halten wollte: wir wußten nicht, daß es eine besonders giftige Pflanze war.
Und vergiß nicht die Bäume, aus denen wir herunterpurzelten, die quietschenden Bremsen, wenn wir, ohne uns umzusehen, über die Straße liefen, die Murmeln, die wir uns in die Nase steckten, und die Groschen, die wir verschluckten, den Stacheldraht, in dem wir uns verhedderten, die Eispfützen, auf denen wir regelrecht Schlittschuh liefen, die Beulen und blauen Flecken, die genähten Wunden, die soundsovielte Tetanusspritze: alles haben wir überlebt.
»Wollen Sie die?« fragt der Blumenmann und zeigt auf die Samentütchen in meiner Hand.
Ich schüttele den Kopf und will sie zurücklegen, aber ich überlege es mir. Es ist ja genau die richtige Jahreszeit, um etwas im Garten zu tun.

Ida war ein Spuckbaby. Es begann etwa zehn Tage nach der Geburt: Was man auch in sie hineinstopfte, kam postwendend wieder heraus. Und das hieß nicht, sich sabbernd und spuckend ein wenig zu erbrechen, so hielt Ida es nicht. Sie schoß das Erbrochene regelrecht heraus, mit glasigen Augen und verkrampften Fäusten. Sie spuckte es in einem harten Strahl aus, als ob sie es in die Erdumlaufbahn bringen wolle.
»Was kommt heute auf den Tisch?« fragte Kes, während er sich gurrend über sie beugte. Kes war ein Baby-Mann. Von Carlos konnte er damals auch nicht lassen. Carloskarlchenkarlie. Idadadidi. Idadadidimein. Seine Stimme

hoch und heiser. Seine großen Jungenhände hätschelten den kleinen Körper, das noch nach hinten fallende Köpfchen stützte er sorgsam in der Armbeuge. Seine Pickel glänzten vor Vergnügen. In eine Raumkapsel gesteckt, würden die beiden so viel Wärme und so viel Fahrt erzeugen, daß sie wenigstens die halbe Milchstraße erhellen könnten.
»Das mußt du dir ansehen, Ellen«, sagte er ganz verliebt, »diese kleinen Nägelchen.«
»Wie viele sind's denn?« fragte ich, um ihm etwas Gutes zu tun. Ich war doch sein Coach, auf meinen Zeugnissen stand: »Gut gemacht, Ellen!« – »Du bist ein As, Ellen!« Ich hatte einen großen Bogen des Kartons gemopst, aus dem mein Vater die Mappen machte, und ihn an das Fußende von Kes' Bett gestellt. Darauf stand die Zahlenreihe von eins bis dreizehn. Schließlich mußte er mal den Unterschied zwischen null und hundert lernen. Aber er hatte nur Augen für Idadadidi. Er spielte für sie auf seiner Singenden Säge und baute aus zurechtgeschnittenen Konservendosen ein scheppperndes Mobile aus kleinen Entchen, das über ihrer Wiege hing. Am liebsten gab er ihr die Flasche.
Meine Mutter war zu müde, um Ida selbst zu füttern. Sie war nicht so schnell wie sonst aus dem Wochenbett aufgestanden, und ich brachte ihr Tee und Zwieback, Tassen mit Bouillon und hauchdünne Butterbrote ans Bett.
Jeden Morgen zog ich die Gardinen in ihrem Schlafzimmer auf und schlurfte laut mit den Füßen, wenn sie dann noch nicht aufwachte. Manchmal nahm ich Orson mit ins Zimmer. Der machte dann, was ich nicht wagte:

Er sprang einfach auf ihr Bett. Mama! Beddy Venbemmel! *Wake up!*
Mein Vater sorgte inzwischen dafür, daß der Ausschnittdienst in Gang blieb. Wenn Billie abends die x-te Dosensuppe für uns warm machte, sagte er: »Wir müssen eben improvisieren, Leute.«
Ida mußte in ihrer Wiege aufstoßen, Kes kam sofort angeschossen.
Von dem Augenblick an, an dem sie anfing zu kotzen, heulte sie den ganzen Tag. Es war kein gewöhnliches Heulen, sondern ein gequältes, unaufhörliches Gekreische, das einem förmlich in die Trommelfelle schnitt, ein endloser Höllenlärm. Sie heulte vom frühen Morgen bis zum späten Abend, und nachts fürchtete ich, daß ihr Gebrüll Risse in die Mauern treiben und das ganze Haus unter ihrem Hunger zerbröseln würde.
Der Hausarzt riet bei der Babynahrung zu einer anderen Marke. Ida sei ein kerngesundes Baby von beinahe acht Pfund, wir könnten ruhig noch ein paar Tage abwarten. Also tobte unser neues Schwesterchen weiter, bis es blau anlief: den ganzen kleinen Körper vor Raserei verkrampft, mit zappelnden Armen und Beinen, das Mündchen weit aufgerissen. Machtlos standen wir an den Rändern dieses Loches.
Carlos' Verband war gerade abgenommen worden; aufgerissene rote Haut bedeckte den Arm, der aus dem weiten Ärmel seines T-Shirts hervorschaute. Wenn er meinte, man schaue darauf, versteckte er den Arm schnell hinter dem Rücken. Ich sah an seinem Gesicht, daß ihm Idas lautstarker Widerspruch kalte Schauer über den Rücken jagte, und ich gab ihm mit blutendem

Herzen mein Memory-Spiel, um ihn aufzuheitern, aber er bedankte sich nicht einmal. Ernst und bedrückt zeigte er mir morgens, was ich ihm anziehen sollte, das Hemd mit den fliegenden Erdbeeren und die Jeans, deren Knien durchgewetzt waren, aber ein Warum schaffte er nicht mehr.

»Wewewewewe wewewewewe wewe wewewewewe«, brüllte Idadadidi. Sie verfügte nur über zwei Register: Wut und Verzweiflung. Irgendwo im Haus knallten Esmée und Marie-Louise demonstrativ die Türen zu.

Billie brachte sie zu Mama. Schläfrig nahm unsere Mutter das Baby hoch, dösend in den Kissen liegend. »Ach du, mein Püppchen«, murmelte sie. Während Ida nach Luft schnappte, um ihren nächsten Brüllanfall zu starten, schlief sie schon wieder.

Es gab keine Stelle im Haus, wo man vor ihr sicher war. Stundenlang saß ich mit Orson auf der Treppe, unfähig, mich zu bewegen, gegeißelt von den schneidenden Jammerlauten meiner verfluchten kleinen Schwester. Nach jedem Brüllanfall dröhnte die Stille in meinen Ohren, und das Haus schien ein paar Sekunden lang größer und heller. Ich zählte bis drei, bis vier, bis fünf, dann ging das Gebrüll mit erneuerter Kraft weiter, als hätte jemand in Idas Rücken schnell einen Schlüssel ein paarmal herumgedreht.

Am Mittag des dritten Tages kam Kester zu mir auf die Treppe. Ich sah ihn nicht einmal, mein Kopf schien wie mit Billies Wattebäuschchen ausgefüllt, alle meine Gehirnzellen waren trocken und schwerfällig. Ich dachte, ich müßte zerspringen, wenn das Gebrüll nicht bald ein Ende fände.

»Ihren Lungen fehlt nichts«, sagte mein Bruder unsicher. Ich fummelte an einer Kupferstange des Treppengeländers herum.

»Wenn sie jetzt müde wird, hört sie bestimmt auf«, sagte er.

»Ist es noch nicht Zeit für ihre Flasche?«

»In einer Stunde erst.«

»Kann man ihr die nicht früher geben?«

»Nein, der Arzt sagte gerade ...«

»Bitte, Kes!« Idas gierige Lippen um den Sauger, Milchblasen quollen aus ihren Mundwinkeln hervor. Während des Trinkens schüttelte sie sich immerzu vor Gefräßigkeit, schmatzend, aufstoßend und sich verschluckend. Die Hyänen aus »Der Leopard auf dem Schoß« hatten noch bessere Manieren. Sie verschlang ihre Flasche schneller als Kes »Kuckuck« sagen konnte.

»Wir müssen Mama aufwecken. Die weiß bestimmt was gegen das Kotzen.«

»Mama muß sich ausruhen!« sagte Kester.

»Dann muß Papa eben ...« Ich sprang auf. Blindlings rannte ich durch das Labyrinth unseres Hauses. Meine Absätze glitten auf der Treppe aus. Auf der ersten und der zweiten Etage: überall waren die Türen zu wie abgewandte, vorwurfsvolle Gesichter. Dahinter saßen Menschen, die ein- und ausatmeten im Rhythmus von Idas Geheul, aber niemand reagierte. Sie hatten alle Angst vor ihrem unstillbaren Hunger, sie waren genauso ängstlich wie Carlos, als fühlten sie, daß hier etwas Unnatürliches im Spiel war. Bestimmt sagten sie zueinander: »Das Kind ist wie verhext!«

»Brrr«, sagte Bas wie zu einem Pferd, als ich auf der

halben Treppe vor seiner massiven Gestalt zum Halten kam. Er hatte eine kurze Hose an, aus der lange behaarte Beine herausschauten. Zum erstenmal seit Tagen bemerkte ich, daß wir warmes Wetter hatten, Ferien, draußen, irgendwo. Barsch sagte er: »Kneifst du deine kleine Schwester vielleicht manchmal heimlich, weil sie die ganze Zeit weint?«

Erschrocken schlug ich die Augen nieder. Ich fühlte, daß ich bis zu den Haarspitzen errötete. »Laß mich durch!« rief ich.

Ich rannte mit schmerzenden Knöcheln ins Zimmer meines Vaters, aber er saß nicht hinter seinem Schreibtisch. Esmée sagte, daß er bei meiner Mutter sei, um mit ihr zu besprechen, ob Ida nicht ins Krankenhaus solle. »Sonst trocknet sie aus.«

Bei diesen Worten schrumpelte Ida in meinen Gedanken zusammen wie eine Mumie. Sie wurde so klein wie eine Erbse und verschwand dann mit einem kaum wahrnehmbaren »Puff« aus meinem Blick, um in eine andere Dimension zurückzusausen, dorthin, wo sie vor ihrer Geburt gewesen war. In der Zukunft würde ein kaputtes Rad oder ein verpaßter Zug zwei Menschen zusammenführen, und da hätte Ida eine neue, eine bessere Chance. Sie würde endlich bei ihrem wahren Namen gerufen werden und nicht länger ein schreiendes Loch sein müssen.

Schon allein der Gedanke ließ mich erleichtert aufatmen, und ich fühlte mich von Kopf bis Fuß gereinigt, erlöst von meiner Rolle als böse Patentante.

Aber Ida bekam keine Gelegenheit, ihrem Unglücksnamen zu entkommen: Noch am selben Abend wurde sie wegen eines Magenpförtnerkrampfes notoperiert. Es wurde eine neue Verbindung zwischen ihrer Speiseröhre und ihrem Magen gelegt, und sie mußte sieben Wochen im Krankenhaus bleiben. Die Ärzte sagten zu meinem Vater, daß es Spitz auf Knopf gestanden habe. So ein eisenhartes Baby hätten sie noch nie gesehen: Dies war ein Kind, das mit aller Gewalt leben wollte.

Ida war kaum aus dem Haus, als meine Mutter erwachte, gerade als ich ihre Bouillon auf das Nachttischchen stellte. Sie zwinkerte mit den Augen und richtete sich erschrocken auf. »Ellen! Was geht hier in Gottes Namen vor?«

Im Gegensatz zur nüchternen Frage sah sie entgeistert aus, ihr Gesicht war ungewöhnlich aufgedunsen, die Haare klebten stumpf an ihrem Kopf. Als ihr Blick auf die leere Wiege am Fußende des Betts fiel, kam sie wieder zur Besinnung.

»Wo ist Ida?« fragte sie unbeherrscht.

»Weißt du das nicht? Papa und Kes sind mit ihr ins Krankenhaus. Sie sind gerade …«

Langsam und unbeholfen schlug meine Mutter die Decken zurück und stieg aus dem Bett. Sie taumelte. Ohne ein Wort zu sagen, begann sie, über ihr Nachthemd planlos Kleidungsstücke anzuziehen. Einen Rock, eine blaue Weste. Die Anstrengung trieb ihr Schweißperlen auf die Stirn.

»Mama«, sagte ich verdutzt, »solltest du nicht erst dein Nachthemd ausziehen?«

Sie schubste mich weg und lief wie ein Roboter mit unsicheren Schritten aus dem Zimmer.

Es war Viertel nach sechs, und im Haus herrschte Totenstille. Die Mappen steckten in den Schränken, die Werkstudenten waren weg. Es war, als wäre ich mit meiner Mutter ganz allein auf der Welt, einer Welt, die jeden Augenblick ins Trudeln und Schlingern geraten konnte. Plötzlich überkam es mich, und ich rannte ihr hinterher. An der Treppe versuchte ich, ihr den Weg zu versperren.
»Geh jetzt zurück ins Bett, Mama!«
»Aus dem Weg!« sagte sie mit erstickter Stimme und drückte mich wie eine Fliege an die Wand. Sie hielt sich mit beiden Händen am Treppengeländer fest und begann mit nackten Füßen den Abstieg.
»Wohin gehst du? Mama! Gleich fällst du noch.« Ich bekam ihre Weste zu fassen und zog mit aller Kraft daran. Sie schien es nicht einmal zu merken. Mit schweren Schritten wankte sie die Treppe hinab, mich im Kielwasser mitschleifend. Meine Wange schrammte am rauhen Putz der Wand entlang, und ich ließ los.
»Billie!« schrie ich, so laut ich konnte. »Komm schnell, Billie!«
Meine Mutter keuchte und murmelte etwas vor sich hin. Sie hatte den Absatz erreicht und nahm Kurs auf die nächste Treppe.
Wo war Billie? Lag sie vielleicht gemütlich im Garten, um in ihrem neuen zweiteiligen Badeanzug mit den vorgeformten Körbchen aus Schaumgummi, über die Kester und ich uns immer totlachten, die letzten Sonnenstrahlen zu genießen? In ein paar Tagen fing die Schule wieder an, man mußte also noch schnell die Sonne ausnützen, wenn man wie Billie ein Dekolleté voller Sommersprossen haben wollte.

Ob meine Schwester wohl am ersten Schultag ihren weißen Lippenstift auflegte, um wie Jane Fonda auszusehen? Vielleicht wäre es gut, wenn ich das auch täte. Ich stand vor der schwierigen Aufgabe, eine Klasse voller Unbekannter in einer neuen Schule für mich einzunehmen. Vorsorglich hatte ich, um Gesprächsstoff zu haben, alle Rätsel aus »Alice im Wunderland« auswendig gelernt. Wenn man ein Brot durch ein Messer teilt, was bekommt man dann? Zieh von einem Hund ein Bein ab: Was bleibt übrig? Nur über den Raben und die Tafel würde ich schweigen wie ein Grab. Mindestens zehnmal hatte ich meinen Vater gefragt: »Warum ist ein Rabe wie eine Tafel?« Er konnte mir nicht helfen. Er sagte: »Das ist ein Rätsel ohne Lösung. Das ist gerade der Witz daran.« Aber solche Rätsel wollte ich nicht: Es hängt an der Wand und tickt. Und dann mußte man grinsend sagen: »Ein totes Vögelchen.« Wenn ich nicht verstand, warum das lustig ist, wie sollten die anderen mich jemals nett finden?
»Mama!« rief ich voller Verzweiflung hinter ihr her. »Warum ist ein Rabe wie eine Tafel?«
Meine Mutter hielt auf der halben Treppe inne. Ungelenk drehte sie sich um und starrte durch mich hindurch. Unter dem verrutschten Kragen ihrer Weste sah ich den Gänseblümchenrand ihres Nachthemds. Sie schüttelte kurz den Kopf. Allmählich verschwand das Trübe aus ihrem Blick. »Was sagst du, Ellen?«
»Ich weiß nicht, warum ein Rabe wie eine Tafel ist!« Ich fing an zu weinen. Zwei Stufen auf einmal nehmend, sprang ich zu ihr.
Sie fing mich in ihren Armen auf und strich dann mit ihren Fingerspitzen über meine verschrammte Wange.

Sie schaute, als wäre sie erstaunt, uns hier zusammen auf der Treppe anzutreffen. Ich war so froh, daß sie sich jetzt normal verhielt, daß ich schon wieder unter Tränen lachte.
Ganz vernünftig fragte sie: »Weißt du vielleicht, warum sie mein Baby gestohlen haben?«
»Ida ist im Krankenhaus.« Ich schluchzte. »Papa hat es dir selbst erzählt. Aber da hast du sicher schon wieder geschlafen.«
Mit der flachen Hand schlug sie mir auf den Mund, packte mich am Kragen und sagte barsch: »Lauf runter! Hol Sibylle! Die hängt in dem Komplott auch mit drin. Dein kleines Brüderchen hat sie mir auch schon fast abspenstig gemacht.«
Über meine Füße stolpernd, rannte ich die Treppe hinunter.
Billie und Carlos saßen in der Küche und spielten mit meinem Memory-Spiel. Ich warf die Tür hinter mir zu und drückte meinen Rücken fest dagegen. »Billie!« stieß ich hervor.
Sie drehte zwei Karten um und sagte traurig: »Du gewinnst, Carlos.«
Kreischend machte mein Brüderchen eine wieselflinke Handbewegung nach links oben und eine nach rechts unten und deckte zwei weiße Kaninchen auf.
Ohne aufzublicken, sagte Billie zu mir: »Schälst du schnell mal die Kartoffeln? Papa und Kes werden bald nach Hause kommen.« Sie steckte sich eine Lucky Strike an und blies den Rauch nach oben.
Ich schaute auf das runde Muttermal in ihrem Mundwinkel. Sie würde mir sicher nicht glauben, wenn ich ihr

erzählte, was für häßliche Dinge meine Mutter gesagt hatte. Aber würde Mama sich nicht von selbst beruhigen? Sie blieb nie lange zornig. Zögernd ging ich zur Spüle und holte den Kartoffelkorb aus dem Schrank unter dem Abfluß.

Carlos rief: »Schau, Billie, die kleinen Wiegen!« Rasch drehte er die Karten um. Sein linker Arm glänzte von der Salbe.

»Was für ein Glück, nicht wahr, Kleiner, so eine dumme Schwester zu haben?« seufzte Billie.

Im selben Moment schlug die Tür auf, und meine Mutter stürmte herein. »Glaubt bloß nicht, daß ich nicht weiß, was ihr hinter meinem Rücken zusammen ausheckt!« schrie sie Billie an.

Sie zog Carlos vom Stuhl, der erschreckt rief: »Mami! Mami!«

Ich legte das Schälmesser hin. Die blauen Kacheln oberhalb der Spüle begannen vor meinen Augen zu verschwimmen, die Platte aus Granit wurde eiskalt unter meinen zitternden Händen.

»Was ist los?« fragte Billie verdattert. »Was hast du, Mama? Ich wußte gar nicht, daß du auf bist.«

Meine Mutter setzte sich Carlos auf die Hüfte und drückte ihn an sich, während sie zurückwich, bis sie gegen den Herd stieß. Ihre Gesichtszüge waren wutverzerrt. »Bleib mir vom Leib!« zischte sie. »Ich hab euch durchschaut. Ihr habt ...«

»Was meinst du? Warum tust du das?«

»Ihr habt mich die ganze Zeit betäubt! Damit ich nicht merke, daß mein Baby weg ist! Aber ich bin nicht verrückt!«

Billie stand langsam auf und stützte sich mit den Händen auf dem Tisch ab. Sie war weiß wie die Wand geworden.
»Wage es nicht, du«, keuchte meine Mutter, »wage es nicht, meinen Kindern noch einmal zu nahe zu kommen!« Sie machte einen schnellen Schritt zur Seite, griff sich das Messer von der Spüle und hielt es mit ausgestrecktem Arm vor sich.
Carlos bewegte ängstlich seinen Kopf und schaute mit weit aufgerissenen Augen erst zu Billie, dann zu mir. Noch einen kurzen Moment und er würde anfangen lauthals zu schreien.
»Leg das Messer hin, Mama!« sagte Billie leise. »Du machst Carlos angst.«
Die Schultern meiner Mutter sackten plötzlich zusammen, ihr ausgestreckter Arm begann zu zittern, sie ließ das Messer aus der Hand gleiten, es klirrte auf den Fliesen. Dann setzte sie Carlos vorsichtig ab. Er stand da und schaute schief zu ihr hoch, noch immer unsicher, was das alles zu bedeuten habe. »Ach, Michelchen«, sagte sie heiser, »ich wollte dich doch nicht erschrecken.«
»Er heißt Carlos«, flüsterte ich fast unhörbar.
Meine Mutter wischte über ihre Augen.
Billie ging schweigend zur Spüle, machte ein Geschirrtuch naß und gab es Mama. Sie drückte es sich gegen die Stirn. Sie setzte sich an den Tisch. Die roten Flecken an ihrem Hals verschwanden langsam.
Wie abgesprochen fingen Billie und ich an, über der Spüle Bohnen zu enthülsen und Salat zu waschen. Ich blickte auf die Härchen auf Billies nackten Armen. Mei-

ne standen noch immer aufrecht. Zitternd hielt ich das Sieb mit dem Salat unter den Wasserhahn. Die Einwohner von Attika würzten ihre Speisen mit Majoran und Kümmel; Wein war billiger als Öl; es gab keinerlei Hinweise, daß die Griechen, auch nicht in den nördlichen Provinzen, gegorenes Bier kannten; die Spartaner aßen täglich nur eine Schale schwarze Suppe.
Hinter mir sagte Carlos: »Sieh, Mami, ich habe viel mehr Pärchen als Billie.«
»Gut gemacht«, antwortete meine Mutter mit unsicherer Stimme. Ich hörte, daß sie sich aufrichtete. Kurze Zeit später fühlte ich ihre zögernde Hand auf meiner Schulter. »Was für große Töchter ich doch habe«, sagte sie. Ich drehte mich um. Sie sah müde und beschämt aus. Sie gab mir ungeschickt einen Kuß und wandte sich dann Billie zu. »Sibylle, ich hoffe, daß du mich ...«
Wir hörten die Haustür. Kester und mein Vater kamen heim und füllten die Küche sofort mit ihrer lautstark vorgetragenen Erleichterung. Die Ida war schon so eine, darüber waren sich alle im Krankenhaus einig. »Wir können stolz auf sie sein«, sagte mein Vater, während er seinen Arm um Mamas Taille legte und sie an sich zog. Ohne Punkt und Komma berichtete er fünf Minuten lang von der Diagnose, der Operation und der zu erwartenden glücklichen Genesung. Es war der längste Satz seines ganzen Lebens. Meine Mutter hörte zu, die Stirn vor Konzentration in Falten.
»Also kommt es nicht daher, daß ich sie nicht gestillt habe? Ich war so müde. Ich konnte nur ...«
»Liebling, es ist ein Geburtsfehler. Du brauchst dich für nichts schuldig zu fühlen. Aber soll ich dir nicht schnell

deinen Morgenmantel holen? Wie hast du dich denn bloß zurechtgemacht?«
»Wir können sie jeden Tag besuchen«, sagte Kes. Hungrig schaute er in einen Topf. »Es gibt doch nicht wieder Suppe, oder?«
Meine Mutter straffte sich. »Ich werde das hier alles mal wieder richtig in die Hand nehmen. Die Schlaferei tagsüber, das ist etwas für Ausländer oder Haustiere.« Sie blickte Billie und mich entschuldigend an, mit einem durchdringenden Blick. »Ich weiß überhaupt nicht, was da über mich gekommen ist. Schwamm drüber! Gut? Und räumt die Memory-Karten jetzt mal weg, dann können wir am Tisch essen.«

Abends im Bett versuchte ich, in mein Tagebuch zu schreiben, was passiert war, aber schwarz auf weiß nahm sich Mutters Anfall immer unglaubwürdiger aus. Es paßte gar nicht zu ihr, so loszulegen. Durch die Nervenanspannung der letzten Tage hatte ich ihr verrücktes Betragen bestimmt zu schwergenommen. Ich riß die ganze Seite aus meinem Tagebuch, schlug ein neues Blatt auf und notierte für meine Liste von Gesprächsthemen alles, was ich über das Leben der Walfische und über die Versorgung von großen schwarzen Hunden wußte.

Als Thijs und ich noch verheiratet waren, mähte er immer den Rasen. Manchmal bekam er einen regelrechten Grünen-Daumen-Anfall und war dann ein ganzes Wochenende wie ein Besessener dabei, Löwenzahn auszustechen. Ich war immer eher geneigt, meditativ auf das

Geißblatt zu starren, ein Glas Weißwein in Reichweite. Nun werde ich doch die Ärmel hochkrempeln müssen, wenn ich wenigstens etwas aus dem verwilderten Garten in der Drosselallee machen will. Unkraut wächst zwischen den Platten der Terrasse, das Efeu hat meterlange Ranken produziert, weiter hinten stehen das Siebenblatt und die Brennesseln kniehoch, den Teich überwuchern Algen. Schaut man genauer hin, dann wird einem erst recht schlecht. Gundermann blüht auf den Rabatten, der Rasen besteht zur Hälfte aus Wegerich. Ein Wald feindlichen Grüns, vitaler als die Samen, die ich auf dem Markt gekauft habe.
Dies ist keine Kleinigkeit, dies ist ein ausgewachsenes Projekt. Aber wenn ich gegenwärtig irgend etwas im Überfluß habe, dann ist es Zeit. Ich brauche nur noch einige Gartengeräte.
Ich lege den Thunfisch und den Rhabarber, den ich für Thijs gekauft habe, in den Kühlschrank und gehe in das Gartencenter, das in der Nähe entstanden ist. Einen Spaten, eine Harke, eine Heckenschere, Antimooskur für den Rasen, Kompostbeutel, Handschuhe, eine Axt, eine Astschere, eine Schubkarre. Man kann in der Größenordnung von ein paar Saattütchen denken, oder man denkt etwas großzügiger.
Mit Mühe laviere ich meinen vollgeladenen Einkaufswagen durch die engen Gänge. Mir wird es warm in meinen knallengen Jeans. Nicht mehr lange und ich brauche weite Kleidung. So eine Schwangerschaft ist eine merkwürdige Erfahrung. Du bist wie ein Apfel oder eine Birne, die keine andere Wahl hat, als einfach reif zu werden. Du kannst das selbst überhaupt nicht beeinflussen.

Wie wohl meine Mutter das erlebt hat? Ich denke in letzter Zeit viel an sie. Wie muß sie sich gefühlt haben, als sie mit uns schwanger war? Wir wissen, daß sie bei allen fünf von uns gleich glücklich war, und mein Vater nicht weniger. Voller Stolz klebten sie jedes Jahr am Neujahrstag wie in einem Ritual gemeinsam die Familienfotos ein. Sie lachten, sie stritten sich über das genaue Datum und die Bildunterschrift.
Meine Mutter trug damals ihr Haar noch in einem unordentlichen Knoten, mein Vater war ständig dabei, an losen Strähnen in ihrem Nacken herumzufriemeln.
Als sie endlich fertig waren und wir das Album anschauen durften, mit einem Becher Anismilch vor uns, sagte Mama verträumt: »Was für eine hübsche Truppe seid ihr doch! Schau mal hier, Billie und du, Kester …«
»Das kommt daher, weil ihr eurer Mutter so ähnlich seht«, sagte mein Vater.
»Ich nicht«, sagte ich entrüstet. »ich gerate dir nach, Papa.«
»Weil du das dritte Kind bist, Schatz, genau wie ich«, sagte er und schaute mich über den Rand seiner Brille so ernst an, daß mir die Brust vor Stolz schwoll.
Bei dem Informationsschalter direkt vor dem Ausgang des Gartencenters drücke ich auf die Klingel. Was für ein gut organisierter Betrieb! Haben Sie vor dem Verlassen des Geschäfts noch Fragen? Wir werden sie beantworten.
Hinter dem Tresen erscheint sofort ein Bär von einem Mann in einer roten Jacke, das Haar zu einem Pferdeschwanz zusammengebunden.
»Könnten Sie mir dies bitte ins Haus liefern?« sage ich.

Ohne mich anzuschauen, nimmt er ein Formular und einen Stift. »Das geht. Sogar heute noch. Aber es wird dann später als vier.«
»Ausgezeichnet. Van Bemmel, Drosselallee 11.«
Sein Stift rutscht plötzlich kratzend über das Papier. Er blickt auf. Und dann erkenne ich ihn erst, über die Kluft von Jahren hinweg. Schon möchte ich reflexartig die Flucht ergreifen, da hat er über den Tresen hinweg meinen Arm ergriffen und mit seiner Riesenhand umklammert. »Ellen?«
Die Falte an seiner Nasenwurzel ist zu einer großen Furche geworden.
Er war damals vierundzwanzig, als ich zwölf war: Er muß nun Ende Vierzig sein. Schnell sage ich im neutralen Ton eines Menschen, der es eilig hat: »Sieh an, Bas! Geht's gut?«
»Jawohl.« Auf seinem Gesicht bricht ein Lachen durch. »Was für eine Überraschung! Ich wußte nicht, daß du wieder ...«
Schnell versuche ich, seine Aufmerksamkeit abzulenken. »Du siehst gut aus.«
»Ja, also ehrlich gesagt, ich bin ein gelungenes Beispiel für den Einsatz von Antidepressiva.«
»Arbeitest du hier schon lange? Wirklich ein ganz anderer Job als ...« Sofort möchte ich die Worte wieder hinunterschlucken.
»Ich habe oft an dich gedacht, Ellen. An euch alle.«
Ich beginne zu schwitzen. Er weiß, vor fünfundzwanzig Jahren war geplant, ja es bestand die feste Absicht, daß auch ich auf der Strecke bleiben sollte. Ich hätte nie erwachsen werden sollen, genausowenig wie meine

Brüder und meine Schwestern. »Ich muß weiter«, sage ich abrupt.
»Warte, dein Bon!« Er kritzelt meinen Namen und meine Adresse auf das Formular. »Ich wollte nur sagen ...«
»Prima.« Ich ersticke fast.
»Und darum habe ich dir damals auch die Karte geschickt. Weißt du das noch?«
Aus einem Geheimfach in meiner Erinnerung taucht schemenhaft eine Ansichtskarte vom Keukenhof auf, »Frdl. Gr. Alles Gute, Bas«, stand auf der Rückseite. Selbst die Reißzwecke, mit der ich die Karte über meinen Bett im »Einhorn« festgepinnt hatte, sehe ich wieder vor mir; die weiße Plastikkappe war abgegangen, und allmählich breitete sich ein Rostfleck auf dem Tulpenfeld aus, mit einem rotbraunen Rand, der an geronnenes Blut erinnerte. Mit Grausen fühle ich, wie mir die Tränen in die Augen schießen. Ich drehe mich um und laufe blindlings raus aus dem Gartencenter, gegen Leute und Einkaufswagen stoßend.

Zu Anfang dachte ich, es handele sich um eine Art Ferienlager. Es waren dort Kinder jeden Alters und Gruppenleiter mit Bärten, die um den Kopf gebundene Schals trugen, »Der Herr der Ringe« lasen und schwere Van Nelle rauchten. Carlos und ich waren im »Einhorn«. Es gab da noch fünf andere, genau gleich aussehende Gebäude, Bungalows sozusagen, alle mit einem Flachdach und klappernden Gartentüren. Man nannte sie Pavillons, ein Wort, das ich nur aus den Märchen von »Tausendundeiner Nacht« kannte.
Zum erstenmal in meinen Leben hatte ich ein eigenes

Zimmer, mit gelben Gardinen und einer karierten Tagesdecke, und bei unserer Ankunft sagte ich begeistert zu Carlos: »Hier ist es wirklich toll.« Wir sausten den ganzen Tag unter den alten Linden in dem riesigen Park herum, oder wir spielten Krocket mit Sjaak, unserem Gruppenleiter, der den hölzernen Hammer schwang, als wolle er einen Ochsen zu Fall bringen. Ich lernte von Marlies und Gerda Bauernskat, zwei großen, vulgär daherredenden Mädchen mit gelben Haaren, die beide Fotomodell werden wollten. Und wenn es warm war, sprangen wir in unseren Badeanzügen kreischend unter den Rasensprengern herum. Ich erntete viel Beifall mit der schönen Helena und dem Trojanischen Pferd. Beim Abwasch glänzte ich durch Eifer. Wenn niemandem mehr etwas Lustiges einfiel, imitierte ich das Gepiepe von Ratten, die ein Baby totbissen, oder erzählte von Mafiosi, die einander mit einem Betonblock an den Füßen ins Meer versenkten. Ich wußte selbst nicht, wie ich an solche Geschichten kam, mein Kopf war einfach eine unerschöpfliche Vorratskammer. Sjaak packte mich manchmal im Nacken und sagte, daß ich mich wirklich etwas mehr zurückhalten könnte. Und daß ich Carlos auch nicht die Hälfte von meinem Regenwurm hätte geben sollen. Ein paarmal in der Woche mußten mein kleiner Bruder und ich zu einer gewissen Marti ins Büro kommen, um Zeichnungen zu machen. Carlos, der nur Bilder ausmalen konnte, brachte nichts zustande, aber ich zeichnete jedesmal einen perfekten Orson, schwarz und groß und beängstigend. Ich beschäftigte mich manchmal wohl eine halbe Stunde mit Überlegungen zur Position seiner Ohren oder zur Form seines Schwan-

zes. Wenn eine Zeichnung besonders gelungen war, bat ich Marti, ob sie die nicht ins Tierasyl schicken könne, damit man sie in Orsons Käfig aufhängt. Dann würde jeder begreifen, daß er ein Frauchen hatte und deshalb nicht versehentlich vor dem Ende der Ferien von jemand anderem abgeholt werden durfte.
»Vermißt du Orson auch so?« fragte Marti meinen Bruder.
Er fuhr schweigend fort, anzumalen. Wenn niemand darauf achtete, vermöbelte ich ihn oft gnadenlos in der Hoffnung, seine Stimmbänder zu aktivieren. Alle Warums waren ihm auf den Lippen erstorben.
Marti, die ein liebes, spitzes Gesicht hatte, sagte, das sei eine Frage der Zeit. Carlos werde von sich aus wieder anfangen zu reden, und wenn ich selbst etwas fragen oder sagen wolle, könnte ich jederzeit zu ihr kommen. Sie konnte nicht so gut zeichnen, aber sie malte mal ein Flugzeug für mich, mit einer langen wehenden Fahne dahinter, auf der stand: ELLEN VAN BEMMEL FOR PRESIDENT. Sie fragte, ob mich das auf irgendeinen Gedanken bringe, und schaute mich erwartungsvoll an. Ich sagte, wenn so ein Flugzeug sehr niedrig über die Niederlande fliegen würde, würde jedermann meinen Namen kennen, als wäre ich Mick Jagger.
Mit enttäuschtem Gesicht legte sie das Bild weg. Ich fühlte mich so als Versager, daß ich Bauchschmerzen bekam. Den ganzen Tag hatte ich Krämpfe. Ich war eigentlich zu mitgenommen, um abends an der Schnitzeljagd teilzunehmen, die Sjaak für uns organisierte, weil er Geburtstag hatte, aber ich fürchtete, ihn dann auch zu enttäuschen.

Wir waren mit unseren Taschenlampen noch keine Viertelstunde unterwegs und suchten in einem dunklen Wald nach den silbernen Schlangen, die Sjaak in den Bäumen aufgehängt hatte, als ich das Gefühl bekam, fürchterlich pinkeln zu müssen. Als ich mich hinter einen Busch hockte, fiel mein Blick auf den Zwickel meiner Unterhose. Erst war ich vor Schreck wie gelähmt, aber schon bald ging mir ein Licht auf. Umständlich stopfte ich einen meiner Socken in die schmutzige Hose und lief im Laufschritt hinter den anderen her. Mein Bauch tat nun erst recht weh, und nach einer halben Stunde Lauferei hatte ich eine Blase an der Ferse. Wir sahen einen Damhirsch auf einer Lichtung, der unschuldig mit seiner Schönheit prahlte, aber eigentlich wollte ich lieber ins Bett.

Im »Einhorn« steckte ich dann meine besudelten Sachen ganz nach unten in den Wäschekorb. Binden lagen im Wäscheschrank auf dem Flur. Ich hatte Marlies beobachtet, wie sie da einmal hineingegriffen hatte. Ich zog eine saubere Unterhose über die Binde, fühlte mich übel und ging ins Bett. Ich vermißte Orson plötzlich so sehr, daß mir der Rest der Ferien auf einmal gestohlen bleiben konnte.

Mit dem Gefühl, daß etwas völlig verkehrtlief, trottete ich nach draußen. Wenn du deine Regel kriegst, kannst du Kinder kriegen, und wenn du das nicht willst, mußt du ein Kondom benutzen. Das hatte Billie mir selbst erklärt.

Es war, als ob ich mit einem Krocketschläger einen Schlag vor die Brust bekommen hätte, und ich schnappte nach Luft. Dann fiel die Klappe, durch die dieser

merkwürdige Schatten plötzlich hervorgetreten war, wieder zu. Ich kannte überhaupt keine Billie.
Mit weichen Knien ging ich zu Marti und erzählte ihr, daß bei den alten Römern Mädchen immer ein Kondom bekamen, wenn sie ihre Regel kriegten, und ob das nicht ein sinnvoller Brauch gewesen sei. Marti dachte kurz nach. Dann nickte sie. Ich war erleichtert.
Sie zog die unterste Schublade ihres Schreibtisches auf, holte ein kleines blaues Paket heraus und hielt es hoch.
»Schau, sie liegen hier für dich bereit. Wenn du einen Freund hast, kannst du sie jederzeit bei mir abholen. Aber Ellen, du hast doch noch alle Zeit, hörst du. Du bist jetzt … zwölf? Oder schon fast dreizehn?«
Ich nickte.
»Also, weißt du was? Ich hebe sie einfach für dich auf. Meinst du nicht, daß das eine gute Idee ist?«
»Wenn ich nur keine Kinder kriege«, sagte ich resolut.
»Warum nicht?« fragte sie interessiert und nahm ihren Stift zur Hand.
Plötzlich war ich mir wieder der Klappe in meinem Hinterkopf bewußt. Es war, als ob eindringlich an ihr geklopft würde. Verwirrt schaute ich auf meine Schuhspitzen. Dann sagte ich: »Orson mag keine Babys.«
Marti legte ihren Stift wieder zurück. »Sollen wir Orson mal zusammen besuchen?«

Wir fuhren mit dem Bus. Es war ein prächtiger, strahlender Tag, aber man konnte riechen, daß der Sommer seinen Höhepunkt schon überschritten hatte. Nur noch kurze Zeit und wir würden morgens mit einem Zweig, den wir zu einer Schlinge zurechtgebogen hatten, mit

Tau benetzte Spinnweben aus den Sträuchern angeln können.
Ich hatte einen Knochen bei mir, so groß wie mein Arm. Um mein Handgelenk schlenkerte das Bettelarmband, das Marti mir gegeben hatte. Ich mußte mich beherrschen, nicht die ganze Zeit meine Hand zu bewegen, um es funkeln zu lassen, so schön fand ich es.
Das Tierasyl lag an einem Feldweg am Stadtrand. Die Luft war erfüllt vom Geruch von Pisse und Pansen, der uns verstärkt entgegenschlug, als wir hineingingen. Am Ende des Ganges war eine mit Draht bespannte Tür, dahinter ein Raum voller vergitterter Verschläge. Ein Sturm von Gebell erhob sich.
»Orson!« rief ich.
»Nun mal ruhig«, sagte Marti.
Ein Mädchen mit einer Gummischürze fegte gerade den Boden. Unfreundlich sagte sie: »Orson ist im Auslauf.«
Draußen war es so matschig, daß ich beinahe ausrutschte. Auf einer Weide stand ein Pony mit durchhängendem Rücken. Dann sah ich meinen Hund. Er hatte einen ganzen Zwinger für sich alleine, aber er lag traurig da, lang ausgestreckt im Dreck. In der Ecke standen zwei verbeulte Futternäpfe.
Ich brauchte ihn nicht erst zu rufen. Seine Ohren richteten sich schon auf, als er meine Schritte hörte. Er sprang mit allen vier Pfoten gleichzeitig hoch, galoppierte los und warf sich dann mit einem dumpfen Schlag gegen die Absperrung. Mit dem Schwanz wedelnd und jaulend vor Glück, versuchte er durch das Drahtgeflecht, mein Gesicht zu lecken.
»Hey, paß da auf, du! Dem Hund ist nicht zu trau-

en!« Ein Mann mit langen Schaftstiefeln kam angelaufen.
»Aber ich kenne ihn«, sagte ich. »Er gehört mir.«
Der Mann hielt inne. Nach einem kurzen Moment fragte er neugierig: »Oh, also dann bist du eine von den ...«
»Kann er kurz mal raus?« unterbrach ihn Marti.
»Nein, aber sie kann hinein, wenn sie sich traut. Wir kriegen übrigens sowieso keinen Abnehmer für diesen Hund, er ist schon dreißig Tage hier, also wollen sie ...«
Im Zwinger nahm ich Orson in den Arm. Ich drückte meine Nase in sein dichtes Fell und schnüffelte tief den vertrauten Regenjackengeruch ein. Er war es wirklich. Und auf einmal verstand ich, daß ich die ganze Zeit über gefürchtet hatte, ich könnte ihn mir nur eingebildet haben und er existierte vielleicht in Wirklichkeit gar nicht. Als ob so etwas möglich wäre! Vor Freude schreiend, tollte ich mit ihm auf der Erde herum. Ich zog seine Ohren nach hinten, so daß er wie ein riesiger Hamster aussah, und kraulte ihn zwischen seinen treuen Augen. Er war völlig verfilzt, vielleicht hatte er sogar Zecken, und auf seinem Rücken war eine häßliche kahle Stelle. Es würde eine Menge Arbeit machen, ihn wieder aufzupäppeln.
Marti schaute zu, ihre Finger hatte sie in das Drahtgitter gehakt. Nach einer Weile fragte sie: »Weißt du noch, wann du Orson bekommen hast, Ellen?«
»Als ich zwölf wurde«, sagte ich ohne nachzudenken.
»Und von wem? Weißt du das noch?«
»Er kam aus dem Tierasyl.«
»Aber wer hat ihn für dich da rausgeholt?«
Ich stieß Orson weg. Plötzlich hatte ich keine Lust mehr,

mit ihm zu spielen. Aber er war immer noch aufgeregt und jaulte, seinen Kopf drückte er immer wieder an mich. Ich holte den Knochen aus der schmierigen Tasche und warf ihn lustlos in den Zwinger. Blödes Getue. Ganz wie von Sinnen kam der Hund schon wieder auf mich zu, den Knochen zwischen seine Zähne geklemmt, seine funkelnden Augen sagten: Wirf noch einmal, Ellen! Das Tier wollte nichts von aufhören wissen. »Hau jetzt ab!« sagte ich scharf. Brav ließ er sich auf seine Pfoten fallen. Sein Schwanz wedelte. Schnell schlüpfte ich aus dem Zwinger und machte das Gatter hinter mir zu.
Marti legte mir die Hand auf die Schulter und fragte leise: »Weißt du es jetzt wieder, Ellen? Wer hat Orson für dich ausgesucht?«
Ich wollte einen schönen Welpen haben, nicht so ein wildes Ungetüm, das einen den ganzen Tag über den Haufen rannte und dann noch immer nicht zufrieden war. Und dazu noch aus zweiter Hand. »Laß uns gehen!« sagte ich.

Es gab übrigens schon einmal einen Hund vor Orson: Billie hatte einen Pudel, als sie klein war. Ich kann mich nicht erinnern, was aus ihm geworden ist, nicht einmal, wie er hieß. Wahrscheinlich war es vor meiner Zeit, und ich kenne ihn nur aus Erzählungen oder von den Fotos aus dem Familienalbum mit den braunen Seiten und dem dazwischengehefteten Seidenpapier. Der Pudel ist auf den Fotos von Billies erstem Tag am Strand zu sehen. Offenbar ist sie zu diesem Zeitpunkt etwa ein Jahr alt. Neben ihr im Sand liegt das verrückte, kecke Tier. Der Pier von Scheveningen ist in der Ferne verschwom-

men zu erkennen. Strandkörbe. Das Meer, träge und schwer am Horizont.
Meine Schwester hält ihren Hund ganz fest an den Locken in seinem Nacken. Er seinerseits schaut voller Erwartung auf meine Mutter, die einen Picknickkorb auf dem Schoß hat und recht geschäftig in die Kamera des Strandfotografen lacht, als sei sie mit ihren Gedanken bei den Thermoskannen mit Ochsenschwanzsuppe, die sie an diesem Morgen eingepackt hat.
Es ist ein frischer Tag, der Wind weht heftig, und der Himmel ist grau. Dennoch hat mein Vater mit der eigensinnigen Unerschrockenheit des niederländischen Urlaubers jener Zeit eine kurze Hose an, deren Beine weit um seine Schenkel flattern. Der Wind weht ihm die Haare in die Augen. Der Sand peitscht seine Waden. Er beugt sich vor und sagt: »Kann ich noch schnell mit Sibylle ins Wasser oder willst du erst was essen?«
Sie streichelt mit der Innenseite ihres Handgelenks an seiner Kniekehle entlang. »Mach man!« Sie lacht ihn an, faul und zärtlich. Gestern abend hat sie ihn vor dem Zubettgehen mit einem konzentrierten Blick am Bett seiner Tochter sitzen sehen, und von seinem Gesicht konnte sie ablesen, daß er Sibylle in Gedanken vom Meer erzählte, von den frechen Möwen, vom Strand, mit England auf der anderen Seite. Sie ist gerührt und auch ein wenig amüsiert: Für sie ist er trotz seiner Einsilbigkeit so verständlich wie ein Strickmuster. Ein Mann mit dem brennenden Verlangen, seiner Tochter das Meer zu zeigen.
Er hebt Sibylle aus dem Sand hoch. Der Pudel springt auf und blafft kurz, legt sich dann wieder hin.
Frits fühlt, wie die sandigen Beine seiner Tochter seine

Taille umklammern, und drückt ihre Wange gegen seinen Hals, während er ihr den Sonnenhut mit dem gekräuselten Rand zurechtrückt. Sie spuckt ein wenig und schlägt mit beiden Händen auf seine Schulter.

»Ja«, sagt er liebkosend. Er läuft mit ihr zur Wasserlinie und sagt ab und an »Ja«. Ja, Mädchen. Ja, hör doch! Wie angenehm, wie problemlos scheint doch der Umgang mit einem Kleinkind zu sein. Hier ist dein Papa, Mädchen, zufriedenes Geschöpf mit deinem klaren Blick und deinem Vogelgekreische. Nie wirst du mich beschimpfen als steifes Brett, als alten Schlappschwanz, als langweiligen Kerl. Für dich bin ich der Größte und Stärkste der Welt, du hast einen Helden und einen Ritter aus mir gemacht. Liebe mich für immer!

Langsam stapft er durch den nassen Sand. Erst als das Meerwasser seine Knöchel umspült, dreht er sich um und winkt Margje zu.

»Oih!« ruft seine Tochter, die in seinen Armen zappelt.

Er geht weiter. Sie stoßen gleichzeitig einen Schrei aus, wenn eine Welle seine Brust umspült. Salzwasser spritzt auf ihre Wangen. »Sei ruhig! Papa hält dich gut fest.«

Er umklammert mit seiner Hand ein eiskaltes Füßchen. Sie stehen zusammen in der grauen, endlosen See. Es beginnt leicht zu regnen.

Er glaubt, daß er sein zweites Kind niemals so lieben können wird wie Sibylle. Aber Margje will sechs. Sie hat glückliche Visionen von einem Haus voller Lachen und Balgerei. Ein runder Tisch mit acht Stühlen darum. Dicke Wangen, die Geburtstagskerzen ausblasen. Los doch, Frits, du weißt, wie schrecklich ich es fand, als Einzelkind aufzuwachsen.

Er denkt an ihre Brüste, die nun schon wieder geschwollen sind, er denkt: Daran sieht man es zuerst. Und er fühlt eine unerwartete geheime Freude über dieses intime Wissen. Drei Mädchen und drei Jungen, mit ebenso schwarzen Haaren und so heller Haut wie seine Frau, sich kabbelnd, schnatternd. Kakao, eingerissene Splitter, dösende Köpfchen an seiner Schulter.
Was sich Margje erträumt, wird ohne Zweifel geschehen, denn so ist es bis jetzt noch immer gewesen. Mit jemandem verheiratet zu sein, der solch beherrschende Visionen hat, ist eine echte Herausforderung. Man hat es einfach mit einer Kraft zu tun, die stärker ist als man selbst: Sie mit ihrer Sicherheit und ihrem Vertrauen, mit ihrem felsenfesten Glauben, daß du etwas Besonderes zu bieten hast und daß du dadurch deinen Kindern eine sorglose, völlig glückliche Jugend bescheren kannst.

Es klingelt, als ich gerade halbwegs mein zweites Auge geschminkt habe. Mein Kajalstift rutscht ab. Es ist noch früh: Ist das schon Thijs?
Es ist Bas. Die rote Uniformjacke hat einer blauen Windjacke Platz gemacht.
Überrumpelt starre ich ihn an.
»Ich komme nur, um noch schnell zu sagen, daß ich heute mittag nicht vorhatte, dich zu verunsichern«, sagt er rasch. Er reibt den Daumen an seiner Nase entlang, eine Gebärde, an die ich mich sofort wieder erinnere.
»*Okay,* laß gut sein! Du brauchst nicht ...«
»Nein, noch mal: *Sorry*.«
Ich verlagere mein Gewicht von einem Fuß auf den anderen. Ich fühle mich höchst elend.

»Also, das war's dann. Vielleicht sehe ich dich demnächst wieder mal im Laden.« Er streckt mir seine große Hand entgegen. »Tschüs, Ellen!«

»Tschüs!«

Er geht den Gartenweg hinunter. Sein Pferdeschwanz steckt im Kragen, eine dicke Beule. Am Tor beugt er sich über sein Fahrrad, um es aufzuschließen. Dann steckt er sorgfältig seine Hosenbeine in die Socken. Ich wußte gar nicht, daß es noch Menschen gibt, die das machen. Plötzlich renne ich hinter ihm her und kriege ihn bei seinem Ärmel zu fassen, bevor er auf das Fahrrad steigen kann. »Vielen Dank, daß du meine Sachen hast bringen lassen.«

»Naja, nicht der Rede wert.« Die vertraute Art, in der er das Bergmassiv seiner Schultern ein wenig streckt. Hinter seinem Rücken haben Kester und ich ihn früher oft nachgemacht, undeutlich murmelnd: *»No big deal. No big deal.«*

Es gibt niemanden mehr, der mich noch als Kind erlebt hat. Niemand anderen, der sich an mein erstes Fahrrad erinnert, an meine Zeichnungen, die im Treppenhaus hingen, an meine roten Sandalen mit der Schnalle auf dem Spann, niemand anderen, der gesehen hat, wie meine Mutter immer die Nadeln in meinem Haar wieder sorgfältig zurechtsteckte, wenn sie, mich auf dem Schoß, mit einem Kunden telefonierte. Niemand anderen, der meinen Vater über den Witz von Sam und Moos in der Kalverstraat, den ich ihm erzählte, hat lachen hören. Er lachte so laut, daß sich seine Brille beschlug, er setzte mich rittlings auf seinen Schreibtisch voller Mappen und sagte: »Ellen, noch einmal!«

Bas ist mein einziger Zeuge.
In diesem Moment taucht plötzlich Thijs in der Straßenkurve auf. Er muß sein Auto beim Kreisel geparkt haben und das letzte Stück gelaufen sein. Mit schnellen Schritten kommt er auf uns zu. Er trägt eine schöne karierte Jacke, die ich nicht kenne. Sein alter Diplomatenkoffer. Ein Strauß Rosen.
Automatisch streiche ich mein Haar glatt. Beruhige dich, pochendes Herz. Es ist nur unser Exmann.
»Oh«, sagt Thijs, bleibt stehen und blickt von Bas zu mir, »ich komme offenbar ungelegen.«
»Ach was«, sagt Bas, »ich verschwinde schon.«
»Thijs Kamerling«, sage ich, »Bas Feerman.«
»Hallo.« Bas lächelt. »Und auf Wiedersehen.« Er hebt eine Hand zum Gruß und springt erstaunlich wendig für so einen plumpen Mann auf sein Fahrrad.
Thijs und ich stehen einige Augenblicke auf dem Gehsteig. Dann sage ich: »Ellen van Bemmel. Angenehm.«
»So, meine Fremde.« Er wirkt ziemlich angespannt. Doch sieht er besser aus, als es viele Jahre der Fall gewesen ist. Die Linien von Schmerz und Unglauben um seinen Mund sind verschwunden. Seine Wimpern sind wieder da. Er sieht wieder aus wie er selbst, wie er war, bevor er mir zum Opfer fiel.
Direkt über unseren Köpfen beginnt in einer Eiche eine frühjahrsverrückte Meise ohrenbetäubend zu zwitschern. Thijs schaut hoch. Ich sehe, daß er sich gerade rasiert hat, und will meine Finger an seinem glatten Hals entlang bis zum Kragen gleiten lassen, den obersten Knopf seines Hemds aufmachen und seine Krawatte etwas lockern, einfach aus Freude an der vertrauten

Berührung, dieser Berührung, die das alltägliche Vorrecht der Geliebten ist. Die Geliebte, die ich aus eigenem Willen nicht mehr bin.
Thijs wendet seinen Blick vom Baum ab und schaut mich an. Wir sind genau gleich groß. Ich habe mir nie vorstellen können, wie es ist, mit jemandem verheiratet zu sein, der größer oder kleiner ist als man selbst. »Du hast zugenommen«, sagt er. »Steht dir gut.« Die Rosen, die er an seine Brust drückt, lachen mit. Bestimmt zwanzig Stück, wie ich auf die Schnelle bemerke. Er ist immer großzügig gewesen, eine Eigenschaft, die ich sehr schätze: Er hält seine Mitmenschen sein Geld, seine Zeit und seine Aufmerksamkeit für wert.
»Sollen wir reingehen?« frage ich.
»Oh, nein«, sagt er zu meiner Überraschung, »nein, ich halte dich nicht weiter auf. Ich mußte hier in der Gegend heute abend sowieso was erledigen – deshalb.« Er zieht ein Knie an, legt seinen Koffer darauf, den Koffer aus Kalbsleder, den ich vor vier Jahren für ihn in einem Anfall von Reue und Gewissensbissen gekauft habe, und holt eine Karte heraus. »Hier ist deine Benachrichtigung.«
»Willst du nicht schnell was trinken?« Mechanisch kommen die Worte aus meinem Mund.
»Nein, wirklich nicht, danke dir.«
Er quetscht die Rosen unter seine Achsel, damit sie nicht auf das Pflaster fallen, während er seinen Koffer wieder schließt. Er weicht meinem Blick aus.
»Du wirst mir doch nicht erzählen, daß du dich nicht traust, hier einen Fuß über die Schwelle zu setzen, oder?«

Er richtet sich auf: »Ellen«, sagt er etwas müde, »ich arbeite den ganzen Tag in Gebäuden, in denen sich über Jahrhunderte Dramen abgespielt haben.«
Um ihm nicht die Chance zu geben, einfach wegzugehen, frage ich: »Läuft's gut bei der Arbeit? Ich habe von diesen Wassertürmen gelesen ...«
»Ja. Und du?«
»Oh, ich habe für einige Zeit unbezahlten Urlaub genommen. Eine Art Sabbatjahr. Ich hatte eine Pause nötig.«
Er wirft einen schnellen Blick auf das Haus. Hinter allen Fenstern sind die Jalousien der Grafiker heruntergelassen.
Ich zeige auf die Dachgaube. »Dort habe ich früher geschlafen.«
Er geht nicht darauf ein. »Hat man dich im Labor so einfach gehen lassen?«
Die Welt, die ich hinter mir gelassen habe wie ein Dieb in der Nacht, ist so unwirklich, daß das Wort »Labor« mir einen kurzen Moment nichts sagt. Dann ist es, als würde ich den Geruch von Formaldehyd wieder riechen und die Empfindung des Widerstands wieder spüren, die totes Gewebe unter dem Skalpell hervorruft. Die meisten Menschen glauben, daß es eine makabre Arbeit ist, aber ich habe sie immer mit großem Vergnügen verrichtet. Sie ist ordentlich, in sich abgerundet. »Ach«, sage ich, »Willem machte mir keine Schwierigkeiten.« Plötzlich möchte ich mir die Zunge abbeißen. Thijs hat keine gute Erinnerung an Willem.
»Also«, sagt er, »dann hast du deine Angelegenheiten offenbar gut im Griff.« Er wedelt mit den Rosen und mit dem Koffer, plant seinen Rückzug.

»Thijs?« Ich sage das, ohne zu wissen, wie ich fortfahren soll.
Er nimmt eine Hand hoch und zupft an seinem Augenlid. »Ich rufe dich bei Gelegenheit noch mal an.«
»Das würde mich freuen.«
»Also, bis dann!«
»Ja«, sage ich niedergeschlagen. »Tschüs.«
Ohne sich noch einmal umzusehen, geht er in Richtung Kreisel davon. Nur dadurch kann ich erkennen, daß die Rosen wohl tatsächlich für mich bestimmt waren, denn sonst hätte er sie wohl im Auto liegenlassen.
Im Flurspiegel sehe ich mich selbst mutlos an. Was habe ich falsch gemacht? Ach, mein Gott, das verwischte Make-up unter dem einen Auge: Ich sehe so ramponiert aus, als hätte ich gerade ein leidenschaftliches Schäferstündchen erlebt. Mit Bas. Da sieht man's wieder, typisch Ellen, wird Thijs gedacht haben, kein bißchen verändert.
Einen kurzen Moment erwäge ich, ihn sofort anzurufen. Aber was habe ich davon? In den nächsten Wochen werde ich ihm doch nicht mehr unter die Augen kommen, und seine Liebe brauche ich auch nicht: Ich habe dem nichts, aber auch gar nichts entgegenzusetzen. Billie hatte recht, als sie sagte: »Dieser Junge ist nichts für dich.« Er hat immer zuviel von mir erwartet. Und mit Erwartungen darf man uns nicht kommen. Dagegen sind wir allergisch, Kester, Sibylle und ich.

Idas Taufe

4. September 1972

Ich liege, die Beine auf den Kniestützen, und betrachte die spießige Spanplattenvertäfelung an der Decke von Doktor Bramaans Sprechzimmer. Es ist wirklich eine heruntergekommene Praxis. Im Wartezimmer stehen Sitzmöbel, deren Chrom alt und fleckig ist und deren Skai-Sitzflächen Haarrisse haben. Der Raum ist immer voller türkischer oder marokkanischer Frauen, oft in Begleitung eines acht- oder zehnjährigen Kindes, das als

Dolmetscher mitgekommen ist. Niederländische Frauen gibt es natürlich auch, mit blauen Flecken und gebrochenen Armen oder mit unsichtbaren Verletzungen.
Bramaan, kein Mann von Formalitäten, ruft uns beim Vornamen hinein. Lucia! Fatima! Ellen!
Lucia habe ich schon zweimal gesehen, Fatima auch. Sie sehen immer gleich blaß und abgespannt aus. Während ich im *Reader's Digest* über Harrys Milz oder Bauchspeicheldrüse lese, fühle ich, wie ihre Blicke ausgesprochen feindselig über meine Lederjacke gleiten, meine neue Mandarina-Duck-Tasche, meine Wildlederschuhe. Ich bin ein Außenseiter, ein Eindringling in Doktor Bramaans Praxis: eine, die sich genausogut einen schicken Arzt erlauben könnte.
Während ich auf dem Untersuchungsstuhl liege, spüre ich, wie das harte Stäbchen an meinem Gebärmuttermund entlangschrammt. Dann taucht Bramaan zwischen meinen Knien auf, den breiten, kahlen Kopf rot vor Anstrengung. Über dem Waschbecken streicht er meinen Schleim auf ein kleines rechteckiges Glasplättchen und drückt ein zweites darauf. »Fertig«, sagt er mit seinem gequetschten friesischen Akzent. Er schaltet die Schreibtischlampe aus, die an einem durchgebogenen Arm baumelt und gerade meinen Unterleib beleuchtet hat.
Ich richte mich auf.
»In einer Woche kannst du wegen dem Ergebnis anrufen.« Er wirft seine Handschuhe in das Waschbecken, und in dem beengten Untersuchungszimmer stoße ich gegen seine Hüfte, während ich meine Strumpfhose anziehe.
Im angrenzenden Sprechzimmer setzt er sich schwer

keuchend hinter seinen mit Rändern übersäten Eichenschreibtisch. »Sonst noch was?«
»Nein«, sage ich. »Ich merke kaum, daß ich schwanger bin.«
»Es ist ja auch ein natürlicher Prozeß.« Er macht eine Notiz auf meine Karteikarte. »Willst du eine Ultraschalluntersuchung machen lassen?«
»Wozu?«
»Dann hast du schon mal ein Foto.«
Ich lache.
»Und eine Hebamme?«
»Nein, ich bleibe lieber bei Ihnen.« Ich sehe es schon vor mir, wie er mich, ohne ein einziges Wort zu verlieren, erlösen wird, wir beide verschwitzt und gerührt, und weiter keine Komplikationen.
Er nickt. »Wenn du Ärger mit dem Blutdruck bekommst, wechsle dann sofort zu einer salzlosen Diät. Aber du bist selbst Ärztin, du weißt schon, worauf du zu achten hast. Also dann, bis in vier Wochen!«
»Tschüs, Doktor.« Ich finde ihn nett. Er scheint mir einer zu sein, der abends unbeschwert eine anständige Nase voll Äther zu sich nimmt und den in vollen Zügen genießt.
Draußen ist es sonnig und warm. Ausgelassene Kinder hüpfen auf dem schmalen Bürgersteig. Es ist Freitagnachmittag, und es liegt eine heitere Ferienstimmung in der Luft. Ein Nachmittag, der wie geschaffen ist fürs Straßencafé.
Ich schlendere zum Großen Markt. Der Platz ist übersät mit Stühlen und Tischchen voller Gläser und Flaschen. Ich wähle einen strategisch günstigen Platz, setze meine

Sonnenbrille auf und öffne den obersten Blusenknopf. Am Tisch neben mir hat ein Mann sich in ein Buch vertieft. Ich schlage die Beine übereinander und lasse einen Schuh an meinem großen Zeh baumeln, während ich mein Gesicht in die Sonne halte.
Ich denke an die mürrischen Gesichter von Lucia und Fatima und versuche, mir gerade vorzustellen, wie ihr Leben aussieht, als ich eine Stimme höre, die mich fragt, ob der Stuhl neben mir frei ist. Ohne die Augen zu öffnen, nicke ich. Es wird ein Campari-Soda bestellt. »Und vielleicht möchte die Dame hier auch etwas.« Eine selbstbewußte Stimme.
»Gern«, sage ich.
Während wir auf die Getränke warten, wird mir eine Zigarette angeboten. Ich nehme einen tiefen Zug, mit einem Schuldgefühl in Richtung Gebärmutter.
Er fängt an, über das schöne Wetter zu reden. Ich sage, es ist ein Segen für die Konversation, daß es jeden Tag wieder Wetter gibt. Ich schiebe meine Brille in die Haare. Er erzählt von seinem Segelboot. Sie haben immer ein Boot oder eine Harley, oder sie betreiben irgendeinen Ausdauersport. Und zur Zeit muß man sich oft auch eine Menge Computergeschichten anhören.
»Übrigens«, unterbricht er sich, während wir die zweite Runde trinken, »ich heiße Johan.«
Ich sehe ihn flüchtig an. Ich achte nie sosehr auf ihre Gesichter.
»Sibylle«, sage ich.
»Hast du heute abend schon was vor, Sibylle?«
Ich strecke meine Arme über den Kopf und rekele mich kurz.

Er lächelt und drückt dabei seine Zähne in die Oberlippe. »Was hältst du von einer kleinen Spritztour zum Strand?«
Das heißt also Fischessen in Zandvoort, den Sonnenuntergang angucken und Gott weiß was für Pflichtübungen dann noch. Ich setze mich gerade hin und lege, um etwas Bewegung in die Sache zu bringen, kurz meine Hand auf seine Brust. Ein Bodybuilder, dieser Johan. Wenn man so jemanden auf den Seziertisch bekommt, hat man eine Menge Arbeit mit ihm. Man muß unheimlich tief schneiden, um an den Herzmuskel zu gelangen. Willem, mein Chef im Gerichtslabor, behauptet gern, daß wir, weil wir immer zwischen den Toten sind, stärkere Lebenstriebe haben als andere. Eros und Thanatos. Ich glaube nicht daran. Aber jede Entschuldigung ist mir recht. »Wollen wir dann mal gehen?« frage ich.

Weil Billie meinte, daß meine Brüste jeden Augenblick sprießen könnten, untersuchte ich morgens, sobald ich erwacht war, unterm Bettlaken ganz genau meinen Oberkörper. Meine Enttäuschung war stets von Erleichterung begleitet: Kes würde nie mehr mit mir ins Schwimmbad wollen, wenn ich so einen Badeanzug wie meine Schwester hätte. Ich müßte dann allein in das große, grüngekachelte Schwimmbecken, wo hochaufgeschossene Jungs einen am Bein nach unten zogen, sobald der Bademeister zur anderen Seite sah.
Mir fiel ein Stein vom Herzen, als Ende September das Schwimmbad geschlossen wurde, bevor es mit diesen Schaumgummikörbchen losging. Es wurde wieder Zeit, mit Carlos durch Blasröhrchen Beeren und Hage-

butten durch offenstehende Fenster zu schießen und aus Kastanien und Streichhölzern kleine, schiefe Männchen zu basteln und ihnen eine Eichelschale als Mützchen auf ihren höckrigen Kopf zu setzen. Es gab in diesem Jahr besonders viele Eicheln, und meine Mutter gab uns einen Groschen für jedes volle Marmeladenglas, weil sie dann wenigstens nicht auf dem Rasen keimen konnten.

Ich machte mit meiner neuen Klasse eine Herbstwanderung durch die Heide, bei der ich mir den Fuß verrenkte, weil ich beim Aussteigen aus dem Bus einen Stoß in den Rücken bekam und vom Trittbrett fiel. Der Biologielehrer mit seinem dicken Schnurrbart bestand darauf, daß meine Klassenkameraden abwechselnd jeweils zu zweit mit gekreuzten Händen einen Sitz für mich bildeten und mich so über das holprige Terrain trugen. Sobald er sich bei einem Fliegenpilz hinkniete, zischten sie mir ins Ohr, daß ich mich nur anstellte und ein Hätschelkind sei, und ich konnte mir nur helfen, indem ich den Trick anwandte, den ich von Kester gelernt hatte: mit der Zunge den höchsten Punkt des Gaumens kitzeln. Die Indianer wußten schon, daß man auf diese Weise Tränen und Niesanfälle verhindern konnte, die den eigenen Standplatz verraten würden.

Kein Mensch auf dem Gymnasium wußte, wer Chief Seattle war, oder daß John Wayne eigentlich Marion Michael »Duke« Morrison hieß. Es war eine beinharte Truppe von Langweilern, die nur an *amo, amas, amat* interessiert war und am Herumprotzen mit dem marineblauen Schulpullover, auf dem Sol iustitiae illustra nos stand und den man in einer ausgefallenen Art und

Weise mit den Ärmeln um den Hals geschlungen tragen mußte.

Gerade als ich begann, den Ablativ zu verstehen, kam Ida aus dem Krankenhaus zurück, zwölf Pfund schwer. Esmée hatte einen Plüschelefanten mit Glöckchen an den Ohren für sie gekauft, und Marie-Louise brachte Astern aus ihrem Balkonkasten mit. Willkommen zu Hause, Ida! Von uns hatte niemand ein Geschenk, als ob wir sie eigentlich schon vergessen hätten.

»Aber nein, Ellen«, sagte mein Vater. »Wir haben einfach nur nicht gewagt, zu viel zu hoffen.« Ich sah auf einmal, daß er graue Haare an den Schläfen hatte.

Am Morgen nach Idas Heimkehr rief mich meine Mutter schon in aller Frühe zu sich. Mit besorgtem Gesicht stand sie in ihrem Morgenmantel bei der kleinen Wiege, die am Fußende des Betts aufgestellt war. Mein Vater schlief noch. »Sieh dir das an, Ellen! Was meinst du, ist die Form ihres Köpfchens wohl in Ordnung?« flüsterte sie.

Wir betrachteten Idas wohlgenährten Kopf auf dem kleinen weißen Kissen. Sie schlief ganz fest mit zusammengekniffenen Augen.

Meine Mutter sagte: »Guck mal, ich meine deswegen.« Sie legte ihre flachen Hände an Idas Backen und drückte sie sanft. Das Mündchen des Babys stülpte sich nach vorn.

»Ich weiß nicht, Mama. Sie ist einfach dicker geworden.«

Unser Gespräch hatte meinen Vater geweckt, und er richtete sich in dem breiten Bett hoch auf. Kurzsichtig sah er sich um. Ein muffiger Geruch ging von ihm aus,

ein Geruch von altem Atem und nichtgeträumten Träumen. Mir war das unangenehm.
»Was gibt's, Ellen?« fragte er schutzlos, während er nach seiner Brille tastete.
»Nichts. Soll ich schon mal den Tisch decken?«
Unten stellte ich schnell die Brettchen und die Schalen auf den Tisch. Billie kam angeschlurft. Schlechtgelaunt fragte sie: »Was ist ein Parallelepiped?«
»Eine Art Prisma.«
»Oh. Ich dachte irgendwas mit Seitenflächen.«
»Ja auch, warte mal, ich werde es schnell für dich aufzeichnen.«
»Was habe ich denn davon?« fragte sie entrüstet. »Ich brauche es doch nicht zu verstehen. Wenn ich nur die Antwort weiß.«
»Ellen«, sagte Carlos kläglich, der auf nackten Füßen im Pyjama hereinkam, »du hast mich noch nicht angezogen.« Er schleifte seinen Rollkragenpullover hinter sich her. Seit er in den Kindergarten ging, wollte er nur noch Sachen anziehen, die ihn von Kopf bis Fuß bedeckten.
»Ach, mein Schätzchen«, sagte Billie. »Wir ziehen uns doch oben an.«
»Kes hat mich zu dir geschickt.«
»Ach, holt er sich wieder einen runter? Na, dann komm mal her.«
»Was meinst du damit?« fragte ich erstaunt.
»Nichts. Kes hat einfach ab und zu ein Bedürfnis nach *privacy*.«
Meiner Meinung nach plapperte sie einfach irgendwas daher, denn als Kester zehn Minuten später auftauchte, fragte er sofort, wo sein Idadidalein sei.

Das ist Ida eine Woche nach ihrer Rückkehr, bei ihrer Taufe in dem weißen Spitzenkleid, das Billie, Kes, Carlos und ich schon vor ihr getragen haben. Kester hält sie im Arm, sein Haar ist mit Gel zur Seite gekämmt, und er weiß nicht, wo er vor Stolz hinsehen soll. Billie steht neben ihm, in einem vornehmen dunkelblauen Kleid, das sie so sexy aussehen läßt, daß man sie abschlecken möchte wie ein Eis. Carlos und ich machen beide ein bedrücktes Gesicht. Carlos, weil er es doof findet, daß das Baby Salz auf die Lippen bekommt, und ich, weil Idas Name jetzt unumkehrbar festgelegt wird.
Ich habe noch versucht, meine Eltern zur Vernunft zu bringen, aber meine Mutter ist nun einmal ein Mensch, der denkt, daß es egal ist, ob man Margje oder Beddy heißt, und mein Vater sagt, er finde es toll, daß ich mir gerade Ida ausgedacht hätte. Wenn ich daran denke, daß der Pfarrer gleich das Taufwasser über die Stirn meiner kleinen Schwester träufeln wird, um Gott mitzuteilen, wie sie heißt, beiße ich mir vor Reue auf die Lippen: Nun wird Ida ihr Leben lang das wehrlose Opfer der bösen Mächte sein, die ich lange vor ihrer Geburt beschworen habe. Immer neue Quälgeister werden sie heimsuchen. Wenn sie stirbt, ist es meine Schuld.
Mein Magen wird ganz schwer vor Elend. Bitte, lieber Gott, schleudere einen Blitzstrahl auf mich herab! Schlage mich mit einer ägyptischen Plage!
In diesem Augenblick blitzt zweimal grelles Licht durch die halbdunkle Kirche. Erschrocken kneife ich die Augen zu.
Es ist die Kamera meines Vaters. Dort steht er, in einem Seitenschiff, um uns alle gut aufs Bild zu bekommen.

Als er seinen Apparat absetzt, sehe ich, daß seine sanften Augen feucht sind.
Zu Billie habe ich einmal gesagt, daß er in China Flits heißen würde. Ich war stolz auf meine Entdeckung: Auf der anderen Seite der Welt wäre mein unscheinbarer Vater ein richtiger Flitzer. Billie antwortete knurrend, daß diese doofen Schlitzaugen ja auch ständig auf ihrem Kopf herumliefen und dadurch alles verdrehten. Sie konnte es nicht länger ertragen, daß sie auf Geheiß dieses langweiligen Kerls jeden Abend um halb elf zu Hause sein mußte. Meine Mutter hörte unser Gespräch, aber sie wurde nicht böse. Sie sagte nur: »Vergeßt niemals, daß es keinen Menschen gibt, der euch so liebt wie euer Vater.«
Auf Idas Tauf-Foto fällt das meiste Licht auf Mamas Gesicht, es funkelt in den krausen Spitzen ihres Haares, das so aussieht wie ein Strahlenkranz, der ihren Kopf umgibt. Sie sieht nachdenklich vor sich hin. Wir wissen es in diesem Moment noch nicht, aber sie hat gerade beschlossen, künftig weniger zu arbeiten. Es sind schon so viele kostbare Wochen verlorengegangen, sie will den Schaden, den Ida erlitten hat, wiedergutmachen. Natürlich braucht das Baby, was immer die Ärzte auch behaupten mögen, noch besondere Pflege. Erst diese schwere Bauchoperation, dann tagaus, tagein am Tropf und jetzt wieder das Köpfchen, das nicht ganz in Ordnung ist.
Margje sieht sich selbst als eine einfache, niemals überbesorgte Mutter. Sie glaubt an den gesunden, selbstverständlichen Lauf der Natur und an die verblüffende Vitalität kleiner Kinder. Außerdem liegt es nicht in ihrer

Art, aus einer Mücke einen Elefanten zu machen. Das alles ist für sie Beweis genug, daß es einen Grund für die quälende Beunruhigung geben muß, die sie jetzt fühlt, wenn sie an Ida denkt.

Es ist in der Kirche so ruhig, daß man das Gurren der Tauben von draußen hören kann. Unter dem hohen Gewölbe hängt der Geruch von abgestandenem Weihrauch. Das Murmeln des alten Priesters klingt monoton. Aber ihre Kinder verfolgen seine Handlungen mit lebhaftem Interesse. Nur Ellen hat ihren Blick abgewendet. Ihr gesenkter Kopf mit den glatten Haaren drückt Widerstand aus. Die ersten Pubertätsmucken. Man zwinkert dreimal mit den Augen, und sie sind selbständig. Ein Grund mehr, um von Ida keine Sekunde zu verpassen. Sie hört die Kamera ihres Mannes klicken und sieht kurz zu ihm hinüber. Sein Blick schweift von ihr zu den Kindern und wieder zurück. Sie weiß, was er denkt: Du und ich und unsere Nachkommen, mein Gott, Margje, die gehören zu uns, diese tolle Truppe, uns gehört dieser Augenblick. Sofort begehrt sie ihn so heftig, daß sie errötet.

Jedesmal aufs neue weiß er sie für sich zu gewinnen. Früher dachte sie, daß die Ehe einen gewissen Status quo beinhalten würde, daß Liebe und Wertschätzung für einander feste Gegebenheiten seien. In Wirklichkeit aber gibt es Augenblicke, in denen einem schon die Art, wie der andere sich räuspert, wie ein ausreichender Scheidungsgrund vorkommt. Das ewige Lecken am Zeigefinger, wenn er eine Ausschnittsmappe durchblättert, kann dich schwindlig machen vor Mordlust. Sein Schweigen, die Krawatten, die er auswählt, die Art, wie er den Telefonhörer abnimmt, seine Füllwörter, seine unerschöpfliche Geduld, seine Hand, die einen Löffel mit Pudding zum Mund führt, die nackte Tatsache, daß er existiert und es wagt, sich in deiner Nähe aufzuhalten ... Hau in Himmelsnamen ab, nach Südamerika oder Lappland, und komm nie wieder!

Mit einem anderen, denkt Margje, während ihre Brustwarzen pochen und ihre unteren Beckenmuskeln sich vor Begierde zusammenziehen, wäre es bestimmt noch zehnmal schlimmer gewesen. Sie denkt: So schlecht machen wir's gar nicht, und lächelt ihn an.

Ida stößt einen kleinen Schrei aus. Mit besänftigenden Lauten beugt sich Kester über sie und läßt sie an seinem Daumen saugen. Sofort schlägt Margjes friedliche Stimmung in nervöse Hast um. Es ist schon längst Zeit für Idas Essen. Ohne auch nur einen Augenblick darüber nachzudenken, reißt sie ihre kleine Tochter aus Kesters Armen und läuft einfach so mit ihr aus der Kirche.

Es hat angefangen zu regnen. Hastig eilt sie mit dem Baby zum Taxistand an der Ecke. Hinter sich hört sie ihren Mann rufen. Sie steigt ein und nennt die Adresse, während sie Ida mit kurzen Bewegungen hin- und herwiegt. Gleich sind wir zu Hause, mein kleines Püppchen. Das Kind ist ganz blau vor Hunger, seine Augen sind ganz matt. Sie riecht eigenartig, als ob ein anderes Kind in ihre Windeln gemacht hätte. Eine kalte Angst legt sich um Margjes Herz. Sie nimmt Idas Gesicht vorsichtig in die Hände und drückt es in Form. Nicht weinen. Wenn du weinst, wirft dich der Fahrer aus dem Fenster. Er hat einen kurzen, gedrungenen Hals: das sind immer Kinderhasser.

»Halten Sie einfach hier an!« sagt sie abrupt.
»Haben Sie sich anders entschieden?«
Ohne Antwort überreicht sie ihm den Betrag, den der Zähler anzeigt. Sie steigt aus, ihre weinende Tochter an sich gedrückt. Gerade noch rechtzeitig. Nun muß sie versuchen, ihn auf eine falsche Spur zu bringen. Sie läuft durch den strömenden Regen absichtlich in die falsche Richtung. Schnell biegt sie in eine Seitenstraße ein. Ein kurzer Blick über die Schulter zeigt ihr, daß sie das Taxi abgeschüttelt hat. Sie atmet auf.
Erst als sie zwanzig Minuten später mit dem schreienden Baby völlig durchnäßt zu Hause auf der Schwelle steht, dringt die schreckliche Wahrheit wie ein Schock zu ihr durch: Er weiß, wo sie wohnt, sie hat ihm ihre Adresse gegeben. Sie wird Ida verstecken müssen. In der Küche zieht sie ihr schnell das nasse Taufkleid aus und wickelt sie in ein warmes Handtuch. Mama weiß eine sichere Stelle für dich. Im Hängemappensystem unter dem M von Manhattan wird niemand dich suchen. Wir machen die Schublade zu, und niemand wird je erfahren, daß du da liegst, kleines Mädchen mit den schönen Augen.
»Mama!« sagt Ellen. Mit weißem Gesicht steht sie auf einmal mitten in der Küche. »Wo kommst du denn her? Und warum hast du bei der Kirche nicht auf uns gewartet?«
Margje starrt ihre Tochter fassungslos an. Dann überwältigt sie die Erleichterung: Sie ist nicht allein mit ihren Sorgen. Ellen ist so clever, der fällt schon eine Lösung ein. »Himmel, Ellen«, sagt sie, während sie Idas Rücken abreibt, »du kannst dir nicht vorstellen, was für Sorgen ich mir gemacht habe.«

»Und wir erst!« sagt ihre Tochter entrüstet. »Alle suchen dich!« Sie läuft zum Küchenschrank und öffnet ihn.
»Keine Chips!« sagt Margje automatisch.
»Ich darf auch nie was!«
»Du darfst eine Möhre oder einen Apfel. Und wirf die nassen Sachen mal für mich in den Waschkorb! Ach, und bring dann gleich eine saubere Windel mit!«
Ellen verzieht vor Ekel das Gesicht. »Du hast doch wohl nicht vor, sie hier auf dem Küchentisch zu wickeln, oder? Da setzen wir uns gleich zum Essen hin. Das ist unhygienisch, Mama!«
»Das stimmt«, sagt Margje seufzend. »Aber sei bitte nicht so bockig, Ellen!« Sie holt, Ida auf dem Arm, die Milchflasche aus dem Kühlschrank. Da sind Chicoréegemüse und ein Rest Makkaroni von gestern. Ungeduldig schiebt sie mit dem Handgelenk ihr nasses Haar aus der Stirn. Hoffentlich vergißt Billie nicht, kurz beim Schlachter vorbeizugehen.

Marti und auch Sjaak, mein Gruppenleiter, hielten es für besser, wenn ich auf eine andere Schule ginge. Sonst würde mir jeder schmerzliche Fragen stellen. Ich konnte nicht sagen, daß ich das alles verstand, aber ich fand es auch nicht schlimm.
Meine neue Schule lag viel näher beim »Einhorn«, und niemand wußte, daß ich mir mal den Fuß bei so einer doofen Exkursion verrenkt hatte. Mit ausgebreiteten Armen lief ich durch die langen Flure und ahmte einen Bomber nach. Wenn ich zu laut mit »Tacktacktack« herumgelaufen war, mußte ich manchmal zum Direktor kommen. Er war sehr alt und ließ seine Sekretärin

in Porzellantassen Tee bringen, den ich nicht mochte, dazu Spekulatius. Auf seinem Schreibtisch stand der Gipskopf von Pallas Athene, die mich mit ihren runden, irislosen Augen teilnahmslos ansah.
Einmal erzählte er mir, daß Rotterdam im Zweiten Weltkrieg dem Erdboden gleichgemacht worden war. Er sprach über Menschen in Luftschutzkellern und über die Sirenen, die Fliegeralarm anzeigten. Er ließ mich ein ganzes Buch mit alten Schwarzweißfotos von Bombardements durchblättern. Er sagte, daß er damals über ein Jahr untergetaucht sei und große Angst gehabt habe.
Als ich beschämt das Buch zuschlug, sah er mich nachdenklich an: »Kannst du pfeifen?«
Ich nickte.
»Laß mal hören!«
Ich machte meine Lippen feucht und spitzte sie. Schüchtern pfiff ich do-re-mi.
»Schön. Dann schlage ich vor, daß du in Zukunft eine Amsel bist statt ein Bomber.« Ganz ernst breitete er die Arme aus und vollführte eine Flugbewegung.
Ich wurde rot. »Das kann ich nie. Eine Amsel kann bestimmt vierzehn verschiedene Melodien.«
»Dann mußt du fest üben.« Er stand auf, um mir zu zeigen, daß das Gespräch beendet war. »Es gibt so viele Dinge, die die Mühe lohnen, Ellen. Du mußt wieder lernen, alles zu genießen, was schön und herrlich ist.«
Um ihm einen Gefallen zu tun, pfiff ich mir von diesem Augenblick an die Seele aus dem Leib. O Mann, wenn sie mir dafür doch eine Note gegeben hätten! Als ich Weihnachten mein erstes Zeugnis bekam, war ich die schlechteste in der Klasse. Ich konnte all die antiken

Königshäuser und Schlachten kaum voneinander unterscheiden, gerade so als ob mein Gehirn nur auf Sparflamme arbeitete, und dann gab es auch noch all diese Geschichten über Jason und die Argonauten und Orpheus, der Eurydike in der Unterwelt besuchte. Ich wußte manchmal einfach nicht, was nun Realität und was nur ausgedacht war.
Gerda und Marlies aus meinem Pavillon trösteten mich. Ihre Zeugnisse seien noch katastrophaler, sagten sie. Sie hatten Hasch, und wir würden zusammen einen *spacecake* backen, um mich ein bißchen aufzuheitern.
Es war der erste Samstag der Weihnachtsferien. Das ganze »Einhorn« roch nach Spekulatius. Im Wohnraum stand ein Weihnachtsbaum, die Türrahmen waren mit Stechpalmen geschmückt.
In der Küche hatten wir das Radio angestellt, um die Hitparade zu hören. Wir schütteten Mehl und Milch in eine Schale, Marlies streute eine kleine Tüte mit irgendwas hinein, und Gerda fing prustend an zu kneten. Genauso übermütig rannte ich in den Wohnraum, um nachzusehen, ob dort noch irgendwo eine unbewachte Packung Zigaretten lag. Und da saß mein Brüderchen Carlos auf dem Sofa, zusammen mit Sjaak und Marti, ihnen gegenüber zwei wildfremde Menschen. Ich blieb auf der Schwelle stehen. Meine Haarwurzeln schmerzten plötzlich.
Sjaak räusperte sich. Er sagte: »Das ist unsere Ellen.« Er winkte mir, näher zu kommen. »Komm mal kurz und sag guten Tag.«
»Guten Tag, Ellen«, sagte die Frau. Sie hatte eine leise Stimme, ein trauriges Gesicht und einen Dutt, aus dem einzelne, schon grau werdende Haare heraushingen.

»Kamphuis«, sagte der Mann, der mich mit scheuem Blick musterte. Seine Krawatte saß schief, eine breite blau-grüne Krawatte.
Marti nickte mir ermutigend zu.
Nach kurzem Zögern sagte die Frau: »Wir haben uns gedacht, daß dein Brüderchen es vielleicht schön fände, wenn wir heute nachmittag mit ihm in den Zoo gingen.«
Ich war baff. »Du mußt doch immer weinen, wenn du die Eisbären siehst, und die Papageien findest du bescheuert«, erinnerte ich ihn.
»Wie bitte?« sagte Sjaak. »Und Elefanten magst du auch nicht?«
Mit gesenktem Blick schüttelte Carlos den Kopf.
»Und Affen?«
»Nein«, flüsterte mein Brüderchen. Er steckte den Daumen in den Mund.
»Gut gemacht, Ellen«, sagte Marti knapp.
Es trat eine gespannte Stille ein. Dann sagte ich: »Aber Madurodam findet er schön, oder einen Spielplatz, und Eis essen.« Ich wußte selbst nicht, warum ich mich so hilfsbereit stellte. Für den *spacecake* war ich jedenfalls nicht mehr in Stimmung, und ich ging auf mein Zimmer, wo ich niedergeschlagen auf meiner karierten Tagesdecke saß, bis Marti anklopfte.
Unaufgefordert setzte sie sich neben mich auf den Bettrand. Sie legte mir die Hand aufs Knie. Sie sagte, daß wir diese Chance für meinen kleinen Bruder ergreifen müßten, es sei ein Geschenk des Himmels, daß sich Menschen gemeldet hätten, die für ihn sorgen wollten. Carlos, sagte sie, habe noch eine Menge plastische Operationen vor sich, immer, wenn er wieder ein bißchen

gewachsen sein würde. Und wer sollte dann das Krankenhaus bezahlen und ihn ganz doll festhalten, wenn er Angst oder Schmerzen hatte? Wirklich, wenn alles klappte und Carlos von diesem Paar ausgewählt werden würde, dann wäre er ein echtes Glückskind.

»Na ja, aber ich gehe nicht mit zu diesen Leuten.«

»Ich glaube auch nicht, daß das beabsichtigt ist.«

Einen Moment lang war ich erleichtert. Dann rief ich aus: »Aber ihr könnt Carlos nicht einfach weggeben! Er gehört euch nicht!«

»Er darf es selbst entscheiden.«

»Er gehört zu mir!« Mein Kopf sprang beinahe auseinander vor Empörung. »Ohne mich ist er eine Waise!«

»Mein Liebes.« Sie strich ihren Rock glatt. »Das ist er jetzt schon.« Sie sah mich von der Seite an und wartete ab. Nach einem Seufzer sagte sie: »Es geht ihm überhaupt nicht gut, das siehst du doch sicher auch selbst? Er braucht eine ganz besondere Pflege. Er will kaum sprechen und ...«

»Na und? Das ist doch kein Grund, ihn wegzugeben!«

Mein Herz begann zu hämmern. Wild sprang ich auf und rannte in den Wohnraum. Dort stand Sjaak und stapelte Kaffeetassen aufeinander. Ich rannte ihn einfach über den Haufen und lief aus dem Haus. »Carlos!« schrie ich unter den kahlen Bäumen. »Carlos, komm zurück!«

Ein paar Jungen aus dem »Regenbogen« spielten Hokkey, sonst war das Gelände leer.

Gerade als ich zu einem Spurt ansetzte, hielt Sjaak mich von hinten fest. »Wart mal kurz!«

»Du dreckiger Verräter!« Kreischend hämmerte ich mit

beiden Fäusten auf seine Brust. »Mein kleiner Bruder gehört dir nicht.«

»Komm mal her, mein Mädchen!« Er nahm mich in den Schwitzkasten und drückte mich an sich. Ich rang mit ihm und roch seinen Schweiß, einen warmen, drückenden Geruch, und auf einmal war es, als ob sich unter meinen Füßen eine Falltür öffnete. Ich taumelte in einen dunklen Tunnel hinein, in dem wie in der Geisterbahn auf der Kirmes in kurzen Ausschnitten unerwartete Bilder auf mich einstürmten: zwei ausgezogene Jungensocken auf dem Fußboden neben dem Bett, ein kleines Schild, auf dem in krummen und schiefen Buchstaben ZUTRITT FÜR UNBEFUGTE VERBOTEN stand, eine abmontierte Fahrradklingel. Irgendwo in einer dunklen Ecke saß ein Junge und spielte traurig auf einer Singenden Säge. Ich sah die schwarzen Pünktchen auf seiner Nase, als er kurz aufsah und mir wie ertappt zulachte, aber in diesem Moment verflüchtigte er sich schon wieder wie Rauch vor meinen Augen. Während ich völlig verwirrt herumtastete, wurde ich von einem bodenlosen Heimweh überfallen, ein Heimweh größer und tiefer als das Meer, so erschreckend unendlich, daß meine Knie davon weich wurden. Aber da fuhr er auf einmal mit dem Fahrrad direkt vor mir, mit zwei dicken Taschen voller Päckchen hintendrauf, und ich rannte hinter ihm her, ich sprang auf den Gepäckträger, schlug meine Arme um seine Taille und drückte mein Gesicht in die Falten seines T-Shirts, so daß er einen Augenblick lang richtungslos hin- und herschwankte und über die Schulter hinweg rief: »Kannst du nicht dein eigenes Fahrrad nehmen, Ellen? Ellen?«

»Ellen!« Sjaak schüttelte mich. »Ellen, komm doch endlich einmal zu dir!« Hinter ihm nahm ich in dem fahlen Winterlicht die Jungen wahr. Ich hörte die dumpfen Laute, wenn ihre Schläger den Ball trafen, es war wie das Knacken brechender Knochen. Schnee hing in der Luft, und nur eine flaue Brise war zu spüren.

Benommen lehnte ich mich an Sjaak. Machten die das mit kleinen Sendern von einem fernen Planeten aus? Konnten die dir einen Jungen mit einer Singenden Säge in den Kopf stecken, der dann über die Blutbahn zum Herzen schwimmt und sich dort hineinzwängt und dich mit einer so heftigen Sehnsucht ausfüllt, daß du bebst? Ich sah ihn wieder vor mir, so vertraut und doch so unerreichbar weit entfernt. Und im selben Augenblick wußte ich, daß er tot war.

»Was hältst du von einem schönen Becher Kakao?« Sjaaks Nase war rot vor Kälte.

Woher, dachte ich erschrocken, wußte man die Dinge, die man wußte? »Was passiert mit toten Menschen?« fragte ich schrill.

Sjaak sah mich aufmerksam an. »Naja, Mädchen, tja, ich denke, die leben weiter in uns. Solange wir sie nicht vergessen, sind sie immer bei uns.«

»Oh«, sagte ich.

Er nahm mich mit hinein und sagte, daß ich mir einen Weihnachtskringel vom Baum nehmen dürfte, während er in der Küche den Kakao machte.

Ich nahm mir einen mit weißen Streuseln, die zwischen meinen Zähnen knirschten. Da ich nun einmal wußte, daß er da war, konnte ich deutlich fühlen, wie der Junge mit der Säge in meinem Herzen saß, dort links unten.

Vielleicht war er immer dort gewesen, vernachlässigt und vergessen, wie ein kleiner Leberfleck auf meinem Arm, ein Steinchen in meinem Strumpf, ein Name, der mir auf der Zunge lag. Ich schlug meine Arme um die Brust und wiegte mich hin und her.

Tell me stranger, do you enjoy being in there?

Well, to be quite frank with you, Ellen, I love every minute of it.

Eine rauhe Stimme, ein schiefes Grinsen, ein mondgroßer Pickel auf der Backe, seine ölverschmierten Finger. Carlos, geh jetzt mal runter, Mann! Ich brauch mal kurz ein bißchen *privacy.*

»Kester«, flüsterte ich.

»Ellen«, antwortete er fast unhörbar. »Ich dachte, du hast mich vergessen.«

»Und mich«, sagte Billie. Sie stand mit hängenden Schultern neben ihm, die Augenlider rot und geschwollen.

Langsam kamen sie beide auf mich zu, ihre Gesichter starr vor Anspannung, um nicht in Tränen auszubrechen. Kester, der anderthalb Minuten unter Wasser schwimmen konnte und der für ein Motorrad sparte, dessen Motor er frisieren wollte, Billie, die ihre Beine mit Harz enthaarte und mit dem Daumennagel ins Gesicht gedrückt einschlief, weil sie ein Grübchen wollte. Mein Leben lang hatte es keinen Augenblick gegeben ohne ihre Träume, ihre Pläne, ihre Gegenwart, aufdringlich und vertraut, unentrinnbar. Sie waren älter als mein ältestes Ich, sie waren ein unablösbarer Teil meiner selbst.

»Daß du uns so im Stich gelassen hast«, sagte Billie gepreßt.

Verwirrt suchte ich nach Worten, die alles wiedergut-

machen sollten. Billie, wir haben *spacecake*. Willst du mein Stück?
Kester preßte die Finger um mein Handgelenk. Das Bund mit Schraubenziehern an seinem Gürtel klirrte. »Wo ist Charlie?« fragte er rauh.
»Der ist in Madurodam.«
»Aber Madurodam ist im Winter zu!«
Erschrocken senkte ich den Blick.
»Du mußt besser auf ihn aufpassen, sonst verlierst du ihn auch noch. Du paßt nicht gut genug auf ihn auf.«
»Genauso wie du uns damals hast ersticken lassen«, sagte Billie.
Als ich begriff, was sie meinte, stockte mir der Atem in der Kehle. »Aber ich konnte nicht anders! Ich konnte nur noch Carlos …«
»Und wir?« fragte Billie und nahm meine Hand. Die Tusche klebte an ihren Wimpern. »Wenn du dich wieder entscheiden müßtest, dann hättest du uns doch sicher auch …«
»Es gab nichts zu entscheiden!«
»Ach was!« Billie weinte nun laut. »Liebst du mich denn nicht?«
Kester zog an meinem Arm. »Hey, du bist doch meine Schwester?«
»Ellen!« Billie stieß meine Hand an. »Ich habe dir schließlich beigebracht, wie man Zungenküsse macht.«
»Ellen!« sagte Kester. »Ohne mich würdest du jetzt noch in der Regenrinne sitzen und flennen, weil du dich nicht raustraust!«
»Ellen!« sagte Billie. »Ich habe alles mit dir geteilt! Sogar meinen weißen Lippenstift!«

»Ellen!« sagte Kester. »Ich habe dich sogar immer die Briefmarken auf die Päckchen kleben lassen, weil du die Gummierung so lecker fandest. Und wenn dein Reifen platt war, durftest du bei mir vorne auf die Stange.«
»Ellen!« sagte Billie. »Bedeutete all dies denn gar nichts für dich? Hast du nur an dich selbst gedacht?«
Kester sagte: »Könntest du uns vielleicht mal erklären, warum du noch lebst und wir nicht?«
Billie sagte: »Wir wissen ganz genau, daß du dir immer überlegen vorgekommen bist mit all deinen Einsen und diesen sechs Fällen.«
Kester sagte: »Bist du jetzt zufrieden, ohne uns?«
»Laßt mich in Ruhe!« stieß ich hervor, während ich meine Arme um den Kopf schlug.
»O nein«, sagte Billie spöttisch. »Du wirst keine Nacht mehr ohne uns schlafen, das schwöre ich dir.«
»Uns wirst du nie mehr los«, sagte Kester.
Nacheinander preßte ich die grauenhaften Worte aus meinem Mund hervor: »Ihr … seid … tot.«
»Aber da du dich wieder an uns erinnerst …« sagte Kes.
»… leben wir in dir weiter«, fuhr Billie fort. Sie zog die Augenbrauen hoch: »Hast du eigentlich schon deine Tage?«
Kester sagte: »Verdammte Scheiße.«
Billie sagte: *»You don't have to love me, Rhett, but kiss me.«*
»Oh, Scarlett«, sagte Kes, *»don't get killed.«*
Billies schwarze Haare wie eine Fahne und Kesters knochige Beine, gespreizt wie zu einer Umarmung. Im gleichen Moment verschwammen sie wieder. Nur Billies breiter Mund hing noch einen Augenblick lang in der

Luft, wie das Lächeln der Katze in »Alice im Wunderland«.
»Paß du nur auf, daß Carlos nichts passiert. Sonst kommen wir und holen ihn.«
Vornübergebeugt saß ich auf dem Sofa im »Einhorn«, als Sjaak mit dem Kakao hereinkam.
»Ellen?« sagte Marti. Mit einem neugierigen Ausdruck in den Augen stand sie neben Sjaak.
Mit aller Gewalt riß ich mich zusammen.
»Sjaak hatte den Eindruck …« Sie lächelte mir kurz zu mit ihrem dünnen Mund. Ihr war nicht zu trauen. »Sjaak dachte, daß du auf einmal an deine Eltern denken mußtest.«
»Aber nein.«
»Wir verstehen sehr gut, daß du sie am liebsten vergessen möchtest, aber das kannst du nicht für den Rest deines Lebens durchhalten. Wir möchten dir gern helfen und …«
Ich nestelte am Bündchen meines Pullovers. »Wann kommt Carlos zurück?«
»Um sechs Uhr. Aber, Ellen …«
Ich hörte nicht zu. Schnell trank ich meinen Kakao aus. »Ich muß noch ein Buch lesen für die Hausaufgaben«, sagte ich.
In Carlos' Zimmer holte ich eine Hose, einen Pullover und ein Paar Strümpfe aus dem Schrank und stopfte sie zusammen mit seinem abgegrabbelten Teddybären in meine Schwimmtasche. Dann setzte ich mich in meinem Zimmer hinter den kleinen Schreibtisch und las von Xerxes, dem König des Persischen Reiches, der 481 vor Christus einen gewaltigen Kriegszug nach Griechenland

unternommen hatte. Um Viertel vor sechs begannen die Buchstaben vor meinen Augen zu tanzen. Mit einem roten Stift zog ich mit meinem Lineal Striche unter irgendwelche Worte. Um zehn nach sechs kam Carlos hereingestürmt, seine Augen glänzten vor Aufregung. Er hielt ein neues Matchbox-Auto fest in der Faust umklammert. Für mich hatte er eine Zuckerstange in knisterndem Zellophan mit kleinen Herzen darauf. Er hatte selbst schon an ihr herumgesabbert.

»Ich bin in einem Karussell gefahren«, begann er ganz aufgekratzt. »Und wir haben ...«

»Nein, laß die Jacke an! Wir gehen noch mal kurz weg.« Er ließ sich mit einem Plumps auf mein Bett fallen. »Aber ich will mit meinem neuen Auto spielen.«

»Halt die Schnauze!« Ich zog meinen Anorak an, tastete, ob ich das Portemonnaie mit meinem Taschengeld dabei hatte, hängte die Tasche über die Schulter und schob meinen kleinen Bruder auf den Flur. Schnell! Sjaak war bestimmt mit dem Tischdecken fürs Abendessen beschäftigt, und Marti saß natürlich in ihrem Büro, um noch mit dieser Krawatte und diesem Dutt zu quatschen, die Carlos mitnehmen wollten.

Draußen war es stockdunkel. Nasser Schnee fiel in großen lockeren Flocken. Ich wagte es nicht, den Bus zu nehmen, weil sich der Fahrer später an uns hätte erinnern können. Wir mußten die ganze Landstraße entlanglaufen. Meine Turnschuhe waren sofort naß. Carlos quengelte. Wo gehen wir hin? Warum müssen wir so weit laufen? Alle dachten immer, daß er nie was sagte, und dabei jammerte er mir die Ohren voll.

Wir kamen an Villen vorbei mit bunten Weihnachtskrän-

zen an der Haustür und erleuchteten Bäumen im Garten. Morgen war Weihnachten.
Nur einmal kam ein Auto vorbei, und da zog ich Carlos schnell in die Hecke. Ich versprach ihm ein Feuerwehrauto und echte Stiefel für seinen Teddy. Ich erzählte ihm von Hannibal und seinen Elefanten in den Alpen. Das war erst eine Quälerei gewesen!
Endlich kamen wir ins Stadtgebiet. Meine Füße waren so kalt, daß sie weh taten, und jedesmal, wenn ich stehenblieb, um die Schnur von Carlos' Kapuze fester zu ziehen, dachte ich, daß ich am Boden festfrieren würde. In der Ferne schlug eine Turmuhr siebenmal. Das mußte die St.-Bavo-Kirche sein. Wenn die offen war, konnten wir unsere Hände wenigstens kurz an den Kerzen wärmen, die vor dem Marienbild brannten.
Die Kirche, die wir erreichten, war klein und dunkel, und der Platz stimmte auch nicht. Carlos setzte sich auf den Bordstein. Ich versprach ihm Pommes. Niemand sollte sagen können, ich würde nicht gut für ihn sorgen. Wenn er nicht gewesen wäre, dann hätte ich jetzt am Ofen sitzen und mit Marlies und Gerda *spacecake* essen können. Ich zerrte ihn am Arm hoch.
Wir irrten durch stille Straßen, die mir allesamt gleich unbekannt vorkamen. Die Bürgersteige waren hier so glatt, daß man sich fast den Hals brach. An jeder Ecke sagte ich, daß wir gleich da wären. Jedesmal klemmte ich mir die Zunge zwischen meinen klappernden Zähnen. Carlos rutschte aus und begann, in lang anhaltenden Tönen zu heulen. Durch den Sturz war seine Hose naß und dreckig geworden. Mit steifen Fingern knöpfte ich in einem Eingang seinen Hosenschlitz auf und zog

die Hosenbeine runter. Seine kleinen Knie waren blau vor Kälte, und ich drückte ihm zwei schmatzende Küsse darauf. So schnell ich konnte, steckte ich ihn in die trockene Hose aus meiner Schwimmtasche. Die Socken, die ich mitgenommen hatte, streifte ich ihm als Fäustlinge über die Hände und steckte sie so tief wie möglich in die Ärmel. »Und jetzt singen wir«, sagte ich. »Na los! Wozu ist die Straße da – zum Marschieren …«
Auf einer großen Kreuzung sah ich in einiger Entfernung Lichtreklamen aufleuchten. Wir latschten dorthin. Eine zugige Einkaufsgalerie mit einem geschlossenen Supermarkt, einem Laden mit Autozubehör und einem Fliesengeschäft. Ich ließ Carlos eine Fliese aussuchen. Wir mußten jetzt doch wirklich in der Nähe des Zentrums sein.
Die Straßenlaternen verströmten ein diffuses Licht. Unser Atem dampfte. Die Tasche mit Carlos' nasser Hose hing schwerer und schwerer an meiner Schulter. Ich mußte meinen kleinen Bruder am Arm weiterzerren. Ich bekam meine Zähne nicht mehr auseinander.
Wir gingen durch eine Unterführung. Trotz der Kälte roch es nach Pisse, und die Strebepfeiler waren mit bunten Graffiti übersät. Auf der anderen Seite sah ich ein Eisenbahngelände. Ich stieß meinen kleinen Bruder auf die Schienen. Er gab schluchzende Laute von sich.
Nebeneinander trotteten wir über die Gleise weiter. Wenn man auf die Steine zwischen den Bahnschwellen trat, rutschte man wenigstens nicht aus. Wir kamen ganz gut voran.
Meine Schuhe waren durchgeweicht. Mein Blick ging hin und her, ständig auf der Suche nach Anhaltspunkten.

Carlos blieb stehen und jammerte, daß er nicht mehr weiterlaufen wolle. Ich nahm ihn auf den Rücken. Bei jedem Schritt schlugen seine Fersen auf meine Lenden. Ein Zug kam uns entgegen, und ich kauerte mich an die Böschung. Ratternd rasten die Waggons vorbei, und der Luftzug war so stark, daß die Haare brennend auf meine Wangen peitschten. Als ich mich wieder hochrappelte, ließ ich meine Schwimmtasche auf dem Kies liegen; ich war zu müde, um mich noch mal zu bücken und sie aufzuheben.

Ich lief und lief. Der Schnee knirschte leise unter meinen Sohlen. Mein kleiner Bruder hing wie ein Kohlensack auf meinem Rücken, er hatte seine Arme so fest um meinen Hals geschlungen, daß ich immer wieder um Atem ringen mußte. Ich würde ihn in Sicherheit bringen, darauf konnte er Gift nehmen. Niemand würde ihn mir wegnehmen, die Toten nicht und die Lebenden nicht.

Endlich tauchten in der Ferne die Lichter der Bahnhofshalle auf. Als wir eine Viertelstunde später unter die Überdachung stolperten und ich auf dem Bahnsteig die Schilder sah, wurde mir schwindlig vor Schreck: Wir waren überhaupt nicht zum Zentrum von Haarlem, sondern in die entgegengesetzte Richtung gelaufen, dies war der Bahnhof von Overveen. Hier gab es nicht einmal einen Kiosk, wo ich Pommes für Carlos hätte kaufen können; es war nur ein blöder kleiner Dorfbahnhof, dessen Schalter schon früh geschlossen wurde und wo nur einmal alle halbe Stunde ein Bummelzug anhielt.

Wir saßen eine Ewigkeit auf dem ausgestorbenen Bahnsteig, hinter einem Reklameschild, das den kalten Wind wenigstens ein bißchen abhielt. Carlos wollte seinen Teddy, und weil ich ihm kaum sagen konnte, daß ich den gerade auf den Schienen zurückgelassen hatte, begann ich eine komplizierte Geschichte zu erzählen, von der ich gar nicht wußte, wie ich sie zu einem guten Ende bringen sollte. Ich mußte dringend aufs Klo, aber alles war verschlossen. An einem Fenster hing ein Zettel, auf dem stand, daß der Fahrplan wegen der Weihnachtsfeiertage geändert war und daß nach halb zehn keine Züge mehr fuhren.

Freundliche Worte halfen nicht mehr. Ich mußte Carlos mit einer Tracht Prügel drohen, um ihn wieder in Bewegung zu setzen.

Wir liefen durch das stille Dorf, bis wir ein Hinweisschild sahen, auf dem HAARLEM stand. Eigentlich liefen nur noch meine Füße weiter. Es war geradezu so, als ob ich mein ganzes Leben lang schon mit meinem kleinen Bruder durch diese Frostnacht keuchte, während sich unser Ziel immer weiter von uns wegzubewegen schien. Wir überquerten die Umgehungsstraße. Jetzt noch der ganze Sielweg. Am Leidener Kanal mußten wir gegen den Wind ankämpfen. Hier war ich früher jeden Tag Fahrrad gefahren, als ich noch auf dem Städtischen Gymnasium war. Schon der Gedanke, daß ich auf vertrautem Terrain war, machte mir wieder Mut. In der Ferne läuteten Glocken zur Christmette.

Carlos stolperte, und ich nahm ihn wieder huckepack. Er hatte einen seiner improvisierten Fäustlinge verloren. Ich fühlte, wie sein Rotz an meinem Hals entlanglief. An der Ecke der Kampergracht konnte ich fast nicht mehr. Los, noch ein bißchen. Nummer 23. Oder war es 32? Ich wußte wirklich nicht mehr, welche Hausnummer ich in dieser Woche auf die Weihnachtskarte geschrieben hatte. Ich hatte keine Karte mit einer Drossel finden können, deshalb hatte ich eine mit einem Rotkehlchen verschickt, das mit kecken Knopfäuglein durch den Schnee hüpfte. Das würde mein Rektor sicher auch gut finden.

Bei Nummer 32 brannte kein Licht. Es gab kein Namensschild an der Tür. Ich keuchte weiter, über die Brücke. Das Metall des Geländers war so kalt, daß meine Hand daran festklebte. Ich zählte die Häuser. Auch Nummer 23 war dunkel. Und dann wußte ich nicht mehr weiter. Ich stand auf dem Bürgersteig, Carlos auf dem Rücken, in der stillsten Nacht des Jahres, niedergeschmettert von der Erkenntnis, daß es jetzt wirklich niemanden auf der ganzen Welt mehr gab, der mir helfen konnte.

Ich ließ Carlos auf den Boden gleiten und lehnte mich gegen den Fensterrahmen. Auf einmal sah ich, daß Licht durch die geschlossenen Gardinen schien. Zitternd streckte ich meine Hand nach dem Klingelknopf aus und drückte ihn.

Einen Augenblick später wurde das Licht im Flur angemacht. Die Tür ging auf. Erst erkannte ich ihn kaum, ohne seine Lesebrille und mit einem komischen roten Pullover, den er in der Schule niemals trug. Meine Unterlippe sprang auf, als ich etwas sagen wollte, und außer dem Blut schmeckte ich den salzigen Geschmack von Tränen, die sich in meiner Kehle ansammelten. Ich schob Carlos wie einen Schild vor mir her. »Das ist mein kleiner Bruder«, brachte ich hervor. »Kann er eine Zeitlang bei Ihnen untertauchen?«

Da nun die Abende länger werden, arbeite ich oft im Garten, bis das letzte Licht weg ist. Hacken und beschneiden ist angesagt. Man beginnt mit einem ängstlichen kleinen Schnitt hier oder da und endet bei einer Sense, einer Axt und dem festen Vorhaben, die Natur einmal richtig Mores zu lehren. Es geht um die großen Linien, um Ordnung im Chaos. Es geht um alles oder nichts. Weg mit diesen mannshohen Brennesseln und Farnen und dem Efeu, der alles überwuchert!

Manchmal kommt Bas nach der Arbeit auf seinem Fahrrad mit ein paar Pflanzen angefahren, einem extra Sack Kalk für den Rasen, einer Rolle Draht. Er begutachtet meine Fortschritte, gibt Ratschläge, lobt meine Geschicklichkeit. Der Zaun da ist eine gute Lösung. Diese Pergola hast du stabil zusammengebaut. Ich ziehe die Schultern hoch. Ich habe keine Angst, ein Werkzeug in die Hand zu nehmen. Kes sagt mir ja genau, was ich machen soll.

Auf der bemoosten Terrasse trinken Bas und ich in der Abendsonne Tee und essen die ersten Erdbeeren. Ich bitte ihn nie hinein, und er dringt auch nicht darauf. Wir sprechen wenig und schon gar nicht über das Jahr, als ich zwölf war und er vierundzwanzig. Es ist ein Schweigen, das verrückterweise ganz natürlich ist. Wie sollten wir auch über etwas reden, für das Worte per definitionem nicht ausreichen? Nachdem dies in aller Stille zwischen uns vereinbart ist, sind wir einfach zwei alte Bekannte, die Gefallen an derselben Beschäftigung finden. Ich ertappe mich dabei, wie ich mich nach seiner Gesellschaft sehne. Bas hat kein Boot, keine *homepage,* keine Rolex. Nicht einmal eine anständige Sonnenbrille.

Er habe in der Stadt eine Wohnung, hat er gesagt, über einem kleinen Geschäft mit spanischen Antiquitäten, in das selten Kunden kommen. Auf dem Land hat er einen Garten angelegt. Meine Clematis müßtest du mal sehen! Die rankt bis zur anderen Seite des Weges. Und dann habe ich entlang der Begrenzung diese weißen Kiesel. Könntest du hier auch nehmen. Ungeniert zeigt er auf die zwölf Meter lange Einfahrt. In Gedanken sehe ich ihn auf seiner Parzelle herumwerken, ein Riese zwischen sechs Töpfen mit Geranien und Fuchsien, der zufrieden zwischen den Zähnen pfeift. Oft spricht er mit sich selbst, wie Leute, die allein leben. »Jetzt machen wir erst mal dies hier«, sagt er laut, um sich selbst anzuspornen, »dann bekommen wir wieder ein bißchen Übersicht. … Gut so. … Sieh mal an. … Das klappt ja gut.«

Los Bas, wo bleibst du heute abend? Das alte Geißblatt muß raus, das hab ich mir vorgenommen. Weißt du was, ich fange gleich mal an. Vor Anstrengung rinnt mir schon bald der Schweiß in die Augen, mein Hemd klebt mir am Rücken. Nach einer Viertelstunde Kampf mit den verwilderten Ranken höre ich seine Fahrradklingel.

Grußlos kommt er in den Garten, nimmt mir dann die Säge aus der Hand, bedeutet mir, daß ich beiseite gehen soll, und legt den Strauch krachend im Handumdrehen um. Was willst du denn, deine Vorarbeit war gut. Dann nimmt er einen Spaten und beginnt, den Wurzelballen auszugraben. Sein schiefes Zöpfchen klebt an seinem Hals.

Ich binde das Geißblatt zusammen und werfe es zufrieden auf den Weg. Meine gute Laune laß ich mir nicht verderben.

»Wann wirst du denn jetzt endlich einsäen?« fragt er über die Schulter hinweg.
»Ach, naja, bei Vollmond oder so.«
»Heute nacht wird es regnen. Und deine Rabatten sind bereit.«
Aber ich nicht. Ich stehe noch ganz unter dem Eindruck des Hackens und Ausreißens. Dies zarte Einstellung zu sprießendem Grün kommt später schon noch. »Willst du was zu trinken?« frage ich, um ihn abzulenken.
»Ich versetze erst noch schnell die Rosenstöcke. Die bekommen hier zu wenig Licht.«
»Nicht, wenn ich die Hecke rausschmeiße.«
»Dann kannst du auch gleich alles betonieren«, sagt er verbissen.
Er schiebt die Schaufel als Hebel unter die Wurzeln und holt sie mühelos aus der Erde. Wenn ich Bas bei der Arbeit sehe, verstehe ich erst richtig, in wievielerlei Hinsicht das Antidepressivum sein Leben gerettet hat. Jemand mit seinen Kräften kann sich keine unbeherrschbaren Gefühle erlauben. Er wirft den Wurzelballen auf die Schubkarre und wendet mir sein breites Gesicht zu. Es ist vor Wut verzerrt. Unwillkürlich weiche ich zurück.
»Lebendige Natur, Ellen«, sagt er mit einer Armbewegung zu den alten Eichen mit ihren kahlen Kronen und zu den Wasserpflanzen auf dem verschlammten Teich. »Davor muß man verdammt noch mal ein bißchen Respekt haben.«
»Aber du sagst doch selbst immer, daß man nicht rigoros genug schneiden kann.«
»Und außerdem«, schwadroniert er weiter und zeigt dabei auf mein Zwerchfell, »scheint es mir auch nicht son-

derlich vernünftig, wenn du dich in deinem Zustand so abrackerst.«
»Mein Zustand!« Wie Bulldoggen stehen wir auf einmal einander gegenüber. »Mein Zustand ist meine Sache!«
»Soll ich dann etwa so tun, als ob ich nicht sehe, daß du schwanger bist?«
»Jetzt hör mir mal gut zu!« Weiter komme ich nicht. Vor Wut platzend packe ich die Schubkarre, um sie beim Abfall zu entleeren. Zum Donnerwetter, ich lasse mich doch nicht von irgend so einem hergelaufenen Verkäufer von »Gartencenter« auf die Palme bringen? Lebendige Natur! Unsanft kippe ich die Schubkarre. Marschiere zurück. Sage laut und unfreundlich: »Bas!«
»Gießkanne!« schnauzt er. Er hat bereits Löcher für die Rosenstöcke gegraben.
Tatsächlich fülle ich die Zinkgießkanne unter dem Hahn, trage sie zu der Rabatte, wässere die Löcher.
Er drückt die nasse Erde geschickt um die Pflanzen herum an. Dann fragt er unwirsch: »Gibt es denn keinen Vater für das Kind?«
»Hau ab!« antworte ich ruhig.
Ungläubig sieht er mich an. Seine Brauen sind über den Augen zusammengewachsen, die tiefe Kerbe bei der Nasenwurzel ist schmutzig, die Poren sind zu sehen, sein Haar glänzt vor Fett. Was für ein Fall für den Lonely Hearts Club. Warum sonst kommt er beinahe täglich bei mir angewackelt?
Er steht auf. »Ich lasse mich von dir nicht wegschicken.«
»Aha«, sage ich bebend. »Das ist ganz schön stark.«
»Spiel jetzt mal nicht die Prinzessin auf der Erbse! Abend für Abend hast du hier niemanden, der dir hilft.«

»Was nichts an der Tatsache ändert, daß dies mein Grundstück ist, und ich dir den Zutritt dazu untersagen kann.«
»Den Zutritt dazu!« Er lacht schnaubend. »Sprüche hast du immer noch reichlich drauf.«
»Ich brauche niemanden«, sage ich einfach drauflos.
Er schiebt seinen Kopf vor und mäht mit den Armen durch die Luft, als wolle er ein freies Schußfeld für seine Worte bereiten. »Was willst du beweisen, Ellen? Daß ein Kind am besten so wenig Eltern wie möglich haben sollte?« Dann reibt er seine Hände an der Hose ab und stiefelt durch das neue Gatter aus dem Garten.
Ich drücke die Fingernägel in meine Handflächen. Wo waren wir stehengeblieben? Den Weinstock aus dem Schuppen holen, das stand auch noch auf meinem Programm für heute abend. Sofort mache ich mich an die Arbeit. Morgen werde ich wieder einen Anhänger mieten, um den Abfall wegzufahren. Sie kennen mich schon bei der Mülldeponie. In seinem kleinen Kabäuschen hebt der Pförtner grüßend die Hand, wenn ich vor dem Schlagbaum stehe. Wenn er bloß nicht auch auf einmal noch anfängt, sich mit meinem Zustand zu beschäftigen.
»Kann Ihr Mann denn nicht diese schwere Arbeit übernehmen?«
Auf einmal denke ich kurz an Thijs. Seitdem er mir die Karte gebracht hat, habe ich nichts mehr von ihm gehört. Ich spüre, daß ich völlig erschöpft bin. Ich sammle meine Gartengeräte ein und bringe sie in den Schuppen. In der Küche öffne ich eine Flasche Mineralwasser und trinke sie, an der Spüle stehend, auf einmal aus.
Einer von meinen Psychiatern, der letzte glaub ich, sagte

immer, daß ich darauf aus sei, mein eigenes Glück zu sabotieren. Ich weiß nicht, was ich ärgerlicher finde: das Gequatsche in Allgemeinplätzen oder die Tatsache, daß Allgemeinplätze meistens wahr sind. Thijs wird wohl niemals wieder etwas von sich hören lassen. Wahrscheinlich habe ich ihm einen großen Gefallen getan, als ich da zufällig zusammen mit Bas im Eingang stand. Endlich wird es zu ihm durchgedrungen sein: Ellen ist unverbesserlich. Möge Bas auf seine Weise dasselbe denken!
Es ist noch früh, aber ich entschließe mich, zu Bett zu gehen. Das ist gut für Mutter und Kind.

Zu Thijs' Kummer wollte ich keine Kinder, nie im Leben. Da sieht man mal wieder, wie man seine Meinung ändern kann, auch wenn ich jetzt nicht behaupten möchte, daß ich wohlüberlegt schwanger geworden bin. Hat jetzt, da die Vierzig in Sicht kommt, meine sogenannte biologische Uhr mir vielleicht einfach das Heft aus der Hand genommen? Davon hört man häufiger. Nicht vorhanden geglaubte Instinkte können sich manchmal im letzten Augenblick doch noch bemerkbar machen. Oder drückt mich vielleicht eine gewisse Verantwortung: ohne mich keine neue Generation Van Bemmel?
Carlos gibt es natürlich auch noch, aber doch auch wieder nicht: Vor fünfundzwanzig Jahren hörte er ja auf, mein kleiner Bruder zu sein, kurz nach dieser unauslöschlichen Christnacht wurde er Michiel Kamphuis.
Wir zwei saßen in Decken gewickelt stundenlang bei meinem Rektor auf dem Sofa, mit einer Wärmflasche auf den Füßen und einem Becher warmer Milch in den

Händen. Ich wunderte mich, daß jemand, der die Büste von Pallas Athene auf seinem Schreibtisch stehen hatte, mit einer Frau verheiratet sein konnte, die so alt und häßlich war. Außerdem zitterte sie die ganze Zeit. Mit einem Gesichtsausdruck, als ob sie es uns nicht gönnte, gab sie uns eine Scheibe Marzipanstollen, mit ein bißchen Butter drauf. Ich war froh, als sie, nervös in sich hineinmurmelnd, zu Bett ging.

Carlos schlief, schon halb zur Seite gesunken, neben mir. Der Rektor und ich spielten im Licht der Stehlampe Schach, das Brett zwischen uns auf einem Sitzkissen. Er kannte den Schäferzug nicht, daher gewann ich die erste Partie. Wir stellten die Figuren neu auf.

»Meine Frau hat die Parkinsonsche Krankheit«, sagte er. »Deshalb können wir unmöglich für deinen kleinen Bruder sorgen, Ellen. Das mußt du doch verstehen.«

Ich spielte mit Weiß. Ich eröffnete mit dem Königsbauern.

»Wer hat dir eigentlich so hervorragend Schachspielen beigebracht?«

»Mein Vater«, sagte ich automatisch.

»Na, der hatte aber eine Ahnung davon!«

Ein donnerndes Rasen war in meinen Ohren. »Papa!« sagte ich in äußerster Verwirrung. Es war, als wäre ich von Kopf bis Fuß unter Strom gesetzt worden.

»Du wirst sehr viel Mühe haben, um zu begreifen, was passiert ist«, sagte der Rektor. »Und vielleicht verstehst du es auch nie. Aber weißt du, was ich dir auf alle Fälle versprechen kann, hoch und heilig? Du wirst lernen, der Sache die Stirn zu bieten, wirklich. Auch wenn du jetzt denkst, es geht nicht.«

Ich starrte auf das Schachbrett, das aus Holz war und nicht wie unseres eine mit Altersflecken übersäte Spanplatte. Mein Vater sagte immer, daß die Flecken von all dem Schweiß kämen, den er über dem Brett vergossen habe. »Du machst es mir wieder nicht leicht«, seufzte er, und dann zwinkerte er mir über den Rand seiner Brille hinweg zu.

»Ja, das ist nur ein schwacher Trost, nicht wahr?« Überlegend setzte der Rektor seinen Springer vor, holte ihn dann wieder zurück. Seine Finger hingen über dem Brett, das Lampenlicht warf lange Schlagschatten auf sein Gesicht.

»Darf ich auf den Schoß?« platzte ich heraus.

»Komm nur, Mädchen.« Er breitete die Arme aus.

Während ich aufstand, verhedderte ich mich in meine Decke und fiel halb vom Sofa. Er zog mich auf seine Knie. Ich rollte mich zusammen und drückte meinen Kopf gegen seine Brust. Ich hörte seinen Herzschlag, sein Herz, das sagte: Du bist gut so, wie du bist, Ellen.

Nach einiger Zeit steckte ich den Daumen in den Mund. Dann war sein Atem an meinem Ohr. »Ellen? Wenn du gleich schön schläfst, rufe ich im Heim an, um zu sagen, daß du hier bist. Sonst machen die heute nacht kein Auge zu. Findest du das richtig?«

Im Halbschlaf tastete ich nach Carlos' Hand. »'Tschuldigung, daß ich deinen Teddy verloren habe«, murmelte ich.

Zehn Tage später zog mein kleiner Bruder zur Familie Kamphuis. Es sei nur zur Probe, sagten alle, um zu sehen, ob es klappt. Ich machte jeden Tag einen Strich auf meinem Kalender mit den Ponyfotos. Aber aus den Tagen wurden Wochen, das Eis schmolz in den Kanälen, und wir bekamen eine neue Waise ins »Einhorn«, und Carlos kam nie wieder zu mir zurück.

Wenn die Adoptiveltern meines kleinen Bruders klug gewesen sind, dann haben sie ihn nie in allen Einzelheiten über seine Herkunft informiert. Er hätte nichts damit gewonnen, wenn ihm deutlich geworden wäre, wer er in Wirklichkeit war, außer der unerträglichen Erkenntnis, daß seine eigenen Eltern den Rest der Familie ermordet und sich danach selbst das Leben genommen hatten.

Gott, was hab ich Lust auf einen Schnaps.

Ich steige wieder aus dem Bett, obwohl ich mich gerade erst hingelegt habe. Einen Moment lang fühle ich mich in dem geräumigen leeren Haus, als rollte ich wie eine kleine Erbse hilflos in einer großen Schote hin und her. Es steckt noch zu wenig Dampf in meinen Umbauplänen. Ich habe mich zu sehr vom Garten in Beschlag nehmen lassen. Ich muß Prioritäten setzen, solange ich noch fit und mobil bin!

In der Küche hole ich den Genever. Jetzt das kleinste Gläschen, sonst wird es zuviel. Mit einem Schwips habe ich das Verlangen, unbesonnene Dinge zu tun. Etwa mit wildfremden Männern ins Bett zu gehen und dann auch noch zu vergessen, die Pille zu nehmen. Und doch ist diese Schwangerschaft, auch wenn sie nicht geplant ist, kein Zufall. Irgendwie habe ich die Ahnung, daß sich alle Toten der Welt zu einem bestimmten Augenblick versammelt haben, um die Würfel zu werfen und auf diese Weise für mich zu entscheiden, einstimmig.

Ich wußte, daß alles in Ordnung war, als ich die Anzeige

für das Haus in der Zeitung sah. Nennen wir es einfach einen Fall von Gerechtigkeit.

Ich lege die Hände auf meinen Bauch. »Komm, wir gehen wieder ins Bett«, sage ich zu Ida-Sophie. Sie brauchte nicht auf einen platten Reifen an irgendeinem x-beliebigen Dienstagmorgen zu warten, ich habe bei ihrem Namen dem Zufall ein bißchen nachgeholfen.

Sie entwickelt sich Zelle für Zelle, ein unglaublicher Prozeß. Jeden Tag wird sie wirklicher für mich: ein kleines Wesen mit Knien und Ellbogen, meine Tochter. Wem von uns wird sie ähnlich sehen? Bekommt sie so ein Muttermal am Mundwinkel wie Billie, von dem man einfach nicht die Finger lassen kann? Oder meine schiefen Augenbrauen?

Niemals im Leben habe ich mir etwas so leidenschaftlich gewünscht wie dieses Kind.

Ich stelle mein Glas weg. Ich schalte das Licht aus. Und dann auf einmal schneidet ein rasender Schmerz durch meinen Unterleib. Es ist, als würde ich mit einem Messer aufgerissen. Sekundenlang kann ich mich nicht bewegen. Meine Finger krallen sich um die Rückenlehne eines Küchenstuhls. Ich sehe, wie meine Knöchel weiß werden. Und dann fühle ich, daß Blut an den Innenseiten meiner Beine hinabläuft.

Teil zwei

Kester, Ellen und Bas – *Thanksgiving*

28. November 1972

An jedem Morgen bringt man mir Tee und ein Stück Zwieback ans Bett. Dann wird die Jalousie hochgezogen, und der neue Tag springt wie ein aggressives Raubtier in mein Zimmer herein.
Ich möchte zum Fenster laufen, um es aufzureißen: »Ich bin auch noch da! Wartet auf mich!« Aber ich werde von Lucia auf eine Bettpfanne gesetzt, bekomme dann einen Krug Wasser, Lappen und Handtuch, um mich zu

waschen, und die Falten in meinem Bettlaken werden glattgestrichen.
Wenn ich dann auch noch ein sauberes T-Shirt haben will, muß ich Lucia energisch darum bitten. Sie selbst hatte, als sie hier übereilt einzog, nicht viel mehr bei sich als die zu engen rosa Leggins, in denen sie jetzt schon wochenlang herumläuft. Meine stattlichen Kleiderstapel in Bas' altem Schrank werden bestimmt ihren Neid erwecken. Sie schaut ganz so aus: Aggressivität schimmert in ihren stechenden, dunklen Augen und findet ihren Niederschlag in ihrem unbeherrschten Verhalten. Manchmal erwarte ich fast einen elektrischen Schlag, wenn sie mich anfaßt. Meistens preßt sie ihre Lippen aufeinander, um zu verbergen, daß ihr einige Schneidezähne fehlen.
Lucia ist nicht aus eigenem Antrieb meine Pflegerin geworden. Das Schicksal hat uns zusammengeführt, oder besser gesagt, es war Doktor Bramaan. Seitdem ist es mit der Ruhe in meinem Haus vorbei. Lucia hat drei kleine Töchter, schüchterne Mädchen mit bleichen, angespannten Gesichtern, die schnell die Nerven verlieren. Ihr Zanken und Kreischen hallt aus den noch immer sparsam möblierten Zimmern nach oben.
Wenn ich mich über den Lärm beschwere, zieht ihre Mutter mürrisch die Schultern hoch. Aus ihrer Sicht gibt es wahrscheinlich eine Hierarchie der Leiden, und ich bin nur jemand mit einer Plazenta, die loszulassen droht. Jemand, der eine gute Entschuldigung hat, auf dem Rücken zu liegen und eine andere für sich herumlaufen zu lassen. Ein verwöhntes Frauenzimmer in einem aberwitzig großen Haus. Ich hege den Verdacht,

daß sie absichtlich Öl ins Feuer gießt und sich ins Fäustchen lacht, wenn ihre Töchter das Porzellan zerbrechen. Aber was hatte ich mir denn vorgestellt? Daß Lucia und die kleine Samantha, Vanessa und Rochelle vor Dankbarkeit vor mir im Staub kriechen? Jan Bramaan sind sie dankbar für den sicheren Unterschlupf, den sie in der Drosselallee auf Zeit bekommen haben. Und mit Recht.

Jantje Bramaan, sagt Lucia mit geradezu brünstiger Zuneigung, ist ein Wahnsinnstyp. Auf den kann man bauen.

Als er mich vor drei Wochen mitten in der Nacht in einer Blutlache auf dem Küchenboden fand, dachte ich genauso. Wir mußten lange auf den Krankenwagen warten, und die ganze Zeit hielt er meine Hand. Ich konnte vor Schmerzen nicht sprechen, ich gab ihm mit der Hand Morsezeichen. Das Angenehmste war noch, daß er sich nicht so benahm, als würde ihn mein Zustand besonders entsetzen. Jedesmal, wenn ich zu sterben glaubte oder annahm, daß Ida-Sophie in einer Sturzflut von Blut aus mir herausgetrieben würde, unterdrückte er gerade ein Gähnen. Er war eine schläfrige Masse aus Knochen, Fett und Muskeln, eine fleischgewordene Rettungsboje, an der wir beide uns festklammern konnten.

Zwei Tage später besuchte er mich im Krankenhaus. Wir gingen die Lage durch, mir war noch schwindlig von den schmerzstillenden Mitteln, er setzte ein schlaues Fuchsgesicht auf. Krankenhäuser seien nicht für eine solch lange Bettruhe bestimmt, wie sie mir der Gynäkologe verordnet hatte. Innerhalb von zehn Tagen müßte ich nach Hause. Ob es Freundinnen oder Verwandte gebe, die mich pflegen könnten? Die Gemeindeschwester komme nicht in Frage: Vierundzwanzig Stunden Liegen erfordere die ständige Anwesenheit einer anderen Person. Ob ich für einen solchen Fall versichert sei? Oder hätte ich andere Mittel, die sich dafür verwenden ließen?

Fast hätte ich aus lebenslanger Gewohnheit automatisch ja gesagt: na klar, der Notfonds Drosselallee. Aber der war erschöpft. Mein Notgroschen hatte sich in vier gleichgültige Mauern verwandelt, die kein Mitleid kannten.

»Du hast ein großes Haus«, sagte Bramaan, als ob er meine Gedanken erraten hätte.

Also waren wir uns schnell einig. Er würde für ein paar Matratzen und Bettwäsche sorgen. Als ich aus dem Krankenhaus entlassen wurde, hatten sich Lucia und ihre Mädchen hier schon ganz schön breitgemacht. Ihre geräuschvolle Anwesenheit machte die Leere der Zimmer, die Verlassenheit der Flure noch deutlicher. Mir wurde grausam klargemacht, daß ich von meinen Plänen fast noch nichts realisiert hatte. Davon wurde ich mißmutig. Und außerdem glaubte ich in Lucia eine der Frauen aus Bramaans Wartezimmer wiederzuerkennen, die immer so voller Neid auf meine Mandarina-Duck-Tasche geguckt hatten. Am liebsten wäre es mir gewesen, wenn sie gleich wieder abgehauen wären.

Also gut, da sitzen wir beide also, und zur Zeit kann keine von uns besonders wählerisch sein. Immer, wenn sie mir vor dem Schlafengehen ein letztes Mal auf die

Bettpfanne hilft, ist an ihrem Gesicht abzulesen, daß sie sich auch was Schöneres vorstellen kann. Die Alternative besteht allerdings aus dem vollgestopften Frauenhaus in Haarlem, und in dem ist Lucia schon oft genug gewesen. Frag mich nicht, warum sie offenbar immer wieder zu ihrem Mann zurückkehrt. Frag mich überhaupt nichts. Ich bin ein Arzt für die Toten, nicht für die Lebenden mit ihren Ängsten und Schmerzen, ihren Sorgen, ihrer Hoffnung und ihrer Verzweiflung. Ich habe keine Patienten, die behaupten, daß sie schon wieder die Treppe hinuntergefallen oder gegen die Tür gelaufen seien. Ich habe keine Ahnung von Lucias Problemen. Ich will auch gar nichts darüber wissen. Sie ekelt mich an: einfach so Kinder in die Welt setzen und dann nicht in der Lage sein, ihnen ein sicheres Zuhause zu geben.

Neben meinem Bett steht sie mit der Zahnbürste parat.

»Ich habe noch keine Lust, zu schlafen«, protestiere ich. Dann klingelt das Telefon auf dem Nachtschränkchen, und sie erstarrt.

Wenn ich mich melde, soll ich nur in gleichgültigem Ton »hallo« sagen, aber das habe ich sowieso schon immer so gemacht.

»Hallo Ellen«, antwortet Bas genauso vorsichtig. Seine Stimme klingt hier am Telefon so vertraut, aber auch so fremd, daß ich einen Augenblick lang nicht weiß, was ich sagen soll.

»Heute nachmittag bin ich zufällig mit dem Fahrrad durch deine Straße gefahren, und da hab ich gesehen, daß du schon ewig nichts mehr im Garten gemacht hast.« Er hält kurz ein, voller Erwartung. »Und da hab ich mir gedacht: Ob wohl irgendwas nicht in Ordnung ist?«

Lucia sieht mich mit aufgerissenen Augen an. Sie hält meine Zahnbürste wie eine Stichwaffe in der Hand. Ich wende den Blick ab. Das kann man wohl sagen, Bas, ich liege hier schon drei Wochen im Bett, weil ich fast eine Fehlgeburt gehabt hätte. Man stelle sich vor, er würde dann fragen, wie ich es denn so schaffe, so ganz allein. Oder noch schlimmer, daß er mit ein paar Weintrauben vorbeikommt. Als Bramaan es mir erklärte, klang alles ganz vernünftig: Jeder Kontakt mit der Außenwelt ist ein Risiko, und auch wenn es jemand mit den besten Absichten ist, er könnte ein Unheil anrichten, wenn er Lucia erkennt oder wenn er zufällig ein Bekannter von einem Bekannten von ihrem Mann ist. Für meine Pflege habe ich Jan Bramaan gern dieses eine heilige Versprechen gegeben, damit seine Patientin und ihre Kinder in Sicherheit sind.

Neben mir höre ich sie atmen, flach und schnell.

»Ellen, bist du noch da?« fragt Bas.

Die Worten liegen mir auf der Zungenspitze: Entschuldige, daß ich so kratzbürstig war. Ich wollte dich noch am selben Abend anrufen, aber da hab ich fast eine … Statt dessen sage ich kraftlos: »Sie haben sich verwählt.«

Als ich auflege, öffnen sich Lucias Lippen, ich sehe das Loch in ihrem Mund.

»Alles in Ordnung«, sage ich, während ich in die Kissen zurücksinke. »Es war ein Bekannter von mir.«

»Bist du sicher?«

»Ja. Jemand, den ich von früher kenne.«

Sie zeigt mit der Zahnbürste auf meinen Bauch. »Der, der dich sitzengelassen hat?«
»Niemand hat mich sitzenlassen.«
»Natürlich nicht, und darum liegst du hier jetzt ganz allein.« Mit einem mürrischen Gesicht gibt sie mir die Bürste, ein Glas Wasser und eine Schüssel zum Ausspucken. Auch Bramaan wird gedacht haben: Ellen van Bemmel hat doch niemanden, bei ihr ist die Chance, daß jemand unerwartet zu Besuch kommt oder herumschnüffelt, so gut wie nicht vorhanden. Aber es gibt dennoch jemanden, der an mich denkt und der sich um mein Wohlergehen sorgt.
Ich spüle den Mund aus. Ohne ein Wort drehe ich mich auf die Seite und ziehe die Decke bis zur Nasenspitze.
»Na dann, gute Nacht!« sagt Lucia. Unaufgefordert macht sie das Licht aus.
In der Dämmerung des späten Sommerabends höre ich draußen einen Specht hämmern. Klappernd klopft er gegen die Rinde eines Baumes, der vor meinem Fenster steht. Sonst ist es still. Sogar im Haus herrscht zur Abwechslung tatsächlich einmal Ruhe.
Wenn Bas wüßte, daß ich hier liege, gerade an der Stelle, wo früher sein Schreibtisch stand, wenn er wüßte, daß ich genau dieselbe Aussicht habe wie er all die Jahre an jedem Tag, wenn er den Telefonhörer abnahm – wenn Bas das wüßte.
Es ist verrückt, daß ich mich in meinem eigenen Haus von jemandem wie Lucia so an der Kandare führen lassen soll. Ich drehe mich um und greife zum Telefon, aber als ich abnehme, höre ich das Besetztzeichen. Im anderen Zimmer hat also meine Kerkermeisterin den Hörer

neben den Apparat gelegt. Ich verfluche sie. Ich hätte das niemals anfangen dürfen. Genau wie Kester es immer gesagt hat: »Laß dich nicht mit Fremden ein, Kleines! Leute, die nicht denselben Hintergrund haben, machen sich gegenseitig nur Ärger.«
»Nichts als Ärger«, sagt Billie. »Du kannst dich doch nicht in einen anderen hineinversetzen, Ellen, und der andere versteht dich auch nicht.«

An jedem Mittwochabend wartete ich um punkt zwölf bei dem hohlen Baum hinter dem »Einhorn« auf Gerda und Marlies. In dem morschen Stamm verwahrten wir unseren Haschvorrat, verpackt in drei Lagen Plastikfolie, und die Bierflaschen, die wir unter den Toilettenpapierpackungen aus dem Supermarkt geschmuggelt hatten, wenn Sjaak uns zum Einkaufen geschickt hatte.
Ich sehe noch meinen unruhigen, dampfenden Atem zu dem schwarzen Himmel aufsteigen. Ich weiß noch, wie ich die Ohren spitzte. Die Parole war: »Alle Menschen sind blöd.« Trockene Blätter knirschten unter meinen scharrenden Füßen. Ich konnte vor lauter Spannung nicht stillstehen: Würden sie auch kommen, oder kamen sie nicht? Ich war immer die erste.
Aber da waren sie schon, lachend, mit einem extra Schal für mich, du dummes Schaf, zieh dich doch vernünftig an!
In dem Winter, als Carlos von mir weggeholt wurde, fror es oft so stark, daß kleine Eisstückchen auf dem Bier trieben. Tief in unseren Jacken versunken, standen wir im Dunkeln um den dicken Baumstamm herum,

stampften vor Kälte mit den Füßen und umklammerten mit blauen Fingern die Flaschen, während wir flüsternd unsere Zukunft besprachen.

Weil wir Freundinnen waren, wollte ich später auch Fotomodel werden, genau wie Gerda und Marlies. Sobald sich die Gelegenheit bot, so stellten wir uns vor, würden wir den Zug nach Mailand nehmen und uns dort oben ohne an den Strand setzen. Der Rest ging dann wie von selbst.

Wenn ich an diese Abmachung dachte, in der Schule oder im Bett, wurde mir ganz warm vor Freude, und dann hatte ich auf einmal gar keine Lust mehr, mir heimlich mit einer Glasscherbe Arme und Beine zu zerkratzen. Marti sagte, daß ich das nur machte, weil mein Gedächtnis allmählich zurückzukehren beginne. Erinnerungen, sagte sie, versuchten einen manchmal gemeinerweise zu ganz schlimmen Sachen zu verführen. Es komme darauf an, sie in den Griff zu bekommen. Und das klappe nur, wenn man nicht vor ihnen weglaufe.

Deshalb mußte ich ein paar Wochen nach Weihnachten zusammen mit ihr und Sjaak zum Friedhof. Sie hielt mich an meiner Kapuze fest, als wir die verschneite Begräbnisstätte betraten, er ging vor uns mit einem Strauß Blumen. Er trug sein Palästinensertuch.

Am Grab ging Marti in die Hocke und wischte mit ihrem Fausthandschuh den Schnee weg, damit ich die Inschrift lesen konnte, die tief in den unregelmäßig geformten Naturstein eingehauen war:

FRITS GERARDUS THEODORUS VAN BEMMEL
MARGJE MAGDALENA VAN BEMMEL-DE GROOT

Sibylle Maria van Bemmel
Kester Antonius Christiaan van Bemmel
Ida Johanna van Bemmel

Einen Augenblick lang dachte ich: Sie sind es nicht. Kester Antonius Christiaan mußte jemand anderer sein als mein Bruder Kes. Und dann stellte mir der Feind, der mein Gedächtnis hieß, die lieben, vertrauten Gesichter vor Augen, die ich so vermißte: Kes mit seiner glänzenden Nase, Billie, die langen Haare zu zweihundert dünnen Zöpfchen geflochten, die Art, wie mein Vater über seine Brille hinweg aufschaute, mit seinen vor Müdigkeit geröteten Augen. Und schnell konzentrierte ich mich auf die Jahreszahlen, aus denen man entnehmen konnte, wie alt jeder von ihnen geworden war. Dann begriff man auch sofort, daß sie jetzt alle tot waren.
Durch einen Tränenschleier hindurch kratzte ich den Schnee aus dem O von Kesters Antonius. Vielleicht redeten die Toten sich ja gegenseitig so feierlich an, mit ihrem vollständigen Namen. Dann mußte ich das in Zukunft besser auch tun, sonst verstanden sie mich bestimmt nicht.
Sjaak übergab mir die Blumen, damit ich sie auf das Grab legte. Es waren dunkelrote Rosen mit schönen langen Stielen. Wenn ich sie in den Schnee legte, würden sie sterben. Ich sah darin keinen Sinn. Sie gehörten in eine Vase.
»Geht es, Ellen?« fragte Marti leise hinter mir.
Wenn man genau hinsah, erkannte man, daß der Grabstein herzförmig war, ein eiskaltes steinernes Herz, das alles überleben würde, ohne jemals auch nur einen

Augenblick lang schlagen zu müssen. Es würde noch da sein, wenn jeder, der darunter lag, schon seit langem vergessen war. Schließlich würde die Zeit langsam, aber unerbittlich sogar die Namen meiner ganzen Familie wegwaschen, bis nur noch die verwitterte Oberfläche übrig war.

Ich wischte mir mit dem Ärmel die Nase ab. Wohin ging man, wenn der eigene Name ausgelöscht war? Wie konnte einen dann noch jemand rufen?

Plötzlich sah ich, daß für Carlos und mich auf dem Stein Platz gelassen worden war. Die Rosen glitten mir aus der Hand und fielen wie Blutstropfen in den Schnee. Jäh drehte ich mich um und rannte ohne nachzudenken weg.

Ich rannte rauhe, stille Wege entlang. Das einzige, was ich hörte, war mein eigener Atem. Die kahlen Bäume am Weg tanzten vor meinen Augen.

Marlies' Eltern waren bei einem Verkehrsunfall ums Leben gekommen und die von Gerda kurz nacheinander krank geworden, als sie noch ein kleines Mädchen war. Aber meine Eltern hatten mich nicht, wie es bei den beiden der Fall war, unfreiwillig im Stich gelassen. Es war genau umgekehrt: Die leere Stelle auf dem Grabstein machte mir auf einmal klar, es war ihre Absicht gewesen, daß auch ich unter dem Herz von Stein landen sollte, mit ihnen zusammen.

Ich hatte kein Recht auf mein Leben. Und offensichtlich hatte ich das auch nie gehabt, denn sonst hätten Papa und Mama sicher andere Pläne für mich gehegt. Sie hatten es für besser befunden, daß ich tot sein sollte, und die eigenen Eltern wissen doch, was das Beste für dich

ist. Irgendwo in der Nähe des Erdmittelpunkts hatten sie nun meinetwegen Kummer, Kummer wegen ihrer störrischen, eigensinnigen Tochter. Wie mußte ich sie enttäuscht haben.
Ich lief zum »Einhorn«, ich rannte, bis meine Lungen zu zerspringen drohten.
Vor unserem Pavillon bauten Gerda und Marlies gerade einen Schneemann. Ausgelassen rollten sie eine große Kugel auf eine andere, so selbstverständlich, als gehörte ihnen der Schnee der ganzen Welt, als hätte es von hier bis zum Nordpol nur für sie geschneit. »Kommst du auch?« rief Marlies.
Ich schüttelte den Kopf.
In meinem Zimmer legte ich mich auf das Bett mit der Überdecke, die nicht mir gehörte, und dachte an Mailand, an die Zukunft, die jetzt auch nicht mehr mir gehörte. Papa und Mama kriegen sich nicht mehr ein, wenn ich da ohne Oberteil rumsitze.
Es gab nur eine Möglichkeit, alles wiedergutzumachen und meine Eltern für den Kummer zu trösten, den ich ihnen zugefügt hatte: Wenn ich ihnen zeigte, daß ich dennoch mein Leben wert war, dann würden sie sich damit abfinden, daß ich nicht bei ihnen war.
Ich kreuzte die Finger. Ich schwor einen heiligen Eid. Dann schlief ich völlig erschöpft ein.
Von da an ging ich Mittwoch nachts immer seltener zu dem hohlen Baum. Zuerst gab ich noch manchmal dem Verlangen nach, zu sehen, wie Gerdas dicke Finger einen Joint für uns drei drehten, und mich an Marlies' Schulter auszuschütten vor Lachen. Aber ich kam immer besser ohne aus, und schon bald wollte keine

von beiden mehr meine Freundin sein. Mit gekränkten Gesichtern beschimpften sie mich als dumme Pute und als Verräterin, weil ich nie mehr mit den Füßen scharrend im Dunkeln auf sie wartete. Daß wir je zusammen am Strand auf Fotografen warten würden, war schon bald sehr unwahrscheinlich.
Aber ich war mir meiner Sache doch nicht ganz sicher, und so warf ich oft, grundlos, erschrocken einen Blick über die Schulter, weil ich glaubte, die gehetzten Schritte meiner Eltern zu hören.

Mein Vater war ein geborener Wanderer. Er hatte Schuhe, mit denen man den Mount Everest erklimmen konnte, und eine Kniebundhose, in der ein normaler Mensch sich nicht beerdigen lassen würde. An jedem Sonntag war es wieder soweit. Am liebsten marschierte er zu einem Dünengürtel in der Nähe unseres Hauses, ein ausgedehntes Naturschutzgebiet, in dem er jeden Fleck beim Namen kannte: die Tonnenkuppe, das Rosenwasserfeld, der Senfstrauch, das Oraniertälchen, der Entenweiher. Er hielt sich nie an die Routen, die farbig markiert waren, das war etwas für Schönwetterwanderer. Begeistert streifte er durch die Dünentäler voller Weißdorn, Bibernellrosen und Kaninchenlöcher, während wir in seinem Kielwasser mit klagender Stimme fragten, wie weit es noch sei. Wenn es regnete, machte das nichts, und es war auch nicht schlimm, wenn man sich mal in der Schlinge eines Wilddiebs verfing und den Knöchel verstauchte. Man mußte doch mit. »Kester«, sagte mein Vater aufgeräumt, »du hättest dir den Knöchel sonst bestimmt auch verstaucht, Junge. Es ist aber auch immer irgendwas mit euch.«

Ein Vorteil von Idas Ankunft war, so fand ich, daß wir mit ihrem Kinderwagen wenigstens auf den Wegen bleiben mußten. Diese ermüdende Latscherei durch den hohen Flugsand verabscheute ich aus tiefstem Herzen, und ich befürchtete immer, daß irgendwo in dieser Ödnis meinen Vater sein innerer Kompaß im Stich lassen könnte.

Im November bereitete meine Mutter unserer Sonntagstradition ein Ende. »Du bewegst dich, aber Ida liegt stundenlang in ihrem Wagen und wird starr vor Kälte«, sagte sie nach dem Frühstück. Sie ließ die Wiege, die neben ihrem Stuhl stand, sanft hin und her schaukeln. Ida gab kleine zufriedene Laute von sich, ein abwartendes Grunzen und Seufzen.

»Wir packen sie einfach gut ein«, sagte mein Vater. Er war schon dabei, seine Wanderschuhe anzuziehen. Wir hatten alle auch solch ein Paar aus braunem Leder mit roten Schnürsenkeln. Man mußte Unmengen ranzig riechendes Fett darauf schmieren, sonst kamen tiefe Rillen hinein, die sich durch die Socken hindurch in die Haut einschnitten.

»Das kommt nicht in Frage«, sagte meine Mutter. »Und Michiel bleibt heute auch drin, mit seinem scheußlichen Husten. Wenn er sich noch mehr erkältet, steckt er Ida bestimmt bald an.«

Carlos sah erfreut auf. »Dann spiele ich mit meiner Eisenbahn.«

»Nein, du gehst in Quarantäne. Du bleibst im Bett, bis du niemanden mehr anstecken kannst. Und Kester fährt kurz mal mit dem Fahrrad zur Apotheke, um Hustensaft für dich zu holen. Frits, schau mal in der Zeitung nach, welche Apotheke heute ...«

»Aber dem Kind fehlt nichts. Er kann Ida überhaupt nicht anstecken«, sagte mein Vater verdutzt. »Margje, bitte würdest du mal damit aufhören, so ...«

»Hey, Mama, ich gehe nicht ins Bett«, rief Carlos.

»Ich bleibe dann auch zu Hause, um mit dir zu spielen«, sagte Billie scheinheilig.

»Sibylle«, sagte mein Vater kurz angebunden, »zieh deine Schuhe an!« Er drehte sich zu meiner Mutter um. Er sah aus, als würde er gleich unheimlich böse werden. »Und was hast du vor?«

»Ich werde zu Hause bei Ida bleiben müssen.«

»Wenn wir sie einfach mitnehmen, ist das ganze Problem gelöst.«

Meine Mutter stellte mit einem Knall die Frühstücksbrettchen hin, die sie gerade eingesammelt hatte. »Du denkst immer nur an dich selbst. Willst du etwa, daß sie krank wird?«

Mein Vater fuhr meine Mutter an: »Mit dem Kind ist nichts, außer daß du den ganzen Tag wie eine brütende Glucke auf ihr hockst. Wir gehen alle zusammen raus.«

Vor Schreck begann Ida meckernd zu weinen.

»Da hast du's schon.« Meine Mutter nahm das Baby aus der Wiege und drückte es an sich. Ihre Stimme wurde schrill. »Geht doch endlich, in Gottes Namen! Sibylle, tu, was dein Vater dir sagt, und zieh dir deine Schuhe an! Ellen, du auch, beeil dich!«

Vor Aufregung bekam ich fast meine Schnürsenkel nicht zu. Ich vertrug es einfach nicht mehr, wenn sie in diese

neue Stimme verfiel. Am unheimlichsten war es, daß sie dabei ihre Lippen kaum bewegte. Es war wie Bauchreden.
Etwas später verließen wir zu dritt in viel zu kurzer Kolonne und in gedrückter Stimmung das Haus. Wir hatten Gegenwind auf dem Zandvoorter Weg, und als wir den Zugang zum Dünengebiet erreichten, lief meine Nase. Mein Vater bog sofort links ab zum breiten Wassergewinnungskanal, auf dem kleine Schaumkronen tanzten. Billie und ich wechselten einen beunruhigten Blick: Das ließ einen Marsch nach Vogelenzang erwarten, oder vielleicht sogar bis nach De Zilk.
Eine Formation von Krammetsvögeln flog schäckernd über das Wasser. Mein Vater ging ein paar Meter vor uns, den Kopf zwischen den Schultern. Wir mußten kräftig ausschreiten, um mit ihm Schritt zu halten. Ich stellte mir mit aller Gewalt vor, daß ich ein tapferer Soldat in der Schlacht an den Thermopylen war. Die Perser, unsere Feinde, hatten nach Herodot so weiche Schädel, daß man sie schon mit einem kleinen Stein zertrümmern konnte. Das kam daher, daß sie immer Filzmützen trugen. Um eine harte Schädeldecke zu bekommen, mußte man sie Wind und Wetter aussetzen. Aber ich hatte keine Lust, meine Kapuze abzusetzen.
In der Nähe des Muscheldamms hielt Billie mich mit einem Ruck an meinem Ärmel fest und zischte: »Dieser Blödmann merkt nicht mal, daß wir hier sind. Wir können genausogut nach Hause gehen.«
»Das geht nicht!« flüsterte ich zurück.
»Dann paß mal gut auf!« sagte Billie. Im Laufschritt verschwand sie zwischen den hohen, kahlen Stämmen des

Nadelwaldes. »Komm zurück, Billie!« sagte ich so laut, wie es eben ging. Die Bäume knarrten unheimlich im Wind. Ein Schwarm Krähen, der über uns hinwegzog, ließ rauhe, heisere Schreie hören.

Mein Herz klopfte bis zum Hals. Ich war der Zement: Ich mußte versuchen, alle zusammenzuhalten. Ich konnte einfach nicht allein übrigbleiben. Mein Vater würde sich umdrehen und niemanden außer mir mehr sehen. Sein Gesicht würde vor Enttäuschung schlaff werden: Ellen. Aber mir blieb nichts anderes übrig, als mich wieder in Bewegung zu setzen und stolpernd hinter seiner schweigenden Gestalt herzulaufen.

Jetzt ging es über eine Düne mit kargen Büscheln Strandhafer. Danach quer über ein Feld voller Weißdorn mit hellorangefarbenen Beeren. Ein Fasan machte sich schnell ins Unterholz davon, denn ich stapfte für sechs.

Zuerst achtete ich auf einen sicheren Abstand. Aber die Wahrscheinlichkeit nahm zu, daß mein Vater etwas sagen würde, was für Billie und mich bestimmt war: Sieh mal, hier beginnt die Mitteldüne. Das sieht man am Laubholz. Das wäre ein Zeichen, daß er wieder gute Laune bekam. Dann erklärte er nämlich gern etwas.

Keuchend holte ich ihn ein. »Hast du schon Rehe gesehen?« fragte ich beflissen.

Er antwortete nicht. Aber nach kurzer Zeit nahm er meine Hand und steckte sie zusammen mit der seinen in die warme Tasche seiner Jacke. »Was meinst du, Ellen«, fragte er dann, starr vor sich hinsehend, »hat Mama recht: Denke ich immer nur an mich?«

Aber nein, Papa, wirklich nicht. Du bist der Beste. Aber

so etwas würde ich niemals laut zu sagen wagen. Wir würden beide schrecklich verlegen dabei werden.
Der Wind schob die Wolken beiseite und riß einen fahlen blauen Streifen in den Himmel. Etwas weiter entfernt versuchte die Sonne verzweifelt, durch die Wolken zu brechen. Mattes Licht glitt über den Hang, der vor uns lag. »Sieh dir mal das Moos an!« sagte mein Vater, während er anhielt. »Es ist doch eine Sünde, daß Ida dies entbehren muß. Ich habe euch alle zu dieser Stelle mitgenommen, auch als ihr klein wart, auch im Winter. Aber vielleicht habt ihr überhaupt nichts daran gefunden. Vielleicht hättet ihr lieber was Interessanteres gemacht.« Das vorletzte Wort sagte er mit einem höhnischen Unterton. Er ließ meine Hand los.
Noch vor kurzem hatte er mir einen Topf Chicoréegemüse an den Kopf werfen wollen, als ich beim Essen gesagt hatte, daß man bestimmt Hirnerweichung bekomme, wenn man den ganzen Tag zwischen alten Zeitungen sitze. Kester, der neben mir saß, hatte die ganze dampfende Ladung abbekommen, der Topf hatte seinen Teller zu Scherben zerschlagen, und Carlos, der loslachen mußte, hatte den Hintern versohlt bekommen und war ins Bett geschickt worden.
Meine Mutter sagte später, daß ich es mir niemals mehr einfallen lassen sollte, mit dem Ehrgefühl meines Vaters Spott zu treiben. Er habe als kleiner Junge mit seinem Vater Gemüse ausfahren müssen, und um uns ein besseres Leben zu ermöglichen, als er es gehabt hatte, arbeite er jetzt an sechs Tagen der Woche wie ein Wahnsinniger. »Daß du Griechisch lernst, junge Dame«, sagte sie böse, »gibt dir noch lange nicht das Recht, auf

deinen Vater herabzusehen. Wehe, wenn ich so was noch mal höre!«

Dabei hatte ich es gerade als Zeichen von Besorgtheit gemeint, weil mein Vater immer nur arbeitete. Er freute sich bestimmt die ganze Woche auf seinen Sonntagsausflug mit uns, wenn er sich ein paar Stunden schön durchpusten lassen konnte, um den Staub der USA loszuwerden.

»Wir laufen doch weiter bis nach Vogelenzang, oder Papa?« fragte ich.

»Und du, Sibylle?« sagte mein Vater, während er sich umdrehte. »Willst du auch die ganze Strecke noch ... Wo ist die Rotznase?«

»Billie!« rief ich zum Schein so laut ich konnte. Vor Angst war meine Stimme dünn und schwach, aber mein Vater fuhr nicht aus der Haut, weil meine Schwester ausgerissen war, statt dessen sah ich alle Farbe aus seinem Gesicht weichen. »Wann hast du sie das letzte Mal gesehen?«

Ich scharrte schuldbewußt mit den Füßen. »Am Muscheldamm.«

»Das ist verdammt noch mal mehr als eine halbe Stunde her! Du hättest es mir ja auch sagen können, wenn ich zu schnell gelaufen bin!« Er faßte mich an den Schultern. »Jetzt hat sie uns verloren und irrt allein in der Gegend herum.«

Ich war mir sicher, daß sie schon lange daheim saß, mit einem Becher Kakao und der neuen *Popfoto*.

»Ich werde es mir nie vergeben, wenn ihr etwas passiert ist.«

Ich glühte vor Scham. »Sie kennt den Weg nach Hause

doch ganz genau, Papa. Vom Muscheldamm sind es nur ...«

»Meine Töchter sollen nicht durch Wald und Feld streunen. Dafür seid ihr viel zu hübsch.«

Einen Augenblick lang war ich von diesem Ausspruch verwirrt. Hätte mein Vater es etwa lieber gehabt, wenn wir anders ausgesehen hätten? Ich fand es gerade schön, daß alle Jungen Billie auf der Straße nachpfiffen, und brannte vor Ehrgeiz, sie später genau wie meine Schwester mit dem Fahrrad gegen einen Pfosten prallen zu lassen, nur weil ich ihnen mal kurz zugelächelt hatte.

»Vielleicht können wir den Jagdaufseher einschalten«, sagte mein Vater angespannt. »Komm, Ellen, wenn wir hier durchgehen, sind wir schneller da!« Er schob meinen Pony zurück unter die Kapuze und nahm wieder meine Hand. Über das Krüppelbaumfeld gingen wir die Holzschuhmulde entlang zur Flohecke und zum Krähenwald, schließlich auf der steinernen Brücke über den Kanal. Bei jedem Schritt war mir zumute, als ob von zwei verschiedenen Seiten Fleischerhaken in mein Herz geschlagen würden. Wenn ich Billie verriet, konnte sie sich auf was gefaßt machen. Aber sollte ich meinen Vater für nichts und wieder nichts sich Sorgen machen lassen? Er sah aus, als wollte er den Einsatz von Hubschraubern und Suchhunden veranlassen.

»Denkt er etwa, daß wir hier in Oklahoma City sind?« fragte Billie in meinem Mittelohr, dort, wo ich mal eine Entzündung gehabt hatte und wo es sich immer noch genauso weich anfühlte wie in einem persischen Kopf. »Er wird gleich schallend ausgelacht, die trübe Tasse. Wart's nur ab!«

»Papa!« sagte ich, als mein Vater die Stufen des kleinen Steinhauses hochstieg, das dem Jagdaufseher gehörte und das am Ausgang des Naturschutzgebietes stand, direkt neben dem Automaten für die Tageskarten.
Er drehte sich um, die Hand schon zum Klingeln erhoben: Ein langer, magerer Mann in Kniebundhosen, mit einem Fernglas um den Hals und verwirbeltem Haar auf dem Kopf.
»Papa, sie ist ganz einfach zu Hause!«
»Hoffentlich, aber …«
»Nein, wirklich! Sie ist beim Muscheldamm umgekehrt, weil sie … weil ihr so kalt war.«
Er beugte sich vor und brachte sein Gesicht ganz nah an das meine heran. »Hat sie das gesagt? Daß ihr kalt war?«
»Ja.«
»Hat sie das wirklich gesagt, Ellen?«
Ich begann, vor Kummer zu weinen.
»Sie hatte ihre Mütze vergessen, Papa.«
»Und warum hat keine von euch beiden sich getraut, mir das zu sagen?« Er richtete sich aus seiner halben Hocke auf. »Bin ich denn so ein Monster?« Er hob die Hand in einer entgeisterten Gebärde zum Kopf. Auf einmal wußte ich mit absoluter Sicherheit, daß in meinem ganzen Leben niemals mehr jemand mit solcher Güte auf mich blicken würde wie er. Er würde mir letztendlich immer alles vergeben. Ich mußte ihm sagen, daß er der beste Vater der Welt war, aber ich konnte kein Wort herausbringen.
Er bückte sich wieder und schüttelte mich sanft hin und her. »Na komm, Ellen, ist das denn so viele Tränen wert? Mama wartet sicher schon auf uns mit den Kroketten.«

Sonntag war Krokettentag.
Er nahm mein Gesicht zwischen seine Hände. »Treue, mein Schatz«, sagte er dann, »ist eine Tugend. Aber treu sein ist nicht einfach. Dafür muß man lernen, sich zu entscheiden. Man muß sehr gut lernen, sich zu entscheiden.«

Der menschliche Geist arbeitet barmherzig: Nähert sich ein Unheil, braucht man, auch wenn die Anzeichen noch so deutlich sind, niemals sofort ganz zu erfassen, was das Schicksal für einen in petto hat. Man bekommt die Erkenntnis in abgemessenen Dosierungen verabreicht. Mit der unerwünschten Nebenwirkung, daß das Böse weiterwuchern kann, ohne daß man es bemerkt.
Wenn mein Vater sich darüber ärgerte, daß meine Mutter sich seit Idas Geburt nicht mehr im Büro sehen ließ, dann wußte er dies sorgfältig zu verbergen. Wir merkten ihm nichts an, außer, daß er sich noch zeitiger als früher hinter seinen Schreibtisch setzte und ihn noch später wieder verließ. Wenn ich nach der Schule zu ihm ging, um ihm einen Kuß zu geben, sah ich, daß er mit den Mappen immer mehr ins Hintertreffen geriet, weil er jetzt auch noch das Registerverzeichnis führen mußte. Esmée war teilweise vom Ausschneiden befreit, um die telefonischen Kundenanfragen zu beantworten. Bas sollte Esmées Arbeit, wenn es ruhiger war, ein bißchen mitmachen, aber weil er jeden Artikel erst einmal in Ruhe durchlas, statt nur auf die Überschriften zu achten, türmten sich die Zeitungen in immer größeren Stapeln um ihn herum hoch. Dadurch wurde er so nervös, daß er Fehler bei der Weiterleitung von Gesprächen machte,

zu spät Kaffee und Tee vorbeibrachte und vergaß, wann neues Büromaterial bestellt werden mußte. »Das hier ist ein Irrenhaus«, sagte er hitzig. »Ein Galeerensklave hat es besser.«

Auch Marie-Louise grollte offen über ihren Miß-Wahlen und Emmy Awards. Sie brauchte eine neue Schere, in der Toilette war das Papier schon wieder alle, und im Kühlschrank stand neuerdings keine Buttermilch bereit. Ein anderer Werkstudent haute ohne Angabe von Gründen ab, der stille Junge von »Wissenschaft & Technologie«, gerade zu dem Zeitpunkt, als die NASA einen Erkundungsflug zum Mars unternahm. Auch bei »Kultur« und bei »Sport« hörte man unzufriedene Töne.

Mein Vater gab Esmées Seufzen nach und stellte eine Aushilfskraft ein.

»Aber wir sind noch immer unterbesetzt«, sagte Esmée undankbar, als Kester und ich am späten Nachmittag die Päckchen bei ihr abholten. »Wann fängt denn nun endlich eure Mutter wieder an zu arbeiten?«

Das wurde ein Refrain, den wir immer öfter hören sollten. Ich saß mit Orson auf der Treppe und zermarterte mir das Hirn. Wenn es doch nur jemandem gelänge, meiner Mutter ihre Besorgtheit um Ida zu nehmen. Wenn jemand sie davon zu überzeugen wüßte, daß das Baby kerngesund war, könnte sie sich wieder auf das normale Leben konzentrieren. Aber wer sollte das sein? Ihr Vertrauen in den Hausarzt hatte sie verloren. Er kam längst nicht mehr bei jedem unbedeutenden Anruf angefahren. Und zu ihrer Entrüstung hatte er das letzte Mal nicht für Ida, sondern für sie selbst zwei Rezepte ausgeschrieben. Valium-Tabletten und Pillen zum Einschlafen.

Als ob sie die brauchte. Die Röhrchen, die Billie von der Apotheke geholt hatte, blieben unangetastet auf dem Waschbecken stehen.

Orson legte seinen schweren Kopf auf mein Knie und sah mich hoffnungsvoll an. Ich mußte ihn wegen Ida immer an der Leine halten, auch im Haus. Er tat sein Bestes, sich unsichtbar zu machen, wenn er die Schritte meiner Mutter oder ihre Stimme hörte. Er hatte sich ihre Bemerkung über einen Hundezwinger im Garten ganz schön hinter die Ohren geschrieben. Er sei voller Bazillen, sagte Mama.

»Du sitzt hier im Weg, Mädelchen«, sagte mein Vater, während er mit einem Stapel Mappen nach oben kam. Ich sah die Ausschnitte unordentlich zwischen den Pappumschlägen hervorquellen, als wolle sich das Chaos der USA herausarbeiten, sobald der Griff meines Vaters sich noch weiter lockerte: Serienmörder, Huren aus der 42. Straße, korrupte Polizeibeamte, obdachlose Alkoholiker und alles. »Du mußt die Mappen gut zuhalten«, sagte ich beunruhigt.

Er gab mir einen Klaps auf den Kopf und stieg über Orson hinweg. »Hast du keine Hausaufgaben? Dann geh mal gucken, ob du Mama irgendwo helfen kannst.«

Ich brachte Orson zu Bas, der über einem Berg Zeitschriften schwitzte. »So'n Senator, der ein Verhältnis mit seiner Sekretärin hat, gehört das jetzt zu mir oder macht das Marie-Louise?« fragte er gequält.

Das Telefon läutete. Er drückte auf die Knöpfe. »Firma Van Bemmel. Ja, ich stelle durch zu Frau de Vries.«

Fragten denn die Leute nicht einmal mehr nach meiner Mutter?

»Esmée«, sagte Bas in den Hörer, »hier ist wieder dieser Komiker von der *Volkskrant*.« Er legte auf. »Der ruft sechsmal am Tag an. Ich glaube, der will was von ihr.« Mit einem Seufzer nahm er wieder seine Schere in die Hand.

Meine Mutter saß mit Ida auf dem Schoß im Wintergarten. Ich blieb kurz in der Tür stehen, um ihre Stimmung zu erkunden. Mit langsamen, bedächtigen Bewegungen rieb sie Idas Köpfchen. Dann sah sie mich. »Schau mal, wer da ist!« sagte sie lachend zu dem Baby.

»Hallo, Mama«, sagte ich erleichtert. Ich setzte mich auf einen der knarrenden Korbstühle. Tee stand auf dem Stövchen. Es war erst halb fünf, aber es begann schon dunkel zu werden. Das war für mich immer die gemütlichste Zeit. Ich bekam richtig gute Laune. Es war blöd für meinen Vater und die Angestellten, aber es hatte schon was, einfach mit der eigenen Mutter im Wintergarten Tee zu trinken. In meiner Vorstellung war es bei anderen Leuten immer so.

»Willst du einen Zopf in mein Haar flechten?« fragte ich. »Guck mal, von hier ab.«

»Oh, so wie Sibylle es kürzlich auch hatte. Komm nur!«

Ich zwängte mich neben sie. Ida griff mit einem kleinen Schrei nach meinem Ärmel. Sie roch nach dem Mittel, mit dem Mama gerade ihren Kopf eingerieben hatte, ein ekelhafter Geruch wie von Chlor oder etwas anderem, mit dem man die Toilette desinfizierte. Wenn mein Schwesterchen jemals dahinterkam, daß aller Ärger in ihrem jungen Leben meine Schuld war, würde sie es mir sicher heimzahlen. Abrupt stieß ich Idas weiches Händchen weg.

»Hey Ellen! Sei nicht so unfreundlich!« sagte meine Mutter.

»Sie zieht an mir herum.«
»Zu Michiel bist du immer lieb gewesen, aber für Ida hast du nicht mal ein kleines Lächeln übrig. Wie kommt das bloß?«
Ich zog die Schultern hoch.
Sie begann meine Haare zu flechten. »Du bist doch nicht eifersüchtig, oder?«
»Jetzt sitzen wir hier gerade so gemütlich, und dann werde ich gleich ins Verhör genommen.«
»Ich möchte gern, daß du auch Ida liebhast.«
»Können wir ihr keinen anderen Namen geben?« fragte ich.
»Meinst du, daß das hilft?«
Ich drehte mich um und nickte heftig.
Sie zog amüsiert die Augenbrauen hoch. »Und wie soll sie dann heißen?«
Ich sah Ida an. Sie erwiderte mit ihren großen dunklen Augen angestrengt meinen Blick. Und auf einmal, ganz einfach so, sah ich, wer sie war, ganz tief in ihrem Inneren. Sie fuchtelte verzweifelt mit ihren geballten Fäustchen. Erlöse mich, Ellen!
»Sophie«, flüsterte ich begeistert. Sophie reimte sich auf: Komm mal auf mein Knie! Sophie war ein echter Schwesternname. Vor einer Sophie brauchte man keine Angst zu haben. Sophies hatten nichts Böses im Sinn.
Das Baby krähte spuckend.
»Na, ich glaube, das findet sie ganz schön«, sagte meine Mutter. Ich war so aufgeregt, daß ich auf die Innenseite meiner Wange biß. »Das geht immer noch, Mama. Sie ist doch nicht richtig getauft, weil du damals ...«
Meine Mutter erstarrte. »Mein Gott, das hab ich völlig

vergessen. Sie muß noch getauft werden. Wenn ihr was passiert, dem schwachen Püppchen, und sie ist nicht getauft! Dann landet sie in der Hölle!«
Unsicher sah ich sie an. Es paßte nicht zu ihr, sich über die Hölle Sorgen zu machen.
Sie stieß mich von sich. »Geh schnell Papa holen! Wir müssen das unbedingt sofort regeln.«
Mein Vater würde sie für verrückt erklären. Es würde einen Streit geben, daß die Scheiben klirrten. Ich hätte mich selbst dafür in den Hintern beißen können, daß ich sie wieder in diesen scheußlichen Erregungszustand gebracht hatte. So überzeugend wie möglich sagte ich: »Wir können das auch selbst machen. Wirklich wahr, Mama, in Notfällen darf man das, das habe ich in der Schule gelernt. In der Not darf man das selber machen, auf einem Schiff oder so, oder wenn man ...«
»So«, unterbrach sie mich brüsk, »also bin ich endlich nicht mehr die einzige. Auch du siehst jetzt wenigstens ein, daß Ida ein Notfall ist.« Ihre Augen glänzten fiebrig.
Ich fühlte, wie der Zopf aus meinen Haaren glitt. Zögernd sagte ich: »Sie heißt Sophie.«
Meine Mutter schob mich beiseite. Sie tauchte ihre Finger in ihre halbleere Teetasse und sprengte die Flüssigkeit über die Stirn meines Schwesterchens. »Ich taufe dich im Namen Gottes, ich ... Was muß ich noch sagen?«
»So ist es richtig«, stammelte ich.
«Weißt du das genau?«
Ich zögerte. Sie mußte noch sagen: Ich taufe dich auf den Namen Sophie van Bemmel.
Meine Mutter fragte eindringlich: »Hat sie nun einen eigenen Schutzengel?«

»Ja«, sagte ich dankbar. Mein Vater brauchte hiervon niemals etwas zu wissen. »Ja klar, Mama, jetzt kann ihr nichts mehr passieren.«

Man sagt, daß schwangere Frauen glückselig auf rosa Wolken schweben und dabei ihren Walfischbauch hegen und pflegen, aber ich sehe in Gedanken meine zarte Ida-Sophie immer nur ein ums andere Mal sterben, wegen Sauerstoffmangel oder weil sie keine Nahrungszufuhr mehr bekommt. Ein lebloser Stein in meinem Innersten, ein versteinertes Kind, ein Fossil. Manchmal beschleichen mich Zweifel. Ist sie doch nicht für diese Welt bestimmt? Ist es das? Ist sie selbst es gewesen, die mit ihren Zwergenhändchen gegen meine Plazenta gepreßt hat, um sie herauszudrücken, damit sie in die friedliche Dämmerung zurückkehren kann, aus der sie gekommen ist? Hat Ida-Sophie schon längst genug vom Leben? Ist sie wie ein Wunsch, der niemals erfüllt werden wird, eine Geschichte, deren Ende fehlt: Ist ihr Zuhause letztlich zwischen den Sternen und nicht unter den Menschen?
Die Wände stürzen über mir zusammen. Die Decke senkt sich anderthalb Meter herunter. Meine Matratze ist ein Nagelbett. O Mädchen, gib mir eine Chance und laß mich dir das Leben schenken! Wir kaufen rote, blaue und gelbe Farbe und eine Menge Pappe, du bekommst einen Groschen für jedes Marmeladenglas voll Eicheln, die du im Garten sammelst, wir schaffen uns einen Hund an, ich weiß schon, wie wir ihn nennen werden, wir haben so viel zusammen vor.
»Deine Post«, sagt Lucia, als sie, ohne anzuklopfen, in mein Zimmer kommt. Ihre Älteste, Samantha, das Haar

zu einem Igelkopf geschnitten, klammert sich an ihren Oberschenkel. Es ist ein nervöses Kind, das seine Mutter kaum in Ruhe lassen kann. Lucia gibt ihr einen heftigen Klaps auf die Finger. Samanthas läßt los. Sie wirft mir einen entsetzten Blick zu.

»Komm mal her!« sage ich zu ihr. Ich nehme das Fläschchen Eau de Toilette, das auf meinem Nachtschränkchen steht. »Riech mal was Schönes!«

Das Mädchen läßt sich ein bißchen auf ihr Handgelenk sprühen und riecht daran. Sie zieht einen Mundwinkel hoch. Fast lächelt sie.

»Willst du deine Post nicht?« fragt Lucia und schiebt Samantha beiseite, aus meiner Reichweite.

Ich strecke meine Hand nach der Postkarte aus, die sie mir hinhält. Sie hebt sie ein bißchen hoch. Übertrieben deutlich liest sie vor: »Liebe Ellen, ich will dich gern dringend sprechen.«

Ich reiße ihr die Karte aus der Hand. Darunter steht Fr. Gr., genau wie früher. Ich werde wütend. »Das schreibt niemand ohne Grund. Er ist vielleicht in einer Notlage. Ich kann doch nicht deinetwegen meine Freunde im Stich lassen!«

»Es ist gegen die Verabredung.« Ihre Augen blitzen geradezu vor Triumph: Jetzt ist sie einmal nicht von den Launen eines anderen abhängig, hier zieht sie die Strippen.

»Er braucht nicht hierherzukommen«, sage ich so vernünftig wie möglich. »Ich rufe ihn einfach an.«

»Ellen van Bemmel«, sagt sie und nimmt einen imaginären Telefonhörer ab. Es ist frappierend, wie sie meine Stimme nachmachen kann.

Eine klaustrophobische Verzweiflung ergreift mich. Erst in gut zwei Wochen darf ich auf Jan Bramaans Geheiß wieder aufrecht am Bettrand sitzen und mit den Beinen baumeln. Noch sechzehn mal vierundzwanzig Stunden flach auf dem Rücken, zu den achtundzwanzig Tagen, die ich schon hinter mir habe, ein wahrer Berggipfel aus erzwungener Ruhe. Bestimmt dauert es noch zwei Monate, bis mich Bramaan, wenn alles gut verläuft, nach draußen gehen lassen wird und ich wieder für mich selbst sorgen kann. »Ich kann diesen Mann nicht länger abwimmeln. Wenn er nichts von mir hört, steht er garantiert irgendwann in den nächsten Tagen vor der Tür. Und? Willst du das vielleicht?«

»Glaub bloß nicht, daß ich aufmache, wenn es klingelt«, sagt Lucia.

»Wer kommt denn?« fragt Samantha. Sie hat sich ans Fußende gesetzt und schlägt das Fotoalbum auf, in dem ich zusammen mit Ida-Sophie geblättert habe.

»Der Klempner«, schreie ich, auf einmal völlig außer mir. »Ich liege hier verdammt noch mal schon Wochen im Gestank, weil deine Mutter darauf scheißt, etwas an dem verstopften Abfluß machen zu lassen. Dies ist immer noch mein Haus!«

»Du sagst es«, sagt Lucia.

»Guck mal, Mama! Das ist dasselbe Haus«, sagt Samantha, eine Seite umblätternd.

Lucia wirft einen kurzen Blick auf die Fotos. Ihr stets undurchdringliches Gesicht drückt jetzt ganz offen Groll aus. Nun scheint Ellen van Bemmel auch noch eine glückliche Jugend gehabt zu haben, komplett mit Familienschnappschüssen. Das ist mehr, als sie vergeben kann.

Zur Freundin machen kann ich sie mir ja doch nicht, also fange ich wieder von neuem an: »Hör mal, um auf diesen Freund von mir zurückzukommen ...«

»Wir sind hier doch auch von allem und jedem verlassen. Ich kann auch nicht mal schön mit einer Freundin einen Tratsch halten. Und genausogut könntest du im Urlaub sein, und dann hättest du auf die Karte auch nicht reagieren können.«

»Aber er weiß, daß ich da bin. Er hat doch auch schon einmal angerufen!«

»Er hat sich einmal verwählt.«

»Und glaubst du, daß er meine Stimme nicht wiedererkannt hat? Jesus Maria! Ich kann ihm doch einfach sagen, daß ich ihn zur Zeit nicht empfangen kann. Ich finde, daß dein Terror ganz schön weit geht.«

Sie stemmt die Hände in die Hüften: »Ich bleibe keinen Augenblick länger in diesem Haus, wenn ich nicht hundertprozentig gewiß sein kann, daß wir hier in Sicherheit sind. Und denk dran, du kannst dir allein nicht mal den Hintern abwischen.« Sie zieht ihre Tochter am Arm vom Bett herunter.

»Ich will die Bilder angucken!« ruft Samantha.

Versöhnlich sage ich: »Laß sie doch hier!« Weitere sechzehnmal vierundzwanzig Stunden hier liegen, allein mit meinen Gedanken, mit keiner anderen Ablenkung als den verdammten Übungen für die Beckenbodenmuskulatur, die mir Jan Bramaan aufgetragen hat? Auf einmal ist es unerträglich. Die Gesellschaft eines kleinen Mädchens wäre eine echte Aufmunterung.

Lucia mustert mich in aller Ruhe. »Die Kinder dürfen überhaupt nicht in dein Zimmer kommen. Du brauchst deine Ruhe.« Ihr Mund verzieht sich geringschätzig.

»Lucia«, schlage ich vor, »laß uns doch jetzt …«

»… Frieden schließen?« fragt Billie. »War es das, was du vorschlagen wolltest?« Sie sitzt auf der Fensterbank, ein Bein über das andere geschlagen, in ihrem Kleid aus indischer Baumwolle. Ihre kräftigen Beine sind braun. Sie trägt Espadrillos, als käme sie gerade vom Strand zurück.

»Arme Ellen«, sagt Kes, der neben meiner Schwester auftaucht.

»Du langweilst dich zu Tode, was? Aber Billie und ich sind doch auch noch da, oder nicht?«

»Laß uns doch jetzt – was?« fragt Lucia.

Kesters Augen lachen mich an. Er streicht mit gestrecktem Zeigefinger seine aufeinander gepreßten Lippen entlang, so wie früher: *My lips are sealed.*

»Nichts«, sage ich zu Lucia. »Ich rufe dich schon, wenn ich dich brauche.« Ich winke ihrem Töchterchen zu: »Tschüs, Sam! Bis später!«

»Sie heißt Samantha«, sagt Lucia schroff.

Als sie weg ist, greife ich nach dem Album. Dieses Lachen von Kes. Es gibt ein Foto davon. Hier! Wußte ich es doch.

Thanksgiving, bei uns zu Hause. Das alljährliche Essen der Firma Van Bemmel. Dann gab es Truthahn und Kartoffelpüree, das wir *mashed potatoes* nannten; mein Vater hielt eine *speech* von sechs Worten, meine Mutter schenkte *cider* ein, Marie-Louise wurde *tipsy* und gab ihre Marilyn-Monroe-Imitation zum besten.

In einem Stars & Stripes-Oberhemd, größer als die ganzen USA zusammen, sitzt Bas neben mir. Er vierundzwanzig, ich zwölf. Ich habe keinen Blick für ihn übrig. Auf dem Foto kann man sehen, daß ich nur auf meine Mutter achte. Bitte, benimm dich heute abend nicht so merkwürdig, Mami!

Sie hatte mein Schwesterchen damals bestimmt schon fünf-, sechsmal getauft. Vielleicht auch öfter, wenn ich nicht dabei war. Ich hatte eine Höllenangst, daß jemand dahinterkommen könnte. Hätte ich sie nur nie auf die Idee gebracht! Sie las auch stets in der dicken, in schwarzes Leinen gebundenen Bibel, die früher immer ruhig auf dem Regal vor sich hingegammelt hatte. Danach sagte sie, daß sie Kopfschmerzen habe, und Papa befahl uns, still zu sein.

Eigentlich wollte ich schon, daß Papa das wußte, das mit dem Taufen, aber nicht, wenn ich dann bestraft würde.

Während ich meine Mutter auf unserer kleinen *Thanksgiving*-Party gespannt beobachtete, nutzte Bas die Gelegenheit, um das Stück Truthahn von meinem Teller zu stibitzen. Die Kamera hat ihn erwischt. Mein Bruder sah es, er lachte und sagte nichts. Bas grinst bei der Vorstellung, daß ich gleich meinen leeren Teller entdecken und perplex um mich herumschauen werde.

»Bas!« murmele ich, meine Wange ins Kissen gedrückt, meinen Arm ausgestreckt. So bleibe ich minutenlang liegen. Dann drehe ich mich mit einem Seufzer wieder auf den Rücken.

Gib mir mal kurz einen Tritt, Ida-Sophie! Laß mich wissen, daß du noch da bist und dich nach dem Leben sehnst!

Was sagst du? Du willst das Foto mit den Äpfeln sehen? Meine Tochter ist noch nicht einmal geboren, aber sie zerplatzt schon jetzt vor lauter Fragen. »Habe ich denn keine Oma, Mama? Keinen Opa? Habe ich keine Familie? Wie kommt das?«
Zum x-ten Male gebe ich nach. Ich blättere die schweren Seiten des Albums um und suche das Foto meiner Mutter mit den Äpfeln.

Einen nach dem anderen legt sie die Äpfel, die Sibylle gerade gekauft hat, in die Obstschale. Es sind bleiche Golden Delicious. Sie fühlen sich wie Wachs an und flößen ihr einen ausgesprochenen Widerwillen ein. Sie riechen nicht gut. »Was für einen Ramsch hast du dir denn da wieder andrehen lassen?« fragt sie ihre Tochter, die die restlichen Einkäufe auspackt.
»Das, was auf dem Zettel stand«, antwortet Sibylle beleidigt.
Die Kamera klickt.
»Hör mal, Ellen, lauf uns nicht vor den Füßen rum mit dem Ding!«
»Papa hat gesagt, ich darf den Film vollmachen.«
»Dann mach das gefälligst woanders!«
Sibylle dreht sich um, mit einem Bund Lauch in den Händen. »Fotografier mich, Ellen.« Sie hebt mit einer frommen Gebärde das Bund hoch, hält ihren Kopf schief und schließt die Augen. »Ich wache über dir, Sophie! Tag und Nacht bin ich dein Schutzengel!«
Margje muß auf einmal die Versuchung bezwingen, die grinsenden Köpfe ihrer Töchter aneinander zu schlagen. Was denken sich diese Bälger denn? Sie reißt Si-

bylle das Bund aus der Hand. Herumlaufen wie ein Flittchen, mit dem viel zu kurzen Rock und in diesem Pullover mit einem Ausschnitt bis zum Bauchnabel, und es dann wagen, über heilige Dinge zu spotten. Plötzlich sieht sie den Fleck am Hals ihrer Tochter. »Was ist denn das? Hast du dich wieder von irgendeinem Jungen abknutschen lassen?«

Sibylle faßt mit der Hand an ihre Kehle. Sie wird rot. Verlegen beginnt sie zu lachen.

»Für den Rest der Woche hast du Hausarrest. Und zieh sofort anständige Kleider an!«

»Aber Mama ...«

»Du hast mich verstanden. Geh mir aus den Augen! Und das gilt auch für dich, Ellen, ja, du! Ich hab in meinem eigenen Haus nie auch nur einmal einen Augenblick für mich allein.«

Sie bebt immer noch, als ihre Töchter beleidigt die Küchentür hinter sich zugeschlagen haben. Monatelang ist sie im dunkeln getappt, aber jetzt weiß sie, was los ist. Wie konnte sie nur so blind sein? Sibylles Äpfel: Sie sind ein Zeichen von Gott, der Eva aus seinem Paradies verbannen mußte.

Sie nimmt die Obstschale. Die ist so schwer, daß sie erschrickt. Als ob sie alle Sünden der ganzen Menschheit in ihren Händen hielte. Sie hat es ganz genau begriffen. Draußen beim Mülleimer überlegt sie es sich anders. Sie holt eine Schaufel aus dem Schuppen, geht in die hinterste Ecke des Gartens und begräbt die Äpfel dort rasend schnell in einem tiefen Loch. Nun muß sie darauf achten, daß Idas Wiege nie mehr in einem rechten Winkel zu dieser Stelle steht.

Sie eilt ins Badezimmer und bereitet ein Bad vor. Das Baby spuckt kurz, als es zu dieser ungewohnten Zeit im Schlaf gestört wird. Es verzieht kurz sein Mündchen, aber gibt dann einen ruhigen Seufzer von sich. Margje zieht ihm schnell den rosa Strampelanzug aus. Von jetzt ab wird Ida nur noch weiße Sachen tragen und unter einer weißen Überdecke schlafen. All die andere Wäsche wird acht Meter von den Äpfeln entfernt begraben werden, ein Meter für jede Todsünde, und einen zur Sicherheit.

Mit dem nackten Kind auf dem Arm geht sie ins Badezimmer. Sie kontrolliert die Wassertemperatur. Es ist ein bißchen warm, aber in der Hölle ist es bestimmt heißer. Es ist alles vollkommen deutlich. So klar wie Glas. Sie wird ganz ruhig.

Langsam läßt sie das Kind ins Wasser sinken. »Nicht weinen«, sagt sie leise, als Ida anfängt zu schreien. Ihre Haut ist mit einem Schlag feuerrot. »Ich taufe dich im Namen Gottes«, sagt Margje, während sie Idas Köpfchen untertaucht. »Ich reinige deine Seele von allen Sünden.« Einen Augenblick lang ist es, als sehe sie Idas ganzes zukünftiges, glückliches Leben wie in einem Film an sich vorüberziehen. Rein wie ein kleiner Engel, unangreifbar. Gottes eigener Augapfel. Augapfel. Erschrocken zieht sie das Kind hoch, es brüllt, es preßt Tränen aus den zusammengekniffenen Augen. Da also sitzt die Sünde versteckt, die es zugrunde richten wird!

Instinktiv tastet sie suchend an ihrer Kleidung herum. Hat sie irgendwo eine Sicherheitsnadel, die sie in Idas dunkle Pupillen stechen könnte?

Vom Boden klingt laute Musik herunter. Ihre Kinder plärren mit, wild und aufsässig. Sibylles helle Stimme, Ellen, die keinen Ton halten kann: *I once met the devil; he was mighty sick.*
Schnell hält sie mit beiden Händen Idas Ohren zu. So fest wie möglich umklammert sie von beiden Seiten das Köpfchen.
»Warum weint sie so?« ertönt unerwartet die Stimme ihres Mannes hinter ihr. Beunruhigt oder nur irritiert, das kann sie so schnell nicht ausmachen. Sie muß sich darauf konzentrieren, mit seiner plötzlichen Anwesenheit fertigzuwerden. Es ist, als müsse sie sich selbst aus allen entfernten Ecken ihres Körpers zusammenraffen und Stück für Stück zusammensetzen. Hier ihr linkes Bein, die Leber, die Fingernägel, *okay, okay,* jetzt nur noch mein Herz.
»Das Wasser ist vielleicht ein bißchen warm«, sagt sie.
»Aber es ist doch gar nicht die Zeit für ihr Bad?« Erstaunt sieht er sie an.
»Sie hatte eine so schmutzige Windel.« Sie hebt das Baby aus dem Wasser und wickelt es in ein Handtuch. Aus Idas Mund fließt Wasser. Sie gluckst ein paarmal und jammert dann kraftlos noch ein wenig.
»Gib sie mir mal!« Er nimmt ihr das Kind ab. Er ist ein geschickter Vater. Er denkt an den Talkumpuder für die kleinen Pos und kann mit einer Hand eine Windel anlegen.
Zusammen mit ihm hat sie eine ganze Familie großgezogen. Sie möchte sich kurz an ihn anlehnen, ihren Kopf auf seine Schulter legen. Er ist ihr Fels in der Brandung. Ihr Mann, ihr Kamerad, der Vater ihrer Kinder. Ihr Ge-

liebter. Das Blut steigt ihr zu Kopf. Sind vielleicht sie beide die Quelle aller Verderbtheit?
»Ich habe solche Angst«, murmelt sie.
»Liebling.« Der Ärger in seiner Stimme ist jetzt unverkennbar. »Du machst dir wirklich Sorgen um nichts. Du hast ein kerngesundes Kind. Wiersma sagt das auch, und der Mann sieht Hunderte von Babys pro Jahr. Ich möchte, daß du ...«
»Ich stelle mich nicht an«, sagt sie scharf.
Er heftet die Windel zu. Er hat schmale Hände mit immer sehr kurz geschnittenen Nägeln. Von diesen Händen hat sie sich all die Jahre in ihrer Unwissenheit streicheln lassen. Unwillkürlich weicht sie einen Schritt zurück.
Und sofort ist es keine Frage mehr, nicht einmal mehr eine Überlegung, es ist ein Entschluß: niemals mehr Sex. Zu Idas Bestem.
»Was soll sie anbekommen?« fragt er.
Sie schnappt sich einen kleinen weißen Pullover. »Ich mache das schon.«
»Margje«, sagt er und überläßt ihr widerwillig Ida, »ich frage dich nur, ob du nicht aufhören willst, dir allerhand Unsinn auszudenken. Das paßt nicht zu dir. Reiß dich doch zusammen! Du hast noch vier andere Kinder, und im Büro liegt ein Haufen Arbeit, der auf dich wartet.«
Er ist blind mit offenen Augen und taub mit offenen Ohren. Nicht mehr länger ihr Verbündeter.
Wieder wird auf dem Boden diese gottlose Schallplatte von *Blood, Sweat, and Tears* angestellt. Wieder singen ihre Kinder aus voller Kehle, daß sie den Teufel getrof-

fen haben. *Mighty sick* war er. Krankheit ist also ein Zeichen seiner Anwesenheit! Hier hat sie den Beweis, daß der Teufel Besitz von Ida genommen haben muß. Er hat sich verraten. Nun weiß sie, was sie tun muß: Sie wird ihn austreiben, eigenhändig, um ihre kleine Tochter wieder stark und gesund zu machen.

Was hat mein Vater gedacht? Er muß unter der plötzlichen, unerklärlichen Gleichgültigkeit meiner Mutter gelitten haben, unter der Art und Weise, wie sie ihn tagsüber abwehrte, wenn er sie liebkosen wollte, unter dem Ruck, mit dem sie ihm nachts im Bett den Rücken zudrehte.

Frits van Bemmel, Mann von Welt?

Ha! Haha!

Aber hat nicht jede Ehe irgendwann einmal ihre flaue Zeit, und ist sie nicht per definitionem mehr als die Vereinigung zweier Körper? Vielleicht könnte er den Hausarzt einmal um Rat fragen, nur wagt er nicht, dem schon wieder zur Last zu fallen. Bei dem Gedanken, wie er seine Frage formulieren soll, bleiben ihm die Worte sowieso in der Kehle stecken. Er will nicht als brünstiger Rohling dastehen. »Du denkst auch immer nur an dich selbst.«

Also wartet er ab, eine quälende Woche nach der anderen. Tagsüber sitzt er hinter seinem Schreibtisch und benennt in seiner sauberen Handschrift den Inhalt seiner Mappen, mühelos findet er das richtige Wort, um jede menschliche Tat oder Untat zu umschreiben. Und abends schlägt er die Augen nieder, wenn Margje im Nachthemd vor dem Frisiertisch ihre Haare bürstet.

Einst reichte ihr Anblick aus, um alle Heiligenbilder in der Kirche schweben zu lassen. Wie soll er, der nicht von Stein ist, in ihrer Nähe unbewegt bleiben?
Sein eigener Körper erscheint ihm fremd, jetzt, da er nicht mehr durch die Intimität mit dem ihren bestimmt wird. War seine Brust immer schon so schmal, seine Knie so höckrig? In dem abgeschlossenen Badezimmer massiert er unsicher sein angeschwollenes Geschlecht. Sein Hodensack ist schwer, zusammengefallen. Dann uriniert er schnell, voller Scham.
Schon mehr als sechzehn Jahre kann sie seine Gedanken lesen, also wird sie bestimmt morgen, übermorgen sein Verlangen bemerken und wieder die alte, warme Margje sein.
Er liegt im Bett, erschöpft. Sie reinigt ihr Gesicht mit einer Lotion und trägt eine Nachtcreme auf, und er tut so, als schlafe er. Dann steht sie auf, ihre Brüste zeichnen sich deutlich unter dem dünnen Stoff des Nachthemds ab. Sie beugt sich über die Wiege, die am Fußende des Betts steht, und flüstert Ida etwas zu.
Vielleicht wendet sich das Blatt, wenn das Baby erst einmal bei den anderen Kindern auf dem Boden untergebracht ist.
»Schläfst du?« fragt sie gedämpft.
»Jetzt nicht mehr«, antwortet er, einen kurzen Augenblick voll törichter Hoffnung.
»Es ist nichts. Ich dachte nur, daß du schon geschlafen hast.«
Er denkt: Denn dann hättest du wenigstens ruhig neben mir ins Bett steigen können. Jetzt mußt du wieder eine Viertelstunde lang mit Ida herumlaufen und trödeln, in

der Hoffnung, daß ich meine Augen nicht so lange aufhalten kann. Auf einmal hat er Mitleid mit ihr. »Ich bin bestimmt gleich weggeduselt«, verspricht er, während sich seine Kehle vor Zärtlichkeit zuschnürt.
»Ich gehe noch mal mit Ida nach unten. Ich glaube, sie will noch was trinken.«
»Übertreibe nicht, Margje.«
Sie ist schon aus dem Schlafzimmer draußen.
Er legt sich auf den Rücken und schließt die Augen. Ein schmerzlicher Gedanke: Vor Idas Geburt war sie nicht so kalt. Nach keinem Kind war sie so. Wenn es jedesmal in dieser Weise gelaufen wäre, aber es ist nur bei Ida so. Ida, die Margjes ganze Liebe aufsaugt, so daß für ihn nur Asche und Eis übrigbleiben. Wenn Ida nicht geboren worden wäre – er versucht, den Gedanken sofort wieder abzuschütteln. Ohne Ida wären sie jetzt normal zusammen … Er setzt sich auf und schaltet das Licht an. Wenn es Ida nicht gäbe: Über sein eigenes Fleisch und Blut darf man doch nicht solche Gedanken haben! Und sofort blitzt ein irrer Gedanke auf: Ist das Kind überhaupt von ihm?
Nein, nein. Er ist übermüdet.
Er streckt sich wieder aus, die Hände hinter dem Kopf. Er strengt sich an bis zum äußersten, um sich die Züge seiner kleinen Tochter vor Augen zu holen, aber statt dessen sieht er Sibylle als Baby vor sich, ihren neugierigen Blick, das makellose Oval ihres Schädels. Die Kopfform. Gott im Himmel. Das ist es. Darum war Margje darüber so besorgt. Allein schon die Form von Idas kleinem Kopf verrät sie.
Die ganze Zeit war ihre Überbesorgtheit also nichts an-

deres als ein Vorwand, eine Verhinderungstaktik, damit er nicht entdecken sollte, daß das Kind ihm kein bißchen ähnelte. Vom frühen Morgen bis zum späten Abend hat sie Ida in ihren Armen versteckt gehalten und das mit Erfindungen über ihre schwache Gesundheit gerechtfertigt.

Um ihren eigenen Mann kümmert sie sich nicht mehr, und auch die Firma, die sie zusammen unter großen Mühen aufgebaut haben, interessiert sie nicht mehr: Nur ein gutgläubiger Trottel wie Frits van Bemmel konnte die Zeichen nicht schon früher deuten.

Hörner sind ihm aufgesetzt worden. Er ist ein lächerlicher, schlaffer Sack.

Wer kann sagen, was sie anstellt während dieser langen Stunden, an jedem Tag, in denen das Büro auf vollen Touren läuft und die Kinder in der Schule sind? Ihre vor Geilheit blutunterlaufenen Augen, während sie sich über den anderen beugt. Ihre gespreizten, feuchten Schenkel. Ihre Brustwarzen, hart vor Lust. Ihr ganzer vertrauter, williger, gieriger Körper: Hohngelächter strömt aus allen ihren Poren. Dieser Frits: dieser lahmarschige arme Teufel. Selbstsicher flüstert sie mit glänzenden Lippen: »Der kommt niemals dahinter, in hundert Jahren nicht.«

Er wirft die Decke von sich.

Verstört steht er neben dem Bett. Ich bin dein Mann. Du gehörst mir. Mit schwankenden Schritten läuft er auf den Kerl mit dem schmalen Brustkasten zu, der in dem Spiegel auf der Frisierkommode auftaucht, und haut ihm in die Schnauze. Scherben fallen klirrend zu Boden. Seine Fingerknöchel bluten. Auf diesen Händen, Margje,

habe ich dich immer getragen. Vergiß das nie! Ich warne dich. Ich warne dich nur ein einziges Mal.
Gleich kommt sie ins Schlafzimmer, mit ihrem armseligen Bastard. Und was dann? Du, du. Gut, ich vergebe dir. Wenn du nur. Wenn du nur nie mehr. Laß unser Leben ganz.
Wer ist dieser Mann?
Kenne ich ihn?
Ein Journalist?
Ein Korrespondent?
»You're sensational, Beddy.«
Dann geht die Tür einen Spalt auf. Sein Blut erkaltet.
»Papa?« flüstert Ellen. Ihr Gesicht ist weiß und spitz.
Er fühlt sich wie nackt, nur mit seiner Pyjamahose.
»Warum schläfst du nicht?« bringt er heraus, während er seine verletzte Hand mit der anderen umfaßt. Wenn sie nur den kaputten Spiegel nicht bemerkt.
Scheu betritt sie das Schlafzimmer. »Wo ist Mama?«
»Geh jetzt mal schön ins Bett!«
»Ich muß Mama sprechen.« Sie setzt sich auf das Fußende und beginnt, an ihren Zehen herumzufummeln. Dünne, spachtelförmige Zehen. Er schaut kurz auf seine Füße.
»Was ist denn los?« Er setzt sich neben sie.
Mit einer schüchternen Gebärde legt sie die Hand auf ihre Brust. »Ich glaube, ich kriege jetzt ...« Ihre Stimme zittert.
»Hast du irgendwo Schmerzen? Wirst du krank?«
Sie schüttelt den Kopf. Sieht ihn hilfesuchend an.
»Ich werde nicht anfangen zu raten, Ellen, mitten in der Nacht.«

»Fühl mal!«
»Wo?«
Sie zeigt.
Er streckt die Hand aus, zieht sie dann sofort erschrocken wieder zurück, bevor er Ellen berührt hat. Jetzt ist er derjenige, dessen Augen ratlos zu flackern beginnen. Wann hat er ihren keuschen Kinderkörper zum letztenmal nackt gesehen?
»Darüber braucht man sich keine Sorgen zu machen«, sagt er matt.
»Aber Papa, ich will nicht …« Lautlos beginnt sie zu weinen.
Sein Unvermögen macht ihn wütend. »Das muß einfach so sein, in deinem Alter. Sei jetzt nicht so albern! Du bist doch die Beste in deiner Klasse!«
Sie zieht die Schultern hoch, um die minimalen Schwellungen auf ihrem Brustkasten zu verbergen.
Der Wecker tickt; es ist sieben Minuten nach zwölf. Er sitzt mit seiner unglücklichen Tochter auf dem Rand seines Betts. Sie hat seine Zehen, und wenn sie Glück hat, bekommt sie die Figur ihrer Mutter. »Und jetzt ins Bett, Ellen! Und nicht wegen jeder Lappalie weinen, wirklich, du bist so eine schreckliche Heulsuse.«
Sie springt auf, mager und schlaksig. »Ich will überhaupt keine Brüste!« schreit sie. »Du brauchst doch auch keine Brüste!«
Da jetzt das erlösende Wort endlich laut ausgesprochen worden ist, faßt er sie am Arm. »Morgen bist du bestimmt froh darüber, du wirst sehen, daß du …«
Mit unendlicher Verachtung sieht sie ihn an. Dann läuft sie aus dem Zimmer.

Es ist halb zwei und noch immer liegt Margje nicht im Bett. Er hat die Spiegelscherben weggeräumt, er hat Jod auf seine Hand getan, eine Pyjamajacke angezogen. Er sitzt aufrecht im Bett, seine Augen auf den Wecker gerichtet. Er ist abwechselnd betäubt und rasend. Es ist eine Raserei ohne Form und Inhalt, ein reines Brodeln, ein Sturm, ein Tornado, ein Orkan. In den ruhigeren Augenblicken bildet sich manchmal ein kraftloses Wort. Nutte. Er sagt es laut, aber er wehrt sich, es gleitet von ihm ab, es will nicht zu Margje passen. Es will mit einem unbeirrbaren Starrsinn einfach nicht wahr sein. »Nutte!« Ohne Energie spricht er es wieder aus. Erst benennen. Nur was benannt ist, kann man später wiederfinden.

Er geht in Gedanken das ganze Archiv seiner Ehe durch, aber er bleibt hängen, ziellos, bei ihrer Suppe. Ihre ewige Suppe. Sie glaubt leidenschaftlich an deren heilsame Wirkung, für Menschen, die im Wachstum sind, für Menschen, die Trost brauchen, für jung und für alt, mit selbstgerollten Hackbällchen darin, einer Handvoll Reis, frischer Petersilie aus dem Garten und einem Löffelchen saurer Sahne. Sie selbst ißt gern Suppe im Bett, bei leise laufendem Radio. Sie hat einmal gesagt, daß man die beste Suppe koche, wenn man ein friedliches Herz habe und einen Ehemann, der sich nicht scheut, danach den Topf zu scheuern.

Eifersucht läßt sein Herz zusammenkrampfen. Verrat. Vertrauensbruch. Erniedrigung. Erniedrigung.

Um Viertel nach zwei kommt sie ins Schlafzimmer. Auf ihrem Arm quengelt leise das Baby, fast atemlos, als habe es schon stundenlang geweint. Mitten im Zimmer

bleibt sie mit dem Kind stehen. Sie sieht erschöpft aus; links und rechts von ihrem Mund verlaufen scharfe Furchen nach unten.
»Aber Frits!« sagt sie perplex. »Wieso bist du noch auf?«
Sie legt das Baby in die Wiege.
Du hast gedacht, daß es nicht rauskommen würde, aber du hast dich geirrt, du hast mich unterschätzt.
»Mein Spiegel!« Sie schlägt die Hand vor den Mund.
Ich werde dir einmal zeigen, was Erniedrigung bedeutet.
»Frits! Wieso ist mein Spiegel kaputt? Was ist denn in Gottes Namen los?« Sie steht reglos da, wehrlos, die Hände hängen am Körper herunter.
Im nächsten Moment liegt sie auf dem Rücken neben der Frisierkommode auf dem Boden, und er sitzt rittlings auf ihr und reißt ihr mit bloßen Händen das Nachthemd am Halsausschnitt auf. Sie bekommt keine Zeit, um zu reagieren, er ist schon in sie eingedrungen und beginnt zu stoßen, tief und hart, die Behandlung, die sie verdient, wie ein Tier, wie ein Tier kommt er in ihr, und sofort ist da die Erkenntnis, daß dies nicht wiedergutgemacht werden kann. Erschlafft fällt er mit seinem vollen Gewicht auf sie und schlägt die Arme um sie.
Sie sagt nichts.
Er denkt: Es war nur ein Augenblick, was bedeutet denn ein einziger Augenblick in einem ganzen Leben? Ungeschickt beginnt er, sie zu streicheln.
Unter Einsatz all ihrer Kräfte stößt sie ihn von sich. Schweigend steht sie auf, wirft sich das zerrissene

Nachthemd um und verläßt, ohne ihn auch nur eines Blickes zu würdigen, still und beherrscht das Schlafzimmer.
Völlig entsetzt bleibt er auf dem Fußboden liegen. Er kann sich einfach nicht bewegen. Der Abscheu vor sich selbst drückt ihn zu Boden.
Es kommt ihm vor, als seien erst zehn Minuten vorüber, als der Wecker klingelt. Er ist sich nicht bewußt, daß er geschlafen hat, und es scheint ihm auch unwahrscheinlich, daß schon wieder ein neuer Tag begonnen haben soll oder daß die Sonne noch Lust haben könnte, aufzugehen.
Er wird ihr unter die Augen treten müssen.
Mit steifen Muskeln richtet er sich auf, um den Wecker auszuschalten. Kaum ist das Geräusch verstummt, beginnt Ida zu weinen. Fast automatisch nimmt er sie hoch und beginnt, ihre nasse Windel zu lösen. Auf einmal bekommt er einen Schreck. Der Unterleib des Babys ist angeschwollen und mit großen dunkellila Blutergüssen übersät.
Während er entsetzt darauf starrt, stößt Ida nach ihm mit einem kleinen Füßchen mit spachtelförmigen Zehen. Er schaut von ihrem Bauch auf das Füßchen und wieder zurück.
»Ida«, sagt er. »Mein Gott, *Ida!*«
Hat Margje die blauen Flecken vor ihm verschwiegen, weil er ihre Besorgtheit immer abgetan hat? Er stöhnt, während er das Kind in die Wiege zurücklegt. Dann rennt er in dem noch totenstillen Haus, drei Stufen zugleich nehmend, die Treppe hinunter, reißt in der Diele den Hörer vom Telefon und wählt die Nummer des

Hausarztes. Spontane Blutergüsse: Das kann nur eines bedeuten.
»Van Bemmel«, brüllt er fast, sobald an der anderen Seite abgenommen wird. »Herr Doktor, ist unsere Tochter Ida eigentlich schon auf Leukämie untersucht worden?«

Ida (mit Kesters Teleobjektiv)

Winter 1972/73

Ich höre Lucia unten in der Küche mit ihren Kindern lachen.

Es ist ein neues und unbekanntes Geräusch, nach dem ich einige Zeit mit geschlossenen Augen lausche, bevor ich es unterbringen kann. Ich versuche mir vorzustellen, wie sie zu viert um meinen zerkratzten Kieferntisch beim Frühstück sitzen und vor Spaß losprusten. Vielleicht hat Rochelle, noch ein Kleinkind mit Trippelschritten, etwas Lustiges gemacht oder gesagt. Vielleicht hat Samantha …

Ich bin verblüfft. Eine lachende Lucia. Das ist fast ein Angriff auf mein Weltbild. Mein zweiter Gedanke macht mich noch betroffener: Wie lange ist es eigentlich schon her, daß in diesem Hause laut gelacht wurde? Wann hüpften Stuhlbeine zum letztenmal vor Vergnügen vom Boden? Wer hat in all den Monaten, die ich jetzt hier wohne, die Wände je vor Freude erzittern, den Kalk von der Decke rieseln lassen?

Jetzt höre ich Türen auf- und zugehen. Lichtbündel werden dadurch auf einmal durch die Zimmer und Flure tanzen und sie zum Leben erwecken. Das Trappeln von Kinderfüßchen im Treppenhaus. »Nein, zuerst ich!« Es ist, als ob ich selbst das Geländer beim Hinabsausen wieder unter meinem Hintern spüre. Ein Rutsch, noch ein Rutsch.

»Ruhig!« ruft Lucia. »Sonst geht gleich das Geheule los.«

Etwas später kommt sie in mein Zimmer. Ich stelle mich schlafend. Als sie mir eine Tasse Kaffee hinstellt, sehe ich durch die Wimpern, daß ihr Gesicht weniger schwammig erscheint als am Anfang. Was ich für aufgedunsen hielt, müssen Verletzungen gewesen sein. Sie würde sogar hübsch aussehen, wenn sie etwas an ihrem Gebiß machen ließe.

Sie zieht die Jalousie auf, schaut kurz auf den ungepflegten Garten und schnalzt mit der Zunge. Mein lieber Mann, die verkannte Hausfrau in ihr rührt sich offenbar! Nachdem sie das Haus wachgerüttelt hat, jucken ihr die Finger, sich auch meinen Garten anzueignen, links und rechts einen Spaten in die noch immer nicht eingesäten

Rabatten zu stecken, die schon lange wieder vom Unkraut überwuchert sind. Lucia, die gute Fee. Es ist zum Lachen. Was fällt ihr ein? Sie kann ja den Garten nicht einmal betreten, sie hat ihre Bewegungsfreiheit freiwillig aufgegeben.

»Guten Morgen«, sage ich nicht sehr freundlich.

»Ich habe Kaffee gekocht. Der Tee war alle. Willst du dich jetzt waschen oder nachher?«

Ich weise mit dem Kopf auf den Stuhl am Fenster. Ein Stündchen pro Tag, hat Jan Bramaan letzte Woche gesagt. Wir machen Fortschritte.

Lucia stellt erst die Tasse auf die Fensterbank, hilft mir dann aus dem Bett und stützt mich, während ich den Platz wechsle. Wir werden beide dabei immer geschickter, das gebe ich zu. Ihre Hand fest unter meinem Ellbogen, meine auf ihrer Schulter. Mit der anderen halte ich meinen Bauch fest. Bleib, wo du bist, Ida-Sophie! Ich habe noch immer Beine wie Mus und einen Kopf, der sich dreht und wirbelt. Erst wenn ich ein paar Minuten sitze, fühle ich mich wieder ein bißchen besser.

Während ich meinen Kaffee trinke, macht Lucia das Bett. Fast schüchtern bemerkt sie auf einmal: »Die Kinder fangen an, sich richtig zu erholen.«

»Das ist schön«, sage ich in Ermangelung passenderer Worte.

»Sie haben allerhand mitgemacht.« Sie läßt das Bett, wie es ist, und lehnt sich an die Fensterbank, die Arme übereinander geschlagen. Zu spät wende ich meine Augen ab von den Dutzenden kleiner, feuriger Narben auf ihrer Haut: Sie sieht meinen Blick und zieht rasch ihre Ärmel herunter. Genau wie Carlos.

Sofort droht in meinem Hinterkopf ein elektrischer Sturm loszubrechen. Pulsierende Atome pressen sich zusammen, und schnell korrigiere ich mich selbst: Nein, nicht wie Carlos. Natürlich nicht. Lucia ist anders als wir. Niemand hat das mitgemacht, was wir mitgemacht haben. Nur wir verstehen einander.

Oh, wenn ich bloß keinen Migräneanfall bekomme!

»Ich wollte gerade sagen ...« Über Lucias Wangen breitet sich eine verlegene Röte aus, die sie jung und verletzbar macht. Sie hüstelt in ihre Hand. »... daß wir es hier wirklich gut getroffen haben.«

»Auf der anderen Seite arbeitest du ja auch genug dafür«, sage ich kurz angebunden.

Sie schlägt die Augen nieder. Schaut dann wieder auf. »Wie eiskalt bist du doch«, sagt sie fast mitleidig.

Ihre Worte kränken mich. Sie sind nicht wahr.

»Wir haben uns hier natürlich gegenseitig auf dem Hals«, fährt sie fort, »aber deshalb können wir doch trotzdem versuchen, das Beste daraus zu machen, oder?«

»Damit kommst du reichlich spät, wenn ich das sagen darf.«

Sie lacht ein bißchen dämlich. »Jesus, Ellen, dies ist nun wirklich nicht der einfachste Abschnitt meines Lebens. Dann ist es auch kein Wunder, wenn man mal eingeschnappt ist.«

Ich habe keine Lust, Süßholz zu raspeln. Gleich müssen wir auch noch austauschen, was wir alles an Elend mitgemacht haben. Gerda und Marlies versuchten es auch immer wieder. »Erzähl du doch auch mal was!« Ich sehe ihre neugierigen Gesichter noch vor mir.

Hartnäckig redet sie weiter: »Wir sitzen im selben Boot.

Wir können beide nicht weg.« Sie senkt den Kopf, fast bittend.
»Da sprichst du ein wahres Wort. Ich frage mich eigentlich schon seit Wochen, warum du und deine Kinder hier wie Verbrecher eingesperrt sitzen müssen. Ist das nicht eine verkehrte Welt?«
Verblüfft sieht sie mich an.
»Warum gibst du dich damit zufrieden?«
»Mama«, ruft Vanessa, die ins Zimmer hereinstürmt, »dürfen wir gleich ...« Sie bleibt stehen, auf einmal wird ihr klar, daß sie sich auf verbotenem Terrain befindet. Auf meinem Privatterritorium. Auf den letzten Quadratmetern, die mir in meinem eigenen Haus noch geblieben sind. Ihr kleiner Mund formt ein erschrockenes O. Sie verliert gerade ihre Milchzähne. Ihr zahnloser Oberkiefer ist eine Miniaturausgabe von dem Lucias, als wolle sie mir zeigen, daß die Loyalität von Kindern gegenüber ihren Eltern keine Grenzen kennt.
»Ich komme sofort«, sagt Lucia zu ihr. Dann wendet sie sich wieder mir zu. »Natürlich ist es eine verkehrte Welt, daß wir uns hier versteckt halten müssen, aber weißt du, was die von der Polizei sagen, wenn man Anzeige erstatten will? Aber, aber, so eine Anklage bringt nichts. Es geht um den Vater Ihrer Kinder! Was werden die dazu sagen, wenn er durch Ihr Mitwirken im Gefängnis landet? Und wenn man dann mit Todesangst im Herzen ihrem Rat folgt und wieder nach Hause geht, dann sagen sie beim nächsten Mal: Na kommen Sie, es wird schon nicht so schlimm sein! Sie sind beim letzten Mal auch zu ihm zurückgegangen.«
»Du kannst dich von ihm scheiden lassen und irgendwo

ein neues Leben anfangen«, sage ich. Dies ist nun genau die Art von Gespräch, zu der ich keine Lust habe, aber ich finde doch ein grausames Vergnügen darin, ihr endlich ihre Mängel einzuhämmern. Das wird ihre Begeisterung, einen neuen Annäherungsversuch zu wagen, hoffentlich mäßigen. Wir werden wirklich keine Freundinnen, Lucia. Es liegen Welten zwischen uns.
»Du hast leicht reden«, sagt sie spitz.
»Oh, du mußt es ja wissen.«
»Ja, du mußt doch unbedingt allein ein Kind bekommen? Als ob das so eine tolle Idee wäre! Ich finde es egoistisch und unverantwortlich.« Sie läuft hinüber zum Bett und beginnt, aufgeregt an den Laken zu zerren.
»Besser kein Vater als ein gewalttätiger.«
Sie schweigt hinter mir, auf der Suche nach neuer Munition, während ich höre, wie sie unsanft meine Kissen aufklopft.
Dann sagt sie: »Und danach adoptierst du bestimmt noch zehn, was? Genau wie Mia Farrow. Um der Welt zu zeigen, wie phantastisch ...«
Kühl sage ich: »Ich hab's nicht so mit dem Adoptieren. Ich ...« Blitzartig taucht Carlos wieder vor mir auf, als ich ihm bei seinen neuen Eltern den kleinen Plüschhund gebracht hatte. Es war kein erfolgreiches Unternehmen. Tränen brennen mir plötzlich in den Augen.
»O nein? Womit bekommst du denn diesen Kasten von einem Haus dann voll? Oder hast du vor, Zimmer an Stewardessen zu vermieten?« Ihre Stimme ist schrill, mißgünstig.
Ich mache mir nicht mal die Mühe, ihr zu antworten.

Meine Pläne für das Haus stehen schon fest, seitdem ich mit dem Makler den ersten Fuß über die Schwelle gesetzt habe: Endlich genug Platz, daß jeder von uns ein eigenes Zimmer haben kann. Im ersten Stock das Billie-Boudoir mit angeschmutzten Wattebäuschchen auf der Erde und Fotos von Filmstars an der Wand. Daneben das Kester-Zimmer voller Schraubenschlüssel und Rohrzangen und rostiger Schrauben und Muttern in alten Marmeladegläsern. Für Ida-Sophie das sonnige Südzimmer mit Balkon, und für Carlos halten wir ein Gästezimmer parat. Ich selbst bleibe in Bas' Verschlag, und das Aupair-Mädchen, das wir brauchen, wenn ich bald wieder zur Arbeit gehe, kann den Boden bekommen.
Meine Ida-Sophie wird auf dem Schachbrettmuster der Flurfliesen Himmel und Hölle spielen und Murmeln lernen. Wenn es regnet und sie nicht draußen spielen kann, dann bauen wir ihr im Treppenhaus eine Hindernisbahn. Kes war Spitze darin, sich Hindernisse auszudenken, die nur er selbst nehmen konnte. Er wagte es, sich an den Füßen in den Treppenschacht zu hängen und auf den Händen laufend das Geländer herunterzukommen. »*When the going get tough*«, keuchte er, rot vor Anstrengung, »*the tough get going.*«

»Guck mal, Ellen!« sagte mein Bruder. »Ich habe einen Ventilator für sie gemacht.«
Wir hatten beide nur ein T-Shirt und eine Unterhose an. Der Thermostat stand auf fünfundzwanzig. Draußen fielen Märzschauer, nasser Schnee, Regen, manchmal Hagel. Meine Mutter sagte, daß Hitze für Sophies Gesund-

heit von großer Wichtigkeit sei, sie wolle »sehen, wie sie es ausschwitzt«.

Jedesmal, wenn ich fast nahe an der Ohnmacht war, setzte ich mich für ein Viertelstündchen ins Büro, wo die Thermostatschalter auf den Radiatoren für normale Temperaturen sorgten. »Was bist du verschwitzt, Ellen«, sagte Esmée dann arglos. »Bist du so herumgerannt und hast du so getobt?« Ich wagte nicht, ihr zu sagen, warum mir so warm war. Ich hoffte, daß sie es selbst erraten würde, daß sie oder einer der anderen Lunte riechen und mitbekommen würde, daß bei uns Sachen passierten, die mir angst machten. Dafür waren meiner Meinung nach die Erwachsenen schließlich da.

Aber Esmée fragte nicht einmal mehr nach meiner Mutter. Sie fand es schon lange normal, daß sie nie mehr im Büro erschien.

»Jetzt paß mal auf, Ellen! Guck, dies hier dreht sich«, sagte Kester, während er mir die Schaufelkonstruktion vorführte, die unserer kleinen Schwester frische Luft verschaffen sollte. Dann sah er mich erwartungsvoll an.

Meine Nerven waren angespannt. Billie und ich hatten einmal eine Eiskompresse auf Sophie Brust gelegt, aber wir wurden erwischt und mußten uns in den Keller hocken, bis Mama rufen würde, daß wir wieder ihre Kinder seien.

Billie hatte einen rosa Lippenstift bei sich, mit dem sie auf die porösen Kellermauern schrieb: *»Kilroy was here.«* Sie tat so, als ob es ihr nichts ausmache. Aber sie sagte immer öfter: »Ich bin aber auch ein Dussel«, und dann standen ihr Tränen in den Augen, und das Grübchen in ihrer Wange sah man fast nie mehr. Carlos, der sich vor

Sophies Weinen verstecken wollte, hatte uns dann zufällig befreit.

»Ich glaube nicht, daß Mama mit dem Ventilator einverstanden ist«, sagte ich widerwillig zu Kester. »Es ist gerade der Sinn, daß Sophie heiß wird. Davon geht es ihr besser.«

Mein Bruder betrachtete mit unbewegtem Gesicht seine geniale Konstruktion. Dann feuerte er das Ding auf die Erde und trat es kaputt.

»Wir hätten ihn für uns verwenden können«, sagte ich.

Kes schnaubte entrüstet, und ich fühlte mich schuldig, weil ich nur an mich gedacht hatte. Bedrückt holte ich Orson aus seinem Zwinger im Garten und fuhr auf dem Fahrrad durch den Regen an den Strand. Ich ließ ihn fast bis nach Ijmuiden rennen, aber selbst dann hatte er noch nicht genug davon. Ich bekam Orson fast nicht mehr an die Leine.

Erst auf dem Rückweg, in der schnell einbrechenden Dämmerung, wechselte sein Galopp in einen trägen Trab, der bis zu einem unwilligen Schlurfen absackte. An der Ecke zur Drosselallee setzte er sich auf einmal mit einem entschiedenen Plumps in eine Pfütze. Ich mußte absteigen, um ihn wieder hochzubekommen.

Vor dem dunklen Eingang zu seinem Zwinger widersetzte sich Orson. Er jaulte und knurrte und zeigte sogar kurz die Zähne. Schnell warf ich eine Handvoll Bonzo in den Zwinger. Kaum hatte mein Hund erkannt, daß er hereingelegt worden war, hatte ich das Gitter hinter ihm schon verriegelt.

»Denk einfach an die Spartaner!« sagte ich mit zitternder Stimme. »Die haben auch nicht auf weichen Kissen

am Ofen gesessen, und dadurch errangen sie die Hegemonie über den gesamten Peloponnes.«
Ich holte einen Topf mit Pansen aus dem Schuppen, füllte seinen Freßnapf und schob ihn unter dem Gitter durch. Es war schon ein prima Zwinger. Ich hatte mir einen blauen Fingernagel geholt, weil ich mir auf den Daumen gehauen hatte, als Kes und ich ihn bauten. Ich brauchte mich wirklich nicht schuldig zu fühlen.
Ich merkte, daß ich gleichzeitig zitterte und glühte. Wenn ich mich erkältet hatte und Bazillen mitbrachte, konnte ich mich auf was gefaßt machen. Aber statt hineinzugehen und mir trockene Sachen anzuziehen, blieb ich im Regen stehen, neben Orsons Zwinger, und schaute auf unser Haus.
Es war fast Essenszeit. In der ersten und zweiten Etage waren die Lampen schon beinahe überall erloschen. Nur im Büro meines Vaters brannte noch Licht. Ich konnte ihn so deutlich hinter seinem Schreibtisch voller Mappen sitzen sehen, als ob ich durch Kesters neues Teleobjektiv sehen würde. Er stützte seinen Kopf mit einer Hand, während er mit der anderen schrieb. Dann sah er nachdenklich auf und starrte einen Augenblick lang nach draußen.
»Papa«, sagte ich halblaut. Automatisch hob ich die Hand, aber er sah mich nicht in dem dunklen Garten. Er nahm seine Arbeit wieder auf. ZUGUNGLÜCK IN MINNEAPOLIS. HIPPIES AUS DER GANZEN WELT BESUCHEN POP-FESTIVAL IN WOODSTOCK. ELIZABETH TAYLOR UND RICHARD BURTON WIEDER VERHEIRATET. HOUSTON SAGT TOTALE MONDFINSTERNIS VORAUS.
Plötzlich erinnerte ich mich, wie wir vor ein paar Jahren

im Fernsehen die erste Mondlandung gesehen hatten, alle mit einem Glas Coca-Cola, *The Real Thing*, um auf Neil Armstrong anzustoßen. Carlos war da noch nicht geboren, ich war die Jüngste. Im Halbschlaf auf dem Schoß meines Vaters konnte ich kaum die Augen offenhalten, um die unscharfen Satellitenbilder wahrzunehmen, aber ich fühlte das aufgeregte Klopfen seines Herzens, sein Herz, das sagte: Wir sind auf dem Mond, Ellen! Als ich im Bett war, träumte ich, daß mein Vater und ich schwerelos durch den Mondstaub sprangen, während uns meine Mutter hinter dem kleinen Fenster von Apollo 11 unruhig zuwinkte. Kommt wohlbehalten zurück!

Papa und ich brauchten uns in unseren Raumanzügen kaum abzustoßen, um über riesige Krater zu schweben und dann wieder federnd auf der Millionen Jahre alten Oberfläche aufzukommen. Siehst du die Erosion hier, Ellen? Das ist die Folge vom Solarwind und dem Einschlag von kleinen Meteoriten.

Ich war so stolz, daß mein Helm beschlug: Nur mir konnte mein Papa diese wichtigen modernen Sachen erklären. Er ließ Staub in meine mit einem Handschuh geschützte Hand fallen und sagte, über die Sprechanlage blickend: »Dies enthält eine Menge Gas, siehst du, Helium, Neon, Argon, Krypton und Xenon.«

Ich nickte.

»Titan und Zirkon«, sagte er dann, während er einen Stein aufhob, »aber eigenartigerweise keine Spur von Europium.«

»Aber doch von Verulkan und Kalzium«, antwortete ich.

»Sehr gut. Nimm mal schnell ein paar Proben!«

Wir arbeiteten beide hart im fahlgrünen Licht der Mondlandschaft. Manchmal piepsten wir uns kurz an: *»Okay in there?«* Erst als wir unsere Beutel mit Material gefüllt hatten für die Forscher in Houston in ihren weißen Jacken und mit ihren Clipboards, hopsten wir zurück zu unserer Mondkapsel und gaben Mama im Mare Tranquillitatis das Zeichen, daß sie uns wieder an Bord nehmen konnte.

Wir setzten unsere Helme ab und nahmen ein Tellerchen Astronautenessen zu uns, das aus bunten Pillen bestand. Danach erklärte mir Papa noch, was eine Nanosekunde ist und daß ein Lichtjahr keine Zeit, sondern einen Abstand bezeichnet. »Und nimm den Daumen aus dem Mund!«

»Ich bin so müde.«

»Es ist auch ein großer Schritt für die Menschheit«, sagte er. Ich hielt kurz den Atem an, denn das schien mir genau die richtige Umschreibung; noch in hundert Jahren würden Kinder diesen Ausspruch in ihren Geschichtsbüchern wiederfinden.

Als ich wach wurde, in meinem Bett auf dem Boden, war ich das glücklichste Mädchen der ganzen Milchstraße. Jeder hatte einen Vater, aber meiner war ein Held, ein Pionier, ein Draufgänger.

Auf dem Weg ins Badezimmer traf ich ihn auf dem Flur und schlang die Arme um seine Hüften. »Papa«, sagte ich, »was ist eigentlich der Unterschied zwischen Krypton und Xenon?«

»Die Hauptstadt von Drenthe ist Assen, du Naseweis«, antwortete er gutgelaunt und entwand sich meinem Griff.

In dem trüben Regen stand ich mitten im Garten und sah ihn hinter seinem Bürofenster.
Mein Vater war ein alter Sack. Ich war unendlich sauer auf ihn.
Er hatte sich um uns zu kümmern, schließlich war er unser Vater, aber er verdrückte sich jetzt die ganze Zeit: Nie aß er mehr mit uns am Tisch, nie saß er abends in seinem Sessel im Wintergarten. Er zeigte sich einfach nicht. Wie der *Invisible Man* schlich er durchs Haus. Kes sagte, seine Tapetenimitation sei meisterhaft, aber ich konnte darüber nicht lachen. Hinter seinem Schreibtisch verbarg er sich vor uns allen.
Er schlafe zur Zeit sogar im Büro, behauptete Billie. Sie hatte es mit eigenen Augen gesehen, als sie einmal nachts in die Küche gegangen war, weil sie einen Anfall von Hunger hatte. Die Tür seines Zimmers stand einen Spalt offen, und sie sah seine Füße über den Rand des alten Sofas hängen. Er hatte seine Socken noch an.
Ziemlich logisch, daß Mama die Nase voll hatte. Sie versuchte, es vor uns zu verbergen, aber ihre Augen wurden kalt und hart, wenn der Name meines Vaters fiel, und sie preßte ihre Lippen aufeinander. Mein Vater hatte bei ihr im Bett zu liegen, dafür waren sie verheiratet. Er hatte nette Sachen zu ihr zu sagen und sie zu beruhigen, wenn sie eine von ihren Launen hatte und uns anschrie, wir seien Teufelskinder und Schlangenbrut. Man muß sich das mal vorstellen: Mein eigener Vater wußte nicht, als was wir beschimpft wurden. Er hatte keine Ahnung davon, wahrhaftig nicht, was manchmal hier im Haus alles so passierte. Wenn man ihn auf der Treppe traf, schlug er scheu die Augen nieder und zog den Kopf ein

wie jemand, der sich unendlich schämte. Mir schien, er hatte allen Grund dazu.
Zuerst dachte ich, daß es an uns liege oder wahrscheinlich an mir, weil ich zuviel geredet hatte. Oder vielleicht kam es auch von meinen Brüsten. Damit hätte ich ihn niemals belästigen dürfen, in der Nacht, als ich sie plötzlich wachsen fühlte: Von diesem Moment an hatte er sich in die Tapete verwandelt. Auch meine Mutter hatte nicht positiv darauf reagiert. Am nächsten Morgen hatte ich sie gefragt, ob ich Geld für einen BH haben könnte. Sie war ganz blaß geworden und schnauzte mit ihrer Bauchrednerstimme: »Fängst du auch schon damit an?«
Etwas später, beim Frühstück, drohte sie Billie mit der Bratpfanne, weil sie dachte, daß sie Lidschatten aufgetragen hatte. Ich starb fast vor Angst, und als ich erst mal in der Schule war, glaubte ich, daß ich mich nie mehr nach Hause wagen würde. Ich mußte etwas tun, mir mußte etwas einfallen. Und auf einmal wußte ich es. Ich würde einfach alles meiner Griechischlehrerin erzählen. Die hatte einen Motorroller; ich betete sie an. In der letzten Stunde hatte ich Griechisch, das paßte gut.
Also blieb ich nach Homer noch da, bis die anderen weg waren. Als sie begann, ihre Tasche zu packen, ging ich zu ihrem Schreibtisch.
»Probleme, Ellen?« fragte sie freundlich.
»Aber nein«, sagte ich, während ich zustimmend nickte. Sie lachte kurz, aber als ich anfing, unbeholfen meine Geschichte zu erzählen, sah sie immer ernster drein. Schon bald unterbrach sie mich. »Ehrlich gesagt, glaube

ich nicht, daß deine Eltern es sehr schätzen werden, wenn du hier schmutzige Wäsche wäschst. Du weißt doch, was diese Redensart bedeutet? In jeder Familie gibt es mal was, aber das gehört nicht an die Öffentlichkeit. Sag mal selbst, was habe ich damit zu schaffen, daß deine Eltern nicht mehr beieinander schlafen? Sie würden es sehr unangenehm finden, wenn sie wüßten, daß du mir das erzählt hast. Und mit Recht, denn es geht mich nichts an.«

»Aber es ist noch viel mehr los«, sagte ich schnell.

»Was soll ich denn mit solchen Informationen? Ich finde, das paßt gar nicht zu dir. Du bist immer so ein vernünftiges Mädchen.«

Ich ließ den Kopf hängen.

Sie hielt mein Kinn fest. »Sag mal, du Trauerweide. Es ist doch nicht das Ende der Welt! Ich hab's schon fast vergessen, was du mir erzählt hast. Und es könnte doch auch sein, daß du dir Sorgen um nichts machst. Verheiratete Leute machen manchmal eine schwierige Zeit durch, aber das heißt noch nicht, daß man gleich das Schlimmste befürchten muß. Hast du etwa Angst, daß sie sich scheiden lassen? Na?«

»Meine kleine Schwester ist auch die ganze Zeit krank«, sagte ich kraftlos. Das mit meinen Brüsten schluckte ich lieber runter.

»Ja, und das sorgt natürlich für Spannungen, oder? Weißt du, was ich denke, Ellen? Daß alles von selbst wieder in Ordnung kommt. Bestimmt.« Sie kniff mich ermutigend in die Wange, und, o Mann, o Mann, es tat mir richtig gut. Ich war aber auch immer so ein Nervenbündel. Natürlich würde alles von selbst gut werden.

Auf dem Fahrrad dann fing ich bald wieder an zu zweifeln. Wenn man, so wie meine Lehrerin, den ganzen Tag bis über beide Ohren in diesen griechischen Tragödien steckte, wo ganze Königshäuser einander ausrotteten, ohne eine Träne zu vergießen, dann fand man bestimmte Sachen vielleicht normaler als andere Menschen. Wehe, wehe, kommentierte der Chor stets lakonisch, und das war's dann mal wieder. Aber daß ich nicht die schmutzige Wäsche waschen durfte, hatte ich mir deutlich hinter die Ohren geschrieben. Beschwingt und mit den besten Vorsätzen fuhr ich durch den strömenden Regen nach Hause.

Carlos saß auf dem Rand seines Bettchens und ließ die Beine baumeln, während ich noch schnell versuchte, mit Billies Fön meine Haare zu trocken, bevor Mama bemerkte, daß ich naß geworden war.
»Was hast du heute gemacht?« fragte ich.
»Nichts«, sagte er lustlos. Seine schönen Locken klebten ihm am Gesicht, denn trotz der Hitze im Haus hatte er seinen unvermeidlichen Rollkragenpullover an. Er war schon wochenlang nicht mehr unter der Dusche gewesen; Billie und ich erhielten keine Chance, ihn aus diesem Pullover zu zerren. Ein schwarzer Rand lief um seinen Hals, und seine Hände waren immer gleich schmuddelig. Mama merkte es nicht.
Kes sagte, im Alter von dreieinhalb Jahren sei Schmutz gesund. Erst danach, meinte er, werde er ein Problem. Carlos und er würden das Problem wie Männer miteinander lösen.
»Geh inzwischen schon mal runter, dann kannst du

noch ein bißchen spielen«, sagte ich zu meinem kleinen Bruder.
»Ich hab Stubenarrest von Mama gekriegt.« Unglücklich kaute er auf den Lippen.
»Bist du frech gewesen?«
Er zuckte mit den Achseln.
Beunruhigt setzte ich mich neben ihn. »Na klar, du bist bestimmt frech gewesen«, sagte ich hoffnungsvoll. »Sonst bekommst du doch nicht Stubenarrest?«
»Ich wollte Sophie nur eine neue Windel ummachen. Sie hat so gestunken.«
»Du Dussel! Hast du sie etwa mit einer Nadel gestochen? Du bist doch noch viel zu klein, um sie zu wickeln! Du weißt doch gar nicht, wie das geht!«
»Doch!« Er wurde feuerrot vor Entrüstung. »Ich habe erst ihren ganzen Struller abgetrocknet! Mit so'm Tuch.«
Ich sah ihn bei der Arbeit, ernsthaft und hingebungsvoll, erst auf den Zehen stehen, um aus der obersten Schublade der Kommode eine Windel zu nehmen, danach mit dem halbnackten Baby beschäftigt, schnaufend vor Anstrengung. Unser Carlos, der war wirklich, wie man so sagt, eine gute Seele.
»Und dann kam Mama, und die ...« Er schnappte vor Verzweiflung nach Luft.
»Ja, aber mein Schatz, die kleine Sophie ist kein Spielzeug. Wenn du ihr aus Versehen weh getan hättest. Oder wenn sie ...«
In diesem Moment rief meine Mutter von unten, daß das Essen fertig sei, und fieberhaft stellte ich den Haartrockner eine Stufe höher.
»Ellen! Michiel! Wo bleibt ihr?«

Erstaunt sagte Carlos: »Ich darf auch mit.«
In der Küche stellte Mama den Eintopf auf den Tisch. »Setzt euch schnell hin! Michiel, willst du Milch oder Buttermilch?«
»Was trinkt Kes?« fragte Carlos vorsichtig.
»Milch«, sagte Kester.
»Ich auch. Bitte, Mama.«
»Typische Milchgesichter«, sagte Billie.
Meine Mutter lachte. »Mach dir nichts draus, Michiel! Milch macht müde Männer munter. Sieh dir nur Kester an!«
Kester ballte die Faust und ließ den Bizeps anschwellen. Meine Mutter stellt das Glas Milch auf den Tisch. »Und du, mein Mädchen?« fragte sie mich.
»Ich brauche nichts zu trinken«, sagte ich. Oh, wie schämte ich mich. Es war unheimlich gemütlich bei uns zu Hause.
»Also Leute«, sagte sie, während sie sich auf den Stuhl neben Sophies Wiege setzte, »gleich werden wir schön essen. Ich hoffe nur, daß ich das Salz nicht wieder vergessen habe.« Sie nahm den Löffel, legte ihn auf den Topfdeckel und ließ den Blick über uns vier schweifen. Wir falteten die Hände. »Fang nur an, Sibylle!«
Billie trug eine Bluse mit langen Ärmeln, die bis zum obersten Knopf geschlossen war. Sie schloß die Augen: »Gnädiger Gott«, ihre Stimme war unsicher, »sieh mit Erbarmen auf unsere kleine Schwester hernieder!«
Kes setzte monoton fort: »Gnädiger Gott, erlöse sie von allem, was sie quält!«
Jetzt war ich dran. Aber ich merkte, daß ein Niesanfall im Anzug war, und mit aller Macht drückte ich meine

Zunge gegen den obersten Punkt meines Gaumens. Gerade in diesem Augenblick sagte meine Mutter: »Warte mal kurz, Ellen!« Sie hob mit nachdenklichem Gesicht die Hand. »Es scheint manchmal so, als ob Gott uns überhaupt nicht hört.«
»Aber er hört bestimmt zu, wirklich Mama«, sagte Billie eindringlich.
»Das glaube ich auch«, stimmte Kester ihr zu.
Beunruhigt sah meine Mutter mich an.
Meine Nase kribbelte, und in meiner Nase drängten sich Hunderte von Bazillen, um mit viel Lärm auszubrechen.
»Ellen?«
Ich schüttelte panisch den Kopf.
Nervös strich sich meine Mutter mit den Fingerspitzen über die Lippen, aber auf einmal hellte sich ihr Gesichtsausdruck auf. »Weißt du was? Ich glaube, daß ihr künftig einfach zu mir beten müßt. Ich bin schließlich diejenige, die für Ida sorgt. Ich glaube, daß Gott das so will: daß Euer Gebet mir die Kraft gibt, sie zu heilen.«
»Und mach sie wieder gesund und stark!« lispelte Carlos.
»Amen«, soufflierte ich schnell, den Drang zum Niesen überwindend.
»Du vergißt deinen Teil, Ellen. Na los!«
Ich atmete tief ein und schob meine Schultern etwas nach vorne. »Gnädige Mama, treib das Böse aus unserer kleinen Schwester!«
»Michiel?«
»Und mach sie wieder gesund und stark, Amen«, schnurrte Carlos herunter.

»Guten Appetit!« sagte meine Mutter.
Billie saß da und starrte mich an. Sie war nun einmal ein Dummkopf. Sie kapierte nicht, daß nun endlich alles stimmte. Nicht Gott, sondern nur Mama konnte Sophie schließlich vor dem Bösen beschützen: indem sie sie niemals mehr Ida nannte, genau wie wir.
Wir aßen den Eintopf ohne Salz, und zum Nachtisch gab es Joghurt und gelben Pudding.

Manchmal, wenn ich an das Kind denke, das ich damals war, Umständen ausgeliefert, die ich nicht verstand, aber die ich mit aller Macht zu beherrschen versuchte, dann möchte ich mich selbst noch nachträglich in die Arme nehmen, um mich zu umsorgen und zu trösten und mir liebe Worte ins Ohr zu flüstern. Soll man solche Neigungen nun unterdrücken oder kultivieren? Ich weiß es noch immer nicht.
Die Psychiater, die ich verschliß, nachdem ich mit achtzehn das »Einhorn« verlassen hatte, waren verschiedener Meinung darüber. Was der eine Regression nannte, war für den anderen eine Konversion, eine Übersprungshandlung oder eine Psychose: für ein und dasselbe Phänomen schienen viele verschiedene Bezeichnungen möglich. Manchmal rief ich Marti an, um sie um Rat zu fragen, aber sobald ich sie am Apparat hatte, legte ich gleich wieder auf, weil ich mich für meine Fragen schämte, für die Tatsache, daß ich nur sie hatte, die ich zu Rate ziehen konnte, für meine Einsamkeit.
Ich hatte andauernd Migräne. Es waren Anfälle wie Gewitterschauer mit weißen Blitzstrahlen und Donner bis

in die kleinsten Haargefäße, so schlimm, daß ich in meiner Verzweiflung meinen Kopf am liebsten abgesägt hätte.
In diesen ersten wirren Jahren, in denen ich zur Untermiete wohnte und jeden Tag zu spät zur Vorlesung ging, sagten manche Psychiater, daß ich meine Kopfschmerzen selbst schüfe, als Fluchtweg aus der Wirklichkeit. Sie waren auch der Meinung, daß ich aus einem Selbstvernichtungsdrang nachts die Kneipen abklapperte und mich wie der letzte Dreck in alle Arme stürzte, denen ich begegnete. Andere dachten, letzteres sei eine natürliche Reaktion, die ich vor allem *out-acten* müsse, um mich geliebt fühlen zu können. Bei denen kamen immer Kissen zum Einsatz, auf die gestampft und eingeschlagen werden mußte, am liebsten in der Gruppe mit anderen Traumatisierten, Gestörten und Besessenen. Das nannte sich Schicksalsgefährtenkontakt; wir hießen Erfahrungsexperten.
Mal hatte ich eine anale Persönlichkeitsstruktur – dann wieder eine bipolare. Es gab kein Etikett, das ich nicht eine Zeitlang mit mir herumgeschleppt hätte wie früher ein Aussätziger seine Rassel. Manchmal sagte ich in der Mensa oder auf der Straße laut zu mir: »Ich bin Ellen van Bemmel« und glaubte es doch selbst nur halb.
Einmal lag ich die ganze Nacht in einem Anfall von geistiger Verwirrung wach, weil mir eingefallen war, daß Mailand an Ort und Stelle Milano hieß und doch dieselbe Stadt war. Ganz ruhig, Kleines! sagte Kester, wir haben alle Zeit, wir kommen schon dahinter, wie es wirklich ist.

Wonach wir suchten, war der einzige richtige Terminus, der einzige richtige Name, eindeutig und transparent, der alles erklären und allem eine Bedeutung geben würde.

Wir fanden ihn an einem regnerischen Mittwochmorgen bei einer Gynäkologievorlesung, mitten in meinem Studium.

Damals gab es etwas, das man Frauenbewegung nannte. Man schrieb im Hörsaal nicht mehr mit, sondern man strickte. Danach stellte man gemeinsam eine schwarze Liste zusammen. Gebärmütter und Eierstöcke wurden einfach willkürlich von geldgierigen Gynäkologen entfernt, es war ein Skandal. Das würden meine Kommilitoninnen ganz schnell ändern.

Ich sah mich selbst nicht als eine von ihnen, ich teilte weder ihre Selbstsicherheit noch ihre Meinungen und hielt mich daher abseits. Es war meine Gewohnheit, starr auf den Boden zu schauen. Aber bis zum heutigen Tage kann ich den plötzlichen Aufwärtsruck meines Kopfes fühlen, die Pause, die mein Herzschlag machte, die Sekunden, in denen mein Verstand stillstand, als unsere fortschrittliche Dozentin die sogenannte postnatale Depression mit uns behandelte, in ihrer schlimmsten Ausprägung auch bekannt als Kindbettpsychose.

»Heftige Stimmungswechsel, Verlust des Realitätssinns, Halluzinationen, Wahnvorstellungen, irreale Ängste und Überbesorgtheit, Veränderung der Persönlichkeit und des Verhaltens, Neigung zur Gewalt sich selbst und anderen gegenüber«, zählte sie die Symptome auf. Sie schaute in ihr Manuskript. »Deren Ursache ist eine hor-

monelle Störung als Folge von Schwangerschaft und Geburt. Das bedeutet, daß die Patientin ihr Verhalten in gar keiner Weise beeinflussen oder zügeln kann: Sie ist das Opfer einer endokrinologischen Abweichung. Der ungeduldige Rat der Umgebung, sich endlich einmal zusammenzureißen, hilft also auch nicht. Das einzige, was hilft, schnell und garantiert, ist eine Progesteronbehandlung.«
Um mich herum brach eine Diskussion los. Mit Entrüstung wurde festgestellt, daß Ärzte offenbar größte Mühe hatten, Frauen als natürliche Wesen anzusehen, als Menschen mit einem Organismus, der auch mal gestört sein könne: Sie täten biochemische Veränderungen nach einer Geburt als Anstellerei ab. Sobald das Baby da sei, müsse man glücklich und zufrieden sein, und wenn man das nicht ist, sei man eine Hysterikerin oder ein Hypochonder. Valium könne man bekommen, das sei alles. Als ob eine hormonelle Störung dadurch behoben werden könnte!
Ich stand auf und arbeitete mich durch den vollen Hörsaal nach draußen. Nun kannte ich den wahren Namen des Mysteriums, das unsere Familie zerstört hatte. Kindbettpsychose. Es hätte niemals zur Tragödie zu kommen brauchen, wenn der Zustand meiner Mutter rechtzeitig erkannt worden wäre und man ihr ganz einfach die richtige Medizin verschrieben hätte. Meine Psychiater hatten mir jahrelang vorgehalten, daß sie unzurechnungsfähig gewesen sein müsse und daß sie in die Psychiatrie hätte aufgenommen werden müssen. Aber auch wenn sich ihr verwirrter Geist über die Realität erhoben hatte, jetzt wußte ich, daß keine Elektroschocks sie hätten zur Besinnung bringen können und auch keine therapeuti-

schen Gespräche oder Psychopharmaka. Sie hätte nur Progesteron gebraucht. Vielleicht war das sogar die schlimmste Entdeckung.

Am selben Nachmittag saß ich mit all meinen Aufzeichnungen bei meinem Psychiater, der Nummer sechs. Bebend und außer mir vor Wut las ich sie ihm vor. Immer wieder kam ich vor Weinen nicht weiter.

Er schob mir über den Schreibtisch eine Packung Papiertücher zu, während er mich forschend ansah. Er hieß Marco. Er war Befürworter von »du« und »dir« als Basis für eine Vertrauensbeziehung. Auf seinem Schreibtisch lag eine Muschel, die er aus den Ferien mitgebracht hatte. Wenn er nicht praktizierte, was er sich dank unserer psychischen Not etwa dreimal im Jahr erlauben konnte, mußten wir Gestörten, Traumatisierten und Besessenen selbst zusehen, daß wir nicht ins Wasser gingen. So waren die Regeln. Bevor er in den Skiurlaub oder zum Segeln fuhr, schloß Marco immer einen Antiselbstmordpakt mit einem ab.

»Wenn es wahr ist, was du jetzt von deiner Mutter vermutest, Ellen«, sagte er langsam, »hilft dir das dann auch, mit der Vergangenheit ins reine zu kommen? Das wäre natürlich ein enormer Durchbruch.«

Die Vergangenheit? Meinte er meine Vergangenheit? »Was ist das eigentlich für ein Komplott?« schrie ich auf einmal. »Mein halbes Leben lang beschreibe ich euch Arschlöchern ihr Verhalten schon bis ins Detail und niemand …«

»*Du* bist mein Patient, nicht deine Mutter. Und außerdem, was du mir hier vorliest, beruht auf ziemlich neuen Erkenntnissen.«

»Neu! Schon seit dem Jahr null bringen Frauen Kinder zur Welt! Was ist in all den Jahrhunderten mit jungen Müttern geschehen, die nach einer Geburt endokrinologisch in Schwierigkeiten gerieten? Sind die im Irrenhaus gelandet?«

»Endokrinologie gab es im Jahre null noch nicht. Laß uns lieber betrachten, was diese Entdeckung für dich bedeuten kann! Wenn dies ein Anknüpfungspunkt ist, um dich mit deiner Mutter auszusöhnen, dann will ich daran natürlich mächtig mit dir arbeiten.«

»Es ist ein Skandal, der zum Himmel schreit! Sie hätte einfach behandelt werden können.«

»Nicht mit dem medizinischen und psychiatrischen Wissen von damals«, sagte er geduldig. »Sei jetzt mal vernünftig, Ellen! Wie kann man etwas erkennen, wenn man nicht weiß, daß es existiert und wie es heißt? Wie hätte der Zustand deiner Mutter also je als eine körperliche Krankheit betrachtet werden können zu einer Zeit, als diese noch nicht als solche bezeichnet wurde? Du sagst es gerade selbst: Jede Form von postnataler Depression wurde damals noch als eine psychische Erkrankung angesehen, oder sogar als eine eingebildete. Und wen gedenkst du jetzt noch dafür zur Verantwortung zu ziehen?«

Marco selbst mochte natürlich die Idee auch nicht sonderlich, daß man aus einem rein körperlichen Grund unzurechnungsfähig sein kann. Man stelle sich vor, daß dies für einen Teil seiner Patienten zutraf. Wenn die durch die Einnahme von dreimal täglich einer Pille gesund werden können, wie kam er dann jemals noch auf die Bahamas?

Ich schneuzte meine Nase in eines von seinen Papiertüchern und sagte: »Ich glaube nicht, daß ich einen neuen Termin mit dir machen möchte.«
»Warum flüchtest du jetzt?« Er lehnte sich zurück, seiner selbst gewiß. Er war nur ein paar Jahre älter als ich. Die Möglichkeit war groß, daß er während meines ersten Semesters gerade Examen machte und zu der Verbindung gehörte, die einmal mit dem kompletten Getränkevorrat meines Studentenclubs durchgebrannt war: Sturzbesoffen kamen sie zu achtzehnt in den Keller, umringten unsere Bar, gingen in die Knie, riefen irgendwas Primitives und hoben dann gemeinsam das ganze Ding hoch, so daß die Bierleitung riß und wir außerdem bis zu den Knöcheln im Schutt unserer atomisierten Gläser standen.
»Ellen! Träum nicht!«
»Was? Was hast du gesagt?« Ich hatte manchmal diese Blackouts.
»Warum willst du auf einmal weg?« Seine Nikotinfinger spielten mit der Muschel auf dem Schreibtisch. Denn Marco mit seinem Antiselbstmordpakt liebte die Glimmstengel.
»Weil ich dich nicht mehr brauche.«
»Du glaubst doch nicht, daß deine Beschwerden nun von selbst ein Ende nehmen? Du hörst Stimmen, du leidest an …«
»Du bist es, der ein Problem aus diesen Stimmen macht. Ich nicht.«
»Geistig gesunde Menschen hören keine Stimmen. Wenn du dich in dieser schwierigen Situation wieder in deine Wahnvorstellungen flüchtest, wenn du es Billie und Kes

erlaubst, die Herrschaft über dich zu erringen, dann wirst du unwiderruflich ...«
»Meine Schwester heißt Sibylle, mein Bruder Kester.«
»So hießen sie früher. Sie sind tot.«
»Solange ich lebe, sind sie nicht tot. Das ist kein Wahn, das ist die Wirklichkeit. Das weiß jeder, der jemals jemanden geliebt hat, der nicht mehr da ist.«
»Aber du mußt weiterkommen in deinem Leben. Auch in Zukunft mußt du sehen, daß du wichtige Beziehungen aufbaust.« Er richtete sich halb auf, ich sah den Schlitz seiner Cordhose über dem Schreibtischrand erscheinen. Es war aber beabsichtigt, daß ich auf seinen Ehering schaute, den er mir triumphierend hinhielt. Sieh mich an, Ellen! Ich werde auf die richtige Weise geliebt, von den Lebenden. Mit einem bißchen Glück machen wir dich dafür auch fit.
»Puh!« sagte Billie, und ich lachte laut auf.
Ich schaute auf meine Hände: ohne Ring, aber Hände, die alles machen konnten, was Kes sah. Wir könnten zum Beispiel ein Katapult zimmern, um nach mittelalterlicher Kriegskunst durchs Fenster Kadaver in Marcos Praxis zu schießen. Dann säße er auch mal bis zur Hüfte in den Leichen.
Meiner Meinung nach wußten die Leute einfach nicht, worüber sie sprachen. Sie hatten überhaupt keine Ahnung.
»Also, Marco«, sagte ich, »ich geh dann mal.«
»Setz dich wieder hin, Ellen! Du hast ernsthafte Probleme. Wir haben noch gut zehn Minuten.«
Ich wollte zwar auch etwas mehr Ruhe und Gleichgewicht, aber nicht, wenn ich dafür alle Liebe in meinem

Leben aufgeben mußte. Während ich aus dem Zimmer ging, suchte ich in meiner Tasche nach dem Fahrradschlüssel. »In der linken Jackentasche«, sagte Kes.
Vor dem Haus sah ich, wie Marco sich hinter den cremefarbenen Lamellen auf den nächsten Klienten vorbereitete. Er drehte sich eine Zigarette und blätterte in einem Dossier.
Ich war plötzlich ganz ausgelassen. »Was machen wir jetzt?« fragte ich.
»Gleich haben wir 'ne Vorlesung Inneres«, sagte Billie bedeutungsvoll. Sie fand meinen Prof toll. Wir setzten uns immer in die erste Reihe und versuchten, mit schlauen Fragen seine Aufmerksamkeit zu erregen. Er war ein Könner. Die meisten Internisten waren im übrigen nette Leute. Sie mußten ganze unglückliche Tage lang in kranken Eingeweiden herumwühlen und dann feststellen, daß der Krebs sich schon lange hoffnungslos ausgebreitet hatte. Wie altes Papier waren sie durch den Umgang mit ihren verzweifelten Patienten weich geworden. Wir hatten schon mehr oder weniger fest beschlossen, daß ich Internistin werden würde.
Ich sprang auf mein Fahrrad.
Kes und Billie waren gut aufgelegt, als ich aus Marcos Straße herausfuhr. Diesen Seelenquäler wären wir nun auch wieder los. Dem hätten wir eher den Laufpaß geben sollen. Sag doch selbst, Ellen!
Und endlich fühlte ich den mysteriösen, wummernden Kopfschmerz weichen, der mich quälte, seit ich einen Psychiater nach dem anderen aufsuchte. Mutig erhob ich mein Haupt und ließ mein übliches Biotop aus Bordsteinkante, Straßenbelag und Gullydeckel hin-

ter mir. Ich schaute hoch. Über der Stadt wölbte sich ein grauer, bewölkter Himmel mit ein paar Spatzen. Während ich weiterradelte, befühlte ich meinen Kopf, meine Schläfen: kein bißchen Schmerz. Es war eine Befreiung ohnegleichen.

»Holla«, sagte Billie, »gleich liegen wir unter der Straßenbahn!«

Ich trat weiter in die Pedale, schwindlig vor Erleichterung. So ging es einem also, wenn man das Heft selbst in die Hände nahm. Man wurde sofort belohnt, wenn man an sich selber glaubte. Was Marco auch immer behaupten mochte, ich war in der Lage, aus eigener Kraft weiterzugehen. Und jetzt, da ich die Wahrheit kannte, brauchte ich niemals mehr an mir selbst zu zweifeln. Ich war von allen Vorwürfen erlöst, die ich mir im »Einhorn« selbst gemacht hatte, und von allen Anschuldigungen, die ich meinen Eltern in der Schreitherapiegruppe zubrüllen mußte: Keiner von uns hatte etwas falsch gemacht.

Diese gemeinen Dinge, die ich wutschäumend und auf muffige Kissen einprügelnd, meiner toten Mutter zugeschrien hatte. Heute abend noch würde ich zu ihrem Grab gehen. Ich wußte nun endlich, worauf sie unter dem schweren steinernen Herz wartete. In der trüben Tiefe wollte sie mich sagen hören: »Mama, ich vergebe dir.«

»Was gibt's für *dich* denn zu vergeben?« fragte Kes prompt.

Gerade noch rechtzeitig hielt ich vor einer roten Ampel.

»Hast *du* eine Plastiktüte über den Kopf bekommen? *Du* hast leicht reden.«

»Ja, das ist mal wieder typisch Ellen«, sagte Billie. »Die denkt nun mal immer nur an sich selbst. Sie ist wie Papa.«

Papa!

Ein Schock wie ein Knall. Selbst ich mit all meiner Phantasie konnte mir nicht vorstellen, daß auch mein Vater eine postnatale Depression gehabt haben könnte.

Die Ampel schaltete wieder auf Grün, dann wieder auf Rot und erneut Grün. Es war, als stünde ich im stroboskopischen Licht einer Diskothek, der Verkehr raste um mich herum, Lärm und Licht, und gleich würde wie immer ein Mann von Billies Reizen angelockt werden und mich mit ins Bett nehmen.

Oft erwachte ich in einem unbekannten, selten gelüfteten Zimmer, in dem sogar die Gardinen vom abgestandenem Rauch der Gauloises vollgesogen waren. Das schmuddelige Bettzeug, die an Essensresten aneinanderklebenden, über dem Boden verstreuten Teller, und dann mußte man auch noch vor Tagesanbruch, klebrig und ungewaschen, über eine knarrende Treppe die Beine in die Hand nehmen, bevor eine geizige Vermieterin ihre Rechte geltend machte.

Der Reserveslip in meiner Tasche, die Tube Zahnpasta, an der ich während meines Aufbruchs leckte, um meinen Atem etwas aufzufrischen.

Manchmal versuchte ich, mich mit Billie zu arrangieren, aber sie wollte nichts davon hören.

»Hey, bist du auch in Ordnung?« Mitten in all dem Straßenlärm hielt jemand meinen Arm fest. Ein junger hagerer Mann mit einem Fahrrad an der Hand bohrte

seinen Blick in meinen, legte besorgt das Gesicht in Falten. »Du taumelst ganz schön.«
Ich konnte kein Wort herausbringen.
»Setzen wir uns doch kurz irgendwohin«, sagte Thijs, und er lotste mich auf die andere Seite. Er war nicht Billies Typ. Er war kein Riese. Eher ein Schlaks. Er nahm mich mit zu »McDonald's«.
Am Schalter bestellte er Kaffee. Ich nahm ein Milchshake für Kes, für Billie eine Schale Salat und für mich selbst einen Hamburger. Ich setzte mich mit Thijs an einen Resopaltisch und versuchte, jeden fröhlich zu stimmen. Na komm, Kes, sonst willst du auch immer Erdbeergeschmack! Billie, guck mal, da bist du doch so verrückt drauf!
»Geht es wieder ein bißchen?« fragte Thijs.
Ich biß in meinen Hamburger mit diesem nichtssagenden amerikanischen Pappgeschmack, und bevor ich darüber nachdenken konnte, erzählte ich ihm von der Firma Van Bemmel. Sofort sah ich meinen Vater wieder vor mir, deutlicher als seit Jahren. Während ich Thijs beschrieb, wie er den ganzen USA gewachsen gewesen war, dachte ich bitter: fünfzig Bundesstaaten und den District of Columbia unter seiner Herrschaft, aber seine eigenen Kinder hat er nicht beschützen können.
Du, Papa, du hättest für uns eintreten müssen. Aber du hast keinen Finger gerührt. Auf dem Zettel, den die Polizei bei den leblosen Körpern gefunden hatte, stand nur: »Wir werden dafür sorgen, daß sie nicht leiden.« Weiter nichts. Nur dieser eine vollständige Satz. Ihr habt es zu zweit getan, und von euch beiden warst du

derjenige, der mit klarem Verstand gehandelt haben muß: deine Hormone waren nicht durcheinander. Du hast uns deiner blinden Liebe für eine kranke, labile Frau geopfert. Immer, immer ging sie vor. Wer sagt eigentlich, daß Kinder von verliebten Eltern es gut getroffen haben? Wir nicht. Wir waren in gewisser Hinsicht schon Waisen, als ihr noch lebtet. Ich hoffe, daß du in der Hölle braten mußt.

»Wenn man das so hört, hast du als Kind deinen Vater sehr lieb gehabt«, sagte Thijs. »Du bist ganz aus der Fassung. Lebt er etwa nicht mehr?«

Ich schlang meine kalten Hände umeinander. »Nein, er ist schon Jahre tot.« Ich dachte: Na dann Marco, viel Glück in der Liebe, aber schön, daß ich es nie wagen werde, mich auf sie einzulassen. Lebensgefährlich.

»Ach«, sagte Thijs bedauernd, »wie ...«

Schnell sagte ich: »Aber erzähl doch du mal was!«

Er hüstelte kurz. »Ich bin Architekt. Aber ich baue gar nichts. Ich entwickle neue Nutzungsmöglichkeiten für alte Gebäude.« Er rührte mit dem Plastiklöffel in seinem Kaffee und lachte, während seine Augen vor Begeisterung leuchteten. »Man könnte sagen, daß mein Fach darin besteht, kurzen Prozeß mit der Vergangenheit zu machen.«

Mit spitzen Lippen sagte Billie: »Dieser Junge ist nichts für dich, Ellen.«

»Wollen wir dann mal wieder los?« fragte Kes.

Gehorsam knüllte ich meine Serviette zusammen und begann, das Geschirr auf meinem Tablett ineinander zu stapeln.

»Magst du den Rest von deinem Hamburger nicht

mehr?« fragte Thijs. Er zog das Brötchen zu sich hinüber und biß hinein.
Wenn ich jetzt jemandem erklären müßte, wie und warum es zwischen mir und Thijs etwas wurde, würde ich den Film unseres gemeinsamen Lebens bis zu diesem schicksalhaften Augenblick zurückspulen: Als er meinen halben Hamburger zum Mund führte. Die Selbstverständlichkeit dieser Geste, ihre unglaubliche Intimität. Als ob wir zu einer Familie gehörten.
Kauend fragte er: »Und du? Arbeitest du? Studierst du?«
»Medizin.« Wie von selbst nahm ich ihm den Hamburger wieder aus der Hand.
»Aha!« sagte Thijs, den Ketchup aus seinen Mundwinkeln wischend. »Ich sitze einer Retterin von Menschenleben gegenüber.«
»Sag das nur!« höhnte Billie.
»Nun laß mich doch«, flehte ich sie an, »laß mich noch kurz!« Ich nahm einen Bissen.
»Es ist dein Hamburger«, sagte Thijs erstaunt. »Ich dachte nur, du wolltest ihn nicht mehr.«
Ich zermahlte das gebratene Gehackte und das schlaffe Brötchen und stellte mir dabei vor, daß ich seinen Speichel schmecken könne, wie eine seltene exotische Zutat.
»Willst du praktischer Arzt werden? Oder wirst du dich spezialisieren?«
»Wir werden Internist«, sagte Billie.
»Du meinst, daß du einen Internisten heiraten willst«, antwortete ich schroff.
»Nein, nein, nicht unbedingt«, sagte Thijs. »Ich komme

aus einer Familie ohne Magen- und Darmstörungen.«
Er legte seine dünnen Arme auf den Tisch und sah mich unbefangen an. »Was soll ich also mit einem Internisten?«
Und während ich den letzten Bissen reinschob, wurde mir auf einmal klar, daß ich überhaupt keine Ärztin mehr werden wollte, nicht, wenn man dabei solche dramatischen Irrtümer auf sein Gewissen laden mußte wie den, dessen Opfer unsere ganze Familie geworden war.
»Hey«, sagte Thijs, »was hast du?«
Er war ein Architekt, der nicht baute: Ich brauchte also auch nicht ein Arzt zu sein, der Menschen heilte. »Ich werde Pathologe«, sagte ich.
Sofort wußte ich, daß das ein Volltreffer war. Kes und Billie würden es toll finden, wenn ich definitiv die Seite der Toten wählte. »Leichenschneider«, verdeutlichte ich, extra für sie. Der alte Kopfschmerz, der in den letzten Minuten wieder angeschwollen war, ebbte etwas ab.
Thijs sah mich interessiert an. »Na, ein normales Mädchen bist du nicht.«
»Du solltest erst mal wissen, wie anormal«, sagte ich.
Und der Rest ist, wie man so sagt, Geschichte.

Es ist warm geworden. Typisches Augustwetter, schwül und drückend mit Temperaturen, bei denen man sich einen heftigen Regenschauer förmlich herbeisehnt. Ich bin froh, daß ich mit Jan Bramaans Erlaubnis schon vier Stunden pro Tag aufstehen darf, so daß ich durch das offene Fenster wenigstens etwas Luft schnappen kann.

Nicht mal ein schwacher Luftzug bewegt die Lamellen der Jalousien, die ich wegen der grellen Sonne fast ganz geschlossen halte. Man kann den Asphalt auf der Straße riechen. Weit in der Ferne hört man das Getrappel von Hufen aus dem Reitstall, wo Pferde in stummer Ergebenheit durch den heißen Sand traben.

Unendlich träge verrinnen hier die Stunden, während ich mir ganz sicher bin, daß anderswo die Zeit fehlt. Es ist, als stehe die Uhr still wie bei der Teeparty in »Alice im Wunderland«, und als sei ich der Siebenschläfer, für immer in ein und derselben Stunde gefangen. Aber diese Trägheit ist gut für Ida-Sophie, das ist das einzige, was zählt. Um ihretwillen würde ich notfalls noch drei heiße Sommer regungslos in meinem Stuhl verbringen.

Im Haus machen Lucia und ihre Kinder Lärm. Die Mädchen wollen nach draußen, ins Schwimmbad, zum Strand. In beleidigtem Ton quengeln sie um ein Eis. Dann sind sie plötzlich alle drei still.

Dadurch werde ich sogleich aus meinem Dösen aufgeschreckt. Ich erwarte, daß die Quengelei bald wieder anhebt, aber statt dessen bleibt es unnatürlich ruhig. Und im selben Moment sehe ich Bas mit seinem Fahrrad am Gartentor stehen.

Er wirft einen prüfenden Blick auf das Haus, als wolle er sich seiner Vermutungen vergewissern: Jawohl, die Jalousien sind geschlossen. Wenn man dazu noch bedenkt, daß die Post nicht beantwortet wird, muß Ellen im Urlaub sein. Jedermann fährt ja zur Zeit in Urlaub. Seine Lippen bewegen sich: Gut erkannt, Bas. Mit einer zufriedenen Miene geht er den Gartenweg entlang, in einem

verwaschenen T-Shirt mit abgeschnittenen Ärmeln, und dann verschwindet er aus meinem Blickfeld.
Erschrocken ziehe ich mich an der Fensterbank hoch, um ihn durch die Ritzen der Jalousie zu verfolgen. Die riesige Clematis neben der Haustür verdeckt ihn. Einige Augenblicke später erscheint er wieder mit dem grünen Gartenschlauch über der Schulter, den Rasenmäher vor sich herschiebend. Am rostigen Außenhahn schließt er vor sich hinpfeifend den Schlauch an. Dann beginnt er mit energischen Schüben den Rasen zu mähen.
Gespannt lausche ich auf das rasselnde Geräusch, während ich mich in meinem Stuhl so klein wie möglich mache. Jeden Moment kann sein Blick auf mein offenstehendes Fenster fallen. Er wird ... Aber da höre ich schon das Rauschen des Wassers. Er sprengt den Rasen, ganz vertieft in die Aufgabe, die er sich selbst auferlegt hat. Auch früher konnte er sich immer nur auf eine Sache konzentrieren.
Ich rieche den frischen Duft des gemähten Grases.
Don't you mind going through all this trouble, Bas?
No, actually, Ellen, I love every minute of it.
Was denkt er? Warum schickte er mir neulich diese Karte? Warum wollte er mich dringend sprechen?
Vorsichtig lehne ich mich wieder nach vorn, um einen kurzen Blick auf ihn zu erhaschen.
Er ist fertig. Mit dem Rücken zu mir rollt er ruhig den Schlauch auf, seinen Pferdeschwanz wie immer halb in die Halsöffnung des T-Shirts gestopft. Nun wird er gemächlich in den hinteren Garten gehen, um dort zu mähen und zu sprengen, während Lucia und ihre Kinder mit angehaltenem Atem unter dem Küchentisch kauern,

die Knie angezogen, die Köpfe ängstlich zusammengesteckt.
Vor langer Zeit hat Kester mich schleichen gelehrt wie eine Rothaut. Zuerst mußt du an deine Fußsohlen denken und dann an die Ästchen, die darunter knacken könnten. Drei Minuten auf den Zehen stehen und so tun, als ob du kein Gewicht hättest. Das war schwierig, aber das gehörte dazu.
Ohne das kleinste Geräusch könnte ich nun mein Zimmer verlassen, mich lautlos durch das stille Haus bewegen und unbemerkt nach draußen gelangen. Ich würde nur an meine Fußsohlen denken müssen, schon stünde ich hinter Bas und tippte ihm sacht auf die Schulter. Ich würde sein Gesicht in einem Lächeln aufgehen sehen. Ha, Ellen! Ich dachte gerade noch, daß du …
Ich habe seine unergründliche Fürsorge nicht verdient. Zu gegebener Zeit wird er das selbst auch begreifen. Meine Waden verkrampfen sich, ich will aus meinem Tipi heraus, ich will alles erklären, ich will es wiedergutmachen, bevor er auf seine Dachterrasse mit den Geranientöpfen verschwindet.
»Willst du vielleicht Ida-Sophie verlieren?« funkt Billie kurz angebunden dazwischen. »Du darfst so eine Strecke überhaupt noch nicht laufen.«
Trotz der Hitze fröstele ich bei dem Gedanken. Nein, ich gehe nirgends hin.
Wir sitzen bewegungslos da.
Hinter dem Haus tut Bas seine Arbeit. Ich nehme an, daß er dabei aufgekratzt mit sich selber spricht: »Hätte ich früher daran denken müssen. Und morgen schön die

Rabatten säubern. Ellen wird staunen, wenn sie nach Hause kommt.«

»Ellen! Ellen!« ruft Lucia eindringlich.

Mit einiger Mühe richte ich meinen Blick auf sie. Sie steht in der Türöffnung, erhitzt und verstört. »Hier war ein Mann im Garten ... Ist er schon weg?«

»Ja.«

»War das dieser Freund von dir?«

Ich setze mich aufrecht. »Ja. Ich hatte dir doch gesagt, daß er früher oder später vorbeikommen würde.«

»Du hast Glück, so jemanden zu haben.«

»Ja, allerdings. Ich habe wieder mal alles, und du hast nichts.« Verständnislos schaut sie mich an.

Plötzlich fahre ich aus der Haut. »Laß uns doch nicht länger um den heißen Brei herumreden! Du denkst immer, daß ich es großartig getroffen habe, aber wenn ich dir erzählen würde, was ich alles ...« Erschrocken presse ich die Zähne wieder zusammen, es wird ihr nicht gelingen, mich aus der Reserve zu locken.

»Halt doch deinen Mund, Mensch!« Sie schreit es mir direkt ins Gesicht. »Ich habe nur gesagt, daß du Glück hast mit so einem Freund, und du kriegst gleich wieder einen dicken Hals!« Sie kommt ins Zimmer, bewegt sich dabei schwerfällig. »Du bist mir schon so eine, du!« Sie fängt an aufzuräumen, planlos, hier ein Handtuch aufnehmend, dort ein imaginäres Stäubchen wegwischend. »Ich hab wirklich genug von deinem überspannten Getue, verstehst du mich?«

»Das paßt ja gut.« Ich stolpere fast über meine Worte vor Wut. »Denn du bist mich ja schon fast los. In ein paar Wochen ziehst du die Tür hier einfach hinter dir

zu. Tschüs und alles Gute! Und wohin gehst du dann eigentlich wieder, was hast du gesagt?«
Sie bleibt stehen, halb über eine Wandleiste gebeugt.
»Du wirst doch inzwischen bestimmt Pläne haben.«
Als sie sich aufrichtet, schimmern Tränen in ihren Augen.
»Nein, nein! Ich habe noch keine Pläne! Ich weiß es nicht! Jetzt zufrieden?«
Sie erscheint so wehrlos, daß meine Wut verfliegt. Matt sage ich: »Na ja, wir haben ja auch noch etwas Zeit.«
Sie räumt die Zeitungen und Zeitschriften zusammen, die um mein Bett verstreut sind. An ihren Schultern sehe ich, daß sie weint. »Jesus, Lucia, nimm nicht gleich alles so schwer!«
»Das sagst ausgerechnet du.« Sie holt ein Taschentuch aus ihrem Ärmel und putzt sich die Nase. »Ich verstehe einfach nicht, warum du dich immer so eklig aufführst.«
»Nun ja, ich ...« Aber ich finde keine Worte, mein Verhalten zu rechtfertigen. Bin ich denn auch nur ein Haar besser als Lucia, die so fügsam in ihrer Opferrolle aufgeht? Bin ich nicht ebensosehr die Gefangene von ...
»Du bist ihr doch keine Rechenschaft schuldig«, sagt Billie.
»Nur uns«, sagt Kes. »Denk daran!«
»Sorry«, murmele ich.
Lucia wirft mir ein scheues, um Vergebung bittendes Lächeln zu. »Ach, ich bin auch nicht immer die Angenehmste. Soll ich Eistee machen? Oder hättest du lieber frisches Obst? Ich hole schnell mal ein Stück Melone für dich.«

Ich schäme mich. Ich will sie zurückrufen. Aber plötzlich drückt Ida-Sophie ihren Ellbogen so fest gegen eine meiner Rippen, als ob nun sie an der Reihe sei, ein Sträußchen mit mir auszufechten.
Mit einem Seufzer lege ich meine Hände auf den Bauch. Ida-Sophie, Ida-Sophiechen, was willst du von mir? Meine ungeteilte Aufmerksamkeit? Die hast du schon. Du kommst an erster Stelle, das weißt du genau.

Manchmal habe ich Angst, und die Zukunft erscheint mir ungewiß mit einem kleinen Kind, dessen genetisches Material ich zur Hälfte nicht kenne. In Gedanken betrachte ich oft ihre Zehen, Fingerspitzen oder Ohrläppchen und vergleiche sie mit meinen. Oder ich studiere die Linien in ihren molligen Handflächen: links, was das Schicksal für sie in petto hat, rechts das unbeschriebene Blatt ihrer Gegenwart.
Wo, in welcher Hautfalte, wird ihre Vergangenheit erkennbar? Wo werde ich die Spuren wiederentdecken, die Spuren der Knochenmarkspunktion, die gemacht werden mußte, als man befürchtete, Ida könne Leukämie haben? Wo entdecke ich die Stunden, die sie kurz danach unter Röntgenapparaten verbracht hat wegen der unerklärlichen Knochenbrüche? Wird noch etwas auf die inneren Verletzungen hinweisen, die dann folgten, den brennenden Hautausschlag, den Durchfall?
Das letzte Foto in meinem Album ist ein Porträt, mit grellem Blitzlicht ganz aus der Nähe aufgenommen, es ist kaum noch etwas geblieben von dem kecken Baby, das sie war, nachdem sie von ihrer Magenverengung erlöst worden war. In ihrem abgemagerten Gesicht sind

die trüben Augen nur einen Spalt geöffnet, ihre Nase wirkt leprös und eingefallen, von ihren Haaren sind nur ein paar kümmerliche Büschel geblieben.
Kes hat dieses Foto gemacht. Er hatte damals gerade sein Teleobjektiv angeschafft, nach Monaten des Sparens.

Beim verrückten Grimassenschneiden behalte ich mit einem Auge die gläserne Tür des Wintergartens im Blick und mit dem anderen die Kerze und den Weihrauch an Sophies Wiege: Heute abend bin ich an der Reihe mit dem Wachehalten. Meine Mutter ist in der Küche, um Billie in Biologie abzuhören. Sie sind gerade bei den Wirbeltieren.
»Und nun eins, auf dem du nicht schief guckst, Ellen«, sagt Kester.
»Nein, nun eins von Sophie.«
»Sophies Arm«, ruft Carlos, »genau wie beim Doktor!«
»Wenn sie bloß nicht aufwacht durch das Blitzlicht«, sagt Kes.
»Du kannst mit diesem Objektiv doch auf Abstand gehen? Na los! Für Mama. Das stecken wir dann in einen schönen Rahmen für sie.«
Kester brummt was vor sich hin. Er haßt es, daß ich immer die besten Ideen habe. Aber da kann ich ihm auch nicht helfen. Ich schaue in die Wiege, ob Sophie gut liegt. Sie atmet schnell und rasselnd. Vorsichtig streiche ich eine Haarsträhne über die kranke Stelle an ihrer Schläfe. Ich ziehe die Decke bis an ihr Kinn. Der Gipsarm soll nicht mit aufs Foto kommen.
Kester stellt die Kamera ein, während er halblaut Zahlen murmelt. Es dauert eine Ewigkeit. Dann drückt er den

Auslöser. »Zur Sicherheit gleich noch eins«, sagt er und kommt ein paar Schritte näher. »Geh mal von der Wiege weg!«

Ich setze mich auf die Korbbank neben Carlos. »So bist du doch wieder zu nah dran. Du mußt ...« Ich drehe mich um, weil ich höre, daß die Tür aufgeht.

Es ist mein Vater.

Überrascht starre ich ihn an. *Mister Invisible himself.*

Umständlich schließt er die Tür hinter sich. Dann sagt er ganz formell: »So, Leute.« Er verzieht den Mund. Er steckt seine Hände in die Hosentaschen, holt sie dann wieder heraus und schaut sich um, als sei er nicht ganz sicher, daß er sich einfach irgendwo hinsetzen kann. Eine lange Stille tritt ein, in der allein das Ächzen der Bank zu hören ist, weil Carlos aufsteht. Auf seinen kurzen Beinchen rennt er zu Papa. »Ich habe drei Glas Milch getrunken!«

»Ja, das kann ich sehen.« Er hebt Carlos hoch. »Wenn du so weitermachst, wirst du ein Riese. Du bist jetzt schon fast zu schwer für mich.« Dann blickt er flüchtig von Kes zu mir. »Und wie geht es hier sonst so?«

Kester dreht schweigend an den Ringen seines neuen Objektivs, ich höre sie leise klicken. Findest du es nicht meisterhaft, wie Papa Tapete spielt, Ellen? Mußt erst mal Kes sehen: Der kann störrisch sein wie ein Esel. Wir Luft für Pap? Dann ist es er auch für uns. Wir sind nicht um die Finger zu wickeln wie Carlos. Wir haben unsere Grundsätze.

»Habt ihr eure Zunge verschluckt?« fragt mein Vater gequält jovial. Carlos ist damit beschäftigt, auf seine Schultern zu klettern. Er kräht.

Kester fährt mit einer Hand durch sein Haar. Er ist mindestens so hip wie Billie, nur weiß er das nicht. Meiner Meinung nach sitzt er in den Momenten, die er *privacy* nennt, heimlich über einem Dampfbad gegen seine Mitesser. Wenn man mich fragt, kann selbst Elvis noch neidisch auf ihn sein. Das werde ich Kes bald mal sagen.

»Papa, schau mal, ich habe ein Teleobjektiv!« platzt er plötzlich mit sich überschlagender Stimme heraus. »Es paßt auf deinen Apparat, aber ich werde nun natürlich auch noch auf eine eigene Kamera sparen.« Er lacht, schief und verlegen.

»Mein Gott, was für ein Gerät! Wieviel ASA hat der Film, der gerade eingelegt ist?«

»Hundert«, sagt Kes eifrig.

»Das werden dann bestimmt total gute Fotos.«

Neid und Wut vermengen sich zu einem Kloß in meinem Magen. Mir ist ganz schlecht. Wenn ich nicht aufpasse, breche ich in Tränen aus. Du bist auch immer so eine Heulsuse, Ellen! Mußt du denn über jeden Mist weinen? »Schafskopf«, sagte ich laut zu Kester. »Es sind zweihundert ASA. Es ist Papas Kamera und Papas Film. Du verstehst nichts davon!«

Vater stellt Carlos auf den Boden und setzt sich neben mich auf die Bank, noch einen ganzen halben Meter von mir entfernt. Ich ziehe meine Knie hoch und lege meine Arme um sie.

»Ich wollte mal mit euch sprechen.« Er wendet mir sein Gesicht zu.

Es ekelt mich an, daß er nicht rasiert ist. Ich sehe, daß Haare aus seiner Nase wachsen, ich gucke genau darauf.

Ich verlagere mein Gewicht von einer Pobacke auf die andere. »Du willst uns sicher sagen, daß du dich von Mama scheiden lassen willst«, sage ich barsch, »und daß du dann irgendwo anders wohnen wirst.«
Carlos läßt sich neben Papa auf die Bank plumpsen. »Warum?« fragt er mit weitaufgerissenen Augen.
Kester sagt nichts. Er hat plötzlich einen Kopf wie eine Bombe. Mitten im Wintergarten steht er, als wolle er Wurzeln schlagen.
»Wie kommst du da nun wieder drauf?« fragt mein Vater. Unsicher streicht er an seinem Kinn entlang. »Du brauchst wirklich nicht bange zu sein, daß ich ... Ich werde ... Ich werde Mama und euch nie ...«
Ärger steigt in mir auf. Ich will keinen Vater haben, der stottert und herumdruckst. Ich will einen, der sagt, was Sache ist, einen, dem man nicht jedes Wort aus der Nase ziehen muß. »Warum schläfst du dann im Büro?« schleudere ich ihm ins Gesicht.
Er versucht zu lachen. »Oh, dir entgeht aber auch nichts.«
»Und tagsüber sitzt du da auch die ganze Zeit, sogar wenn wir essen!«
»Ja, weil ... Schau mal, es ist wahr, daß Mama und ich ... Wir hatten Streit, aber das kommt von selbst wieder in Ordnung, da brauchst du dir keine Gedanken drüber zu machen. Ich versuche, ihr im Moment einfach nicht allzusehr in die Quere zu kommen, damit sich alles ein wenig setzen kann. Verstehst du das? Sie ist in letzter Zeit so leicht aufbrausend. Sie ist so ...«
Hilfesuchend blickt er mich an. Meinst du nicht auch, Ellen? Gut, daß ich die schmutzige Wäsche nicht in aller

Öffentlichkeit gewaschen habe. Ich fixiere meinen Blick auf den Ficus in der Ecke. Grundsätze geben Halt.

»Mädelchen.« Er reicht mir seine Hand. »Komm mal her!«

Ich bewege meine Zehen in den Schuhen. Ich fühle mich schrecklich hilflos. »Was wolltest du nun eigentlich mit uns besprechen?«

Er zieht seine Hand zurück und sagt: »Ehrlich gesagt, mache ich mir Sorgen um Mama. Sie ist nicht wie sonst, finde ich. Vielleicht irre ich mich auch, ich habe mich in letzter Zeit ja ein wenig fern gehalten. Aber ich wollte doch mal von euch hören, was ihr davon haltet.«

»Was sollen wir wovon halten?« frage ich.

Mein Vater hüstelt. »Sie ist doch nicht gemein zu euch, oder?«

Kester blickt zur Decke.

Carlos hat unter der Bank einen Lego-Stein gefunden und dreht ihn zwischen den Fingern hin und her. Sein Mund steht halb offen. Er sieht aus wie ein Idiot.

»Ihr wißt doch, daß ihr immer zu mir kommen könnt, wenn was ist?« fragt mein Vater.

Mit einem Ruck blicke ich auf. »Stimmt nicht. Deine Tür ist den ganzen Tag zu.«

»Ich habe dir gerade erklärt, warum. Aber vielleicht, ja mein Gott, Ellen, vielleicht mache ich damit alles falsch. Vielleicht sollten Mama und ich einfach … ein paar Wochen zwischendrin raus … Wenn wir zu zweit einfach mal Urlaub machen würden, dann …«

»Ich auch«, sagt Carlos. Er zieht unruhig an Vaters Ärmel.

»Das macht sie nie«, höhne ich. »Du glaubst doch nicht,

daß sie Sophie einfach im Stich läßt, um mit dir an irgendeinem Strand zu liegen.«
Mein Vater steht auf und geht zur Wiege. Seine Knie zittern leicht. »Dieser Bruch heilt von selbst, dafür braucht sie Mama nicht.«
»Ja, dieser Bruch! Aber dann kriegt sie wieder einen neuen!« Mama sagt immer, daß unser Schwesterchen nur mal mit ihrem Ärmchen winken muß, und schon ist ihr Handgelenk gebrochen. Solche zerbrechlichen Knochen sind selten: Die Ärzte verstehen das auch nicht. Ärzte taugen nur zum Schienen.
»Du verstehst gar nichts, du«, poltere ich heraus. »Du sitzt hinter deinem Schreibtisch, während wir …«
»Und jetzt ist Schluß mit den Unverschämtheiten, Ellen!«
Kochend vor Wut springe ich auf und renne aus dem Wintergarten, bevor ich von diesem Sadisten noch einen Schlag an den Kopf kriege. Ich nehme auf der Treppe drei Stufen auf einmal. Oben schnappe ich mir mein Tagebuch und schreibe alles rasend schnell auf. Genau so, wie es ist: daß man meinen Vater einfach vergessen kann. Es ist genauso, als ob er gar nicht da wäre.
Meine Wangen glühen, und als ich mit dem Schreiben fertig bin, lehne ich mich aus der Dachluke, um mich ein wenig abzukühlen. Es ist ein bewölkter, windiger Abend. Ab und zu lugt ein pockennarbiges Stück Mond hervor, aber nie für lange. Die alten Griechen dachten, die elysischen Gefilde lägen auf dem Mond. Dorthin gingen ihre Toten.
Ich lasse mich wieder auf mein Bett fallen und krickele mit Großbuchstaben in mein Tagebuch: GEH ZUM MOND!
Und plötzlich schießen mir Tränen in die Augen.

Vor wieviel Mondlandungen saß ich bei meinem Vater auf dem Schoß, um Apollo 11 zu sehen? Die NASA ist inzwischen schon bei Apollo 15 oder 17. Ich begreife nicht, warum sie das in Houston alles machen: Der Mond ist ja unbewohnt, das haben Papa und ich mit eigenen Augen gesehen. Er ist kalt und dunkel und unwirtlich.

Michiel und seine Lego-Burg

31. März 1973

Ich habe meinen Bruder Carlos nur ein einziges Mal besucht, damals, als er fünf wurde. Ich hatte ihn schon fast ein Jahr nicht mehr gesehen. Zu Anfang hatte ich noch regelmäßig mit ihm gesprochen: Alle vierzehn Tage rief Marti die Familie Kamphuis an, um ein Schwätzchen zu halten, danach wurde Carlos an den Apparat gerufen. Marti ließ mich dann in ihrem Büro allein. Sie wußte, daß sie mir vertrauen konnte.

An den Stahlschreibtisch gelehnt, an dem Carlos und ich unsere Zeichnungen für sie gemacht hatten, wartete ich voller Ungeduld auf meinen Bruder: Ich mußte ihm tausenderlei Dinge sagen und Fragen stellen. Zwei Wochen lang freute ich mich ständig, wieder mit ihm zu sprechen, jeden zweiten und vierten Sonntag des Monats hatte ich auf meinem Kalender mit einem roten Herzen, durch das ein Pfeil ging, markiert. Ich konnte oft an nichts anderes denken.

Meine Sehnsucht steckte mir wie eine Fischgräte im Hals: Ich räusperte mich immer wieder, während ich wartete. Ich schmachtete einfach nach seinen vertrauten Warums, und ich wollte ihm zehn Minuten lang schmatzende Küsse durch den Hörer schicken.

Seine klare Stimme klang befremdlich in meinem Ohr. »Ellen?«

»Blöder Hund«, raunzte ich, schlagartig verärgert, »hast du mich vielleicht nicht erwartet? Ich rufe doch sonst auch immer um diese Zeit an. Wofür mache ich mir eigentlich diese Mühe?«

Er ging nicht darauf ein. »Ich darf heute abend aufbleiben.«

»Na, dann wirst du morgen wieder ungenießbar sein. Dummkopf! Du mußt doch rechtzeitig ins Bett. Verstehst du mich?«

»Stimmt nicht! Ich darf ...«

»Sonst läufst du den ganzen Tag rum und jaulst und jankst, das machst du doch immer! Was für ein Baby du doch bist!« Jedesmal aufs neue. Was ich mir auch vorgenommen hatte – ohne es zu wollen, kamen doch wieder verletzende Worte über meine Lippen, genau wie da-

mals meine Hände wie von selbst ein halbes Jahr Henry Kissinger vernichtet hatten. Nie brachte ich es fertig, zu sagen: »Charly, ich vermisse dich so.« Vielleicht vermißte ich ihn in Wirklichkeit also überhaupt nicht.
Darum teilte ich Marti nach einigen Malen mit gepreßter Stimme mit, daß ich die Telefonate nicht mehr brauchte. Sie hielt mich für ein undankbares Ding. Es war doch gerade so nett von der Familie Kamphuis, den Kontakt zwischen uns beiden zu erlauben. Daraus konnte man doch sehen, daß sie das Beste für meinen kleinen Bruder wollten, und auch für mich. Und ich wolle doch sicherlich wissen, wie es ihm erging?
Das wußte ich schon lange. »Er hat zwei Hamster und einen Zug mit einer echten Dampflokomotive«, leierte ich herunter. »Und unter seinem Bett, in das man mit einer Leiter steigen muß, steht eine blaue Kiste mit Spielsachen, alles nur für ihn. Und sonntags essen sie Pfannkuchen.«
»Na, dann bist du vielleicht neidisch auf Michiel.«
»Er heißt Carlos! Und sonntags ist Krokettentag!« Ich kochte: daß man die Wirklichkeit so ungestraft verfälschen konnte! Ich strich die Herzen auf dem Kalender durch, ich kratzte so lange mit dem Filzstift darüber, bis sie schwarze Löcher waren. Sobald ich morgens aufwachte, sah ich das zerfressene Ding da hängen. Ich hatte den Kalender von Marlies bekommen, als sie noch dachte, daß wir Freundinnen seien. Wofür brauchte ich eigentlich einen Kalender mit Ponyfotos? Ich hatte niemanden, dessen Geburtstag ich da eintragen konnte. Ich warf den Fetzen weg, schlug Livius auf und vertiefte mich blindlings in seine endlosen Reihen von Kohorten.

Ich lernte und lernte: Das füllte wenigstens meinen Kopf aus, wenn all die Soldaten durch meine Hirnschale marschierten, ob auf dem Weg zu einem Sieg oder zu einer Niederlage machte Livius nichts aus. Er hat alles nur aufgeschrieben. Ein ›wehe, wehe‹ hörte man nicht von ihm.
Die Zeit verflog nicht wirklich, es war mehr ein zähes, unabänderliches Kommen von Tag und Nacht, Nacht und Tag. Ich konnte nicht sagen, daß ich glücklich war. Dann kam ein Brief.
Ich hatte im »Einhorn« nur einmal Post bekommen. Das Tulpenfeld von Bas verblich schon über meinem Bett, als würde er, der einzige Lebende, den ich noch aus meiner Kindheit kannte, nun auch langsam in das Schattenreich überwechseln. Dennoch konnte der Brief nur von ihm kommen. Ich ließ drei Tage verstreichen, bis ich ihn öffnete, als könnte dies das Leben von Bas ausdehnen. Schließlich siegte meine Neugier.
Sie hatte den Brief mit »Mutter Kamphuis« unterschrieben.
Marti sagte, ich müsse hingehen, keine Diskussion. Sie gab mir Geld für ein Geschenk für Carlos und für den Zug.
Ich kaufte einen Plüschhund, der Tobi hieß, und ging dann zu dem Bahnhof, den Carlos und ich in der Christnacht nicht hatten finden können. Bahnhof Haarlem. Die schreckliche Kälte damals. Der weite Weg durch die eisglatten, ausgestorbenen Straßen. Die Art, in der mein alter Rektor gesagt hatte, daß mein Bruder bei ihm nicht untertauchen könne. Man kann sich auf nichts und niemanden verlassen, nie.

In Beverwijk standen sie zu dritt auf dem Bahnsteig und warteten auf mich.
»Wie schön, Ellen«, sagte Mutter Kamphuis. Sie hatte immer noch diesen grauen Knoten. Verlegen gab ich ihr die Hand.
»Gib deinem kleinen Bruder mal schnell einen dicken Kuß!«
Carlos trug eine neue Windjacke. Er war größer geworden und hatte keine Babylocken mehr. Er hielt seine Hände auf dem Rücken. Ich konnte mich nicht dazu überwinden, ihm einen Kuß zu geben.
»Wir müssen uns alle erst ein bißchen aneinander gewöhnen«, sagte Vater Kamphuis beruhigend.
Sie wohnten dicht beim Bahnhof in einem kleinen quadratischen Haus ohne Vorgarten. Im Wohnzimmer standen eine beige Couchgarnitur und ein glänzender Wandschrank mit gläsernen Türchen. Ich war noch nie in so einem Haus gewesen, ich fühlte mich groß und mächtig, als sei ich beim Überschreiten der Schwelle plötzlich gewaltig gewachsen.
Einer der Stühle am Eßtisch war mit Girlanden verziert. Auf den mußte sich Carlos setzen. Vater und Mutter Kamphuis waren schwer beschäftigt, leise sprachen sie miteinander. Sie schenkten Cola für uns ein: Nicht einmal *The Real Thing,* sondern Pepsi. Sie stellten eine riesige Schokoladentorte auf den Tisch, mit fünf Kerzen, die mein Bruder ausblies, nachdem sie beide mit sich überschlagender Stimme »Hoch soll er leben« gesungen hatten. Dann wurde die Torte angeschnitten. Gemütlich, nicht? Willst du? Soll ich? Oh, warte kurz!
Ich aß mein Stück Kuchen so langsam wie möglich, weil

man mit vollem Mund wenigstens nicht zu sprechen brauchte. Carlos trug einen Pullover mit Rundausschnitt.
»Ellen will bestimmt gerne deine Geschenke angukken«, sagte Mutter Kamphuis, aufmunternd von ihm zu mir blickend. »Ja, nicht wahr, Ellen?« Sie deutete mit den Kopf schnell zu dem Päckchen, das ich noch immer nicht überreicht hatte. Ich zog es schnell zu mir heran.
Vater Kamphuis räusperte sich.
»Womit verdienen Sie Ihr Geld?« fragte ich, erleichtert, weil mir endlich ein Gesprächsthema eingefallen war.
Er schaute mich erstaunt an. »Ich bin Wirtschaftsprüfer.«
»Das ist bestimmt langweilig«, sagte ich höflich.
Mutter Kamphuis lachte laut auf und versuchte, ein Räuspern daraus zu machen. »Du bist natürlich neugierig auf das Zimmer deines Bruders. Warum geht ihr nicht und schaut es euch mal zusammen an?«
Hinter Carlos lief ich die Treppe hoch. Er krabbelte nicht mehr auf Händen und Füßen. Eigentlich konnte ich es nicht begreifen, daß er in aller Ruhe weitergewachsen war, ohne mich.
In seinem Zimmer kletterte er genauso hurtig die Leiter zu seinem Hochbett hinauf. Es stimmte also, das mit dem Bett. Ich staunte nicht schlecht. Als er nichts sagte, setzte ich mich darunter, auf die blaue Kiste, und schaute auf seine schlenkernden Beine. Er hatte Donald-Duck-Socken an.
Danach betrachtete ich eine Zeitlang seine Hamster, die dichtaneinandergedrückt in einem gläsernen Behälter voller Sägespäne lagen und schliefen. Den Zug, von

dem mein kleiner Bruder immer so geprahlt hatte, sah ich nicht. An der Wand hingen Zeichnungen. Wie man sah, konnte er nun schon einiges mehr als Bilder ausmalen. Ich fragte mich, ob seine Haut schon operiert war. Vielleicht würden sie ihn gehen lassen, wenn sie alle Operationen bezahlt hatten. Das war ja der Grund, warum man ihn von mir getrennt hatte. Ohne jeden Widerstand hatte er sich mitnehmen lassen. Er hätte auch aufbegehren können. Er hätte einfach gleich wieder weglaufen müssen. Hatte er vergessen, daß er zu mir gehörte? Nach allem, was ich für ihn getan hatte? Was dachte er sich eigentlich? Und sogleich wußte ich die schmerzliche Antwort: Mein Bruder dachte, daß er Michiel Kamphuis sei.

Mein ganzer Körper lehnte sich auf, ich mußte mich fast übergeben. Ich war der Zement, aber ich hatte versagt: Carlos' Name würde für immer in der Liste auf dem Herz von Stein fehlen, unter dem man mit soviel Sehnsucht auf uns wartete. Nur der meine würde hineingemeißelt werden. Ich sah schon die Funken von den Werkzeugen fliegen, ich hörte das klirrende Geräusch von Stahl auf Stein und roch den aufgewirbelten Staub. Aber das war nicht genug.

Carlos war tot, toter noch als der Rest meiner Familie.

Ich stand auf. Mein linkes Bein zitterte, und fast fiel ich hin. Mitten im Zimmer blieb ich verwirrt stehen. Ich konnte mich nicht entscheiden, ob ich mich umdrehen sollte. Ich wußte einfach nicht, was geschehen würde, wenn ich ihn auf seinem Bett sitzen sehen würde. Und was dachte er die ganze Zeit? Was würde er tun, wenn ich … Wenn ich was?

Er saß aufrecht wie eine Kerze und starrte mich mit einem abweisenden Gesichtsausdruck an. Er hielt einen großen Plüschdalmatiner an sich gedrückt, den er mechanisch streichelte. Er brauchte meinen Tobi überhaupt nicht.
Und dann sah ich plötzlich die dünnen roten Streifen an seinem Hals. Es waren schon neue Hautpartien verpflanzt worden. Wenn ich klagte, daß ich zu klein oder zu groß sei, zu dick oder zu dünn, sagte meine Mutter früher immer: »Tja, Ellen, ich kann dich nicht noch einmal backen lassen.« Aber genau das machten sie mit Carlos. Er hatte nicht nur einen neuen Namen bekommen, er kriegte auch ein neues Äußeres.
Ich taumelte zurück, bis ich mit meinem Rücken gegen die Tür stieß.
Oben auf seinem Bett, in seinem Zimmer voll schöner Sachen, die extra für ihn gekauft worden waren, streichelte Michiel Kamphuis sein Kuscheltier, als gehe ihn nichts anderes etwas an. Dann nahm er ein Bilderbuch und fing an, interessiert darin zu blättern.
Erst auf der Treppe begann ich zu weinen. Ganz blind vor Tränen wankte ich nach unten, nahm meine Jacke von der Garderobe und verließ heimlich das Haus. Wir hatten kein Wort gewechselt, kein einziges Wort.

Es tut mir noch immer leid, daß ich im »Einhorn« sofort sein Foto von der Wand riß und in tausend wutbeladene, schmerzerfüllte Schnipsel zerfetzte. Er war darauf breit lachend zu sehen, unter einer riesigen Schirmmütze von Drum. Die hatte er von Sjaak bekommen. Es war ein so schönes Foto.

Dies hier ist älter. Hier sieht man Carlos mit seinen Lego-Steinen. Er hat eine Burg gebaut. Mit unsicherem Stolz blickt er zu meiner Mutter hoch, die neben ihm steht. Sie hat einen glücklichen, offenen Gesichtsausdruck. Es ist das allerletzte Foto meines Albums.

Wenn man sie so sieht, kann man nur konstatieren, daß sich ein Wunder ereignet haben muß: Sie hat ein Leuchten in den Augen, sie ist wieder wie früher, unsere aufgeräumte, fest mit beiden Beinen auf der Erde stehende Mutter.

Es ereignete sich einfach, wie sich das für ein richtiges Wunder gehört, und deshalb war es auch echt und glaubwürdig: Wir kamen eines Mittags aus der Schule, als sie mit dem Basteln von Osterküken beschäftigt war, sie hantierte mit Draht, Watte und Kreppapier. Sie sagte gutgelaunt: »Ihr lacht euch schief, wenn ihr meinen Osterhasen seht.«

Es war so normal, sie so beschäftigt zu sehen, daß mir erst nach einer Stunde, beim Satz des Pythagoras, klarwurde, wie ungewöhnlich dies gerade in der letzten Zeit gewesen war. Ich schlich die Treppe hinunter und beobachtete sie durch den Spalt der Küchentür. Es berührte mich seltsam, meine Mutter so heimlich auszuspähen.

Carlos saß mit ihr am Küchentisch, sie schwatzten ununterbrochen, während sie Schnäbelchen aus rotem Karton ausschnitten. Charlies rundes Gesicht strahlte vor Vergnügen. Sophie quengelte in ihrer Wiege, aber meine Mutter kümmerte sich nicht darum.

»Oh, wie schön hast du das gemacht, Liebling«, sagte sie zu meinem kleinen Bruder.

Ich hatte fast vergessen, wie sehr ich sie liebte.

Wir sprachen miteinander nicht darüber. Wir liefen alle auf Zehenspitzen durch das Haus, voller Furcht, das Gleichgewicht zu zerstören. Was war geschehen? Was hatte das Blatt gewendet? Aber mit jedem neuen Tag schien die Frage unwichtiger zu werden. Sie hatte jetzt nicht mehr ihre Bauchrednerstimme. Von Gott und Beelzebub sprach sie nicht mehr. Sie kochte Unmengen von Kesters Lieblingssuppe mit Makkaroni. Er beschäftigte sich gerade mit der Quadratur des Kreises, und dafür könne er eine solide Grundlage gut gebrauchen, sagte sie. Sie brachte Carlos und mir die lebende Pyramide bei. Billie durfte ihre alten Sachen wieder anziehen. Manchmal ließ sie Sophie länger als eine Stunde allein. Sie brachte meinem Vater den Kaffee ins Büro.

Jeder sagte, daß sie gut aussehe. Esmée, Marie-Louise, Bas rührend, wie einig sie sich in diesem Punkt waren. Ich war so glücklich, daß es mir gelungen war, nicht die schmutzige Wäsche gewaschen zu haben. Ich hätte den ganzen Tag singen können. Nur wenn meine Mutter sich über Sophies Wiege bog, befiel mich wieder die alte Spannung. Ich beobachtete sie dann mit Argusaugen, aber ich machte mir grundlos Sorgen. Sophie strotzte vor Gesundheit. Plötzlich gab es keine Knochenbrüche oder sonstige unerklärliche Erkrankungen mehr. Beim Abendessen brauchten wir nicht mehr zu beten: »Gnädige Mutter, mach unsere Schwester wieder gesund und stark!«

Unser Gebet war erhört worden, in aller Stille, ehrfurchtgebietend.

Logisch eigentlich, daß das Leben nun wieder normal

verlief. Es war eigentlich eher die Frage, was überhaupt jemals nicht gestimmt hatte. Tatsächlich hatte niemand etwas davon gemerkt.

Morgens beim Frühstück roch ich manchmal Mamas besonderen Geruch, und Papa aß wieder mit uns am Tisch. Wenn er ihr beim Herüberreichen des Salzes kurz in die Finger kniff, sah ich, wie glücklich er war. Wie froh es ihn doch machte, daß sie ihn wieder genau wie früher den Suppentopf ausscheuern ließ oder ihn bat, kurz mal beim Falten der Laken zu helfen. Dann standen sie sich gegenüber, beide mit einem Ende in jeder Hand, und zogen so fest sie konnten. Das war nötig, weil die Laken sich beim Waschen verzogen. Es endete immer damit, daß einer den anderen umriß.

Zu Anfang war mein Vater genauso behutsam wie wir. Nie mehr wich meine Mama zurück, wenn er ihr im Vorbeigehen kurz über die Wange strich oder wenn er immer dann, wenn er meinte, daß wir nicht hinsahen, mit einer Hand beiläufig an ihren Po faßte.

Sie nähte einen Knopf an sein Oberhemd, ohne daß er es erst ausziehen mußte. Mit Nadel und Faden saß sie auf seinem Schoß und sagte: »Noch irgendwo was, das ich beheben soll?«

Wir bekamen manchmal das alte irritierende Gefühl, daß die beiden sich wie Teenager benahmen.

Billie sagte: »O Gott, da wird wieder ein Kind draus!«

Kes sagte: »Stell schon mal das Wasser auf!«

Ich fragte meinen Vater danach. Und ob Orson nun wieder ins Haus dürfe.

Mit funkelnden Augen schneuzte er sich zunächst umständlich die Nase.

»Du lachst mich aus!«
»Im Gegenteil, Schatz.« Er zog meinen Kragen zurecht. »Brauchst du nicht mal eine neue Bluse?«
Zusammen fuhren wir am Samstag nachmittag zu V&D nach Haarlem, ich durfte bei ihm hinten aufs Rad. Er kaufte für mich eine weiße Bluse mit goldenen Schmetterlingen und für Mama eine Flasche Parfüm. Vielleicht waren wir doch hauptsächlich wegen dieses Parfüms in die Stadt gefahren.
Zu Hause sagte Mama, daß er sein gutes Geld nicht für irgendeinen Unsinn für sie ausgeben solle. Er lachte. Er sagte, daß er noch sehr viel mehr für sie in petto habe. Er war aufgekratzt und fröhlich.
Meine Mutter sagte neckend, daß er aussehe wie jemand, der bald etwas Aufsehenerregendes und Ruchloses tun würde.
»Bestimmt nicht Papa«, sagte Billie säuerlich.
Er antwortete: »Oh, du irrst dich, ich mußte für deine Mutter einen Mord begehen.«
Die Krokusse kamen bereits aus der Erde. Morgens in aller Frühe sangen die Amseln, daß es eine wahre Lust war, und ich begann ernsthaft über meinen kommenden Geburtstag nachzudenken, in acht Wochen. Ich wollte »Dracula« von ZZ & De Maskers, eine Flasche Patschuli, eine afghanische Jacke und »Das Alltagsleben im alten Griechenland«.
Dann schlug das Wetter um. Einige Wochen nach Ostern wurde es erneut winterlich rauh und kalt. Wir konnten unsere Pullover wieder herausholen. Wenn Kes und ich mittags die Päckchen zur Post gebracht hatten, kamen wir naß und klamm nach Hause. In der Firma Van Bem-

mel niesten alle. Eines Mittags sagte meine Mutter: »Es ist soweit.«

»Was meinst du?« fragte ich. Ich war allein mit ihr in der Küche. Sie schälte Kochbirnen, ich Kartoffeln. Wir hatten die Lampe an.

»Daß es Zeit ist für eure Vitamine, Schatz.« Sie klang ruhig, aber als ich aufschaute, sah ich neben der Ruhe eine tiefe Traurigkeit in ihr Gesicht geschrieben.

Meine Mutter war keine ausgesprochen schöne Frau. Sie hatte zwar eine reine Haut, und ihr pechschwarzes Haar glänzte immer, aber ihre Gesichtszüge waren doch sehr viel unregelmäßiger als die meiner Griechischlehrerin. Ihre Lippen waren etwas zu voll, ihre Nase war eine beinah unsichtbare Nuance schief, ihre Augen saßen etwas zu tief in den Höhlen. Es war ein Gesicht, das in Bewegung sein mußte, um anziehend zu sein. Und doch kam sie mir in diesem Moment stiller Traurigkeit schöner vor, als ich sie jemals gesehen hatte.

Leise sagte sie: »Wir lieben euch so schrecklich.«

»Mach dir mal keine Sorgen, Mama! Wir werden bestimmt nicht krank.«

»Nein, nicht, wenn ihr eure Vitamine einnehmt.« Sie erstrahlte noch immer in diesem Licht überirdischer Schönheit, ein einzigartiges Strahlen. Sie blickte auf ihre Hände, dann sagte sie: »Wir werden dafür sorgen, daß ihr nicht leidet.«

Bei dem Gedanken, daß sie wieder einen ihrer alten Anfälle bekommen könnte, brach mir der Angstschweiß aus. »Wir nehmen einfach doppelt so viele Vitamine, als du für nötig hältst.«

Ihr Mund lächelte, aber ihre Augen blieben stumpf, als

ob ihr etwas schwere Schmerzen verursache. »Das ist eine gute Idee, Ellen. Ich gehe sie gleich holen.«
Ich schälte noch eine Kartoffel, meine Hände zitterten, mir gelang keine schöne Spirale. Sie kam mit ein paar Pillenschachteln zurück. Schweigend holte sie zwei blaue Schälchen aus dem Küchenschrank und schüttete die Pillen hinein. Sie stellte sie vor mich auf den Tisch. »Komm mal her, große Tochter!«
Bevor ich es richtig begriff, saß ich bei ihr auf dem Schoß. Sie hatte ihre Haare an diesem Morgen gewaschen. Sie knisterten von statischer Elektrizität. Unwillkürlich fing ich an zu lachen, als sie an meinen Ohren kribbelten.
»Ellen«, sagte sie, »wie machen wir das?«
»Wir nehmen für jeden eine Schale.« Es schien mir so einfach wie nur was. Für Mamas Seelenfrieden würden die anderen genau wie ich notfalls einen ganzen Suppenteller Vitamine wegfuttern. »Und die stellen wir zu den Kochbirnen auf den Tisch.«
»Ja, meinst du?« Sie war erleichtert, das hörte ich.
Ich sprang auf und holte fünf Schälchen.
»Auch für Papa und für mich«, sagte sie.
Ich lief wieder zum Schrank.
»Komm noch mal kurz her«! sagte sie.
Ich setzte mich wieder auf ihren Schoß und lehnte mich an sie. Sie war seit Sophie etwas dicker geworden, sie war sehr weich. Sie rührte mit ihrem Zeigefinger in den Pillenschachteln. Erst in der einen, dann in der anderen. »Die hat damals Sibylle noch abgeholt. Mit dem Rezept von dem verrückten Hausarzt. Da sieht man es wieder, alles hat seine Bedeutung.« Sie seufzte kurz. »Wir dach-

ten, zwei von jeder. Aber du meinst, vier sind besser? Hoffentlich reichen sie.«
Sie begann, die Pillen abzuzählen. Weiße Tabletten und sandfarbene Kapseln, die mich an die Astronauten von Apollo 11 erinnerten. Wie würden wir herumspringen, wenn wir die genommen hätten! Wir würden unsterblich sein. Unseretwegen brauchte sich Mama keine Sorgen mehr zu machen.

Lucia steht mit ihrem dürftigen Gepäck fertig im Flur, als Jan Bramaan sich meldet. Er klingelt einmal kurz und einmal lang.
»So«, sagt er und schaut flüchtig von ihr zu mir. »Sind alle soweit?«
Monatelang habe ich auf diesen Moment hingelebt. Endlich werde ich das Haus wieder für mich allein haben. Aber ich spüre den heftigen Triumph nicht, den ich mir ausgemalt hatte. Das ist immer so, wenn man sich zu sehr auf etwas freut.
Die Mädchen sitzen mit trotziger Miene auf der Treppe. Sie wollen nicht in eine Wohnung in Hoofddorp. Samantha hat Tränen in den Augen.
»Dann gehen wir mal«, sagt Lucia.
»Ja«, sage ich. »Also besten Dank für alles, und viel Erfolg in eurem neuen Leben!«
»Dir auch vielen Dank.«
All diese Förmlichkeiten. Und Abschiednehmen ist ja ohnehin nicht meine stärkste Seite. Zieh endlich Leine, Lucia! Habt ihr Vanessas Zahnspange eingepackt, oder fliegt die noch irgendwo herum?
»Ich meine es tatsächlich so, wie ich es gesagt habe«, be-

ginnt sie langsam. »Denn wenn du nicht so unausstehlich gewesen wärst, wenn du nicht so plump und taktlos immer wieder aufs neue von meiner Zukunft angefangen hättest, würde ich noch immer glauben, daß es die normalste Sache der Welt ist, ständig auf der Flucht zu sein.« Sie hält mir die Hand hin. Nicht, damit ich sie schüttele, sondern damit ich den Finger sehe, an dem der Ehering fehlt: Lucia hat den Knoten durchgehauen, sie hat mit Hilfe einer Sozialarbeiterin die Scheidung eingereicht. Die letzten Wochen hat sie mir davon ständig die Ohren voll geheult.

Dank mir haben ihre Kinder nun keinen Vater mehr. Ich bücke mich und streiche der kleinen Rochelle, der eine große Rotzglocke an der Nase hängt, über das Haar.

»Ich würde gern vor dem Stau losfahren, meine Damen«, sagt Bramaan.

Ich kann Lucia zum Abschied doch schlecht einen Kuß geben.

»Ich rufe dich mal an«, sagt sie.

»Na, dann sage ich einfach, daß du falsch verbunden bist.«

»Ach, du bist unverbesserlich.« Sie legt die Arme um mich und zieht mich ungestüm zu sich heran.

Jan Bramaan sagt: »Ich bringe schnell das Gepäck in den Wagen.«

Kleine Hände fassen nach meinen Beinen, nach meinem dicken Bauch. Eingeklemmt zwischen Lucia und ihren Kindern breche ich fast in Tränen aus. Ich habe hier gelebt wie in einem Grab, vor ihrer Ankunft. Und wenn ihre warmen Körper nun wieder verschwinden, wenn ich nirgendwo im Haus mehr Stimmen höre …

»Heulsuse Ellen«, sagt Billie.
»Immer etwas nah am Wasser gebaut«, sagt Kes.
»Hört auf!« wehre ich mich verzweifelt meiner Haut.
Lucia läßt mich los. Sie sagt: »Mein Gott, ich vermisse deinen trockenen Humor schon jetzt.«
Und dann geht sie. Wirklich, sie geht. Einem neuen Leben entgegen. Mit hängenden Schultern trotten die Mädchen hinterher. Nur Samantha bleibt auf dem Gartenweg noch kurz stehen und winkt mir zu.
Was kümmert es mich. Ich gehe hinein und setze einen Pfefferminztee auf. Ich habe das ziemlich unbezwingbare Verlangen nach einer Zigarette. Statt dessen esse ich eine halbe Rolle Kekse. Dann setze ich mich auf die Terrasse in den Schatten. Es ist noch immer sehr warm. Die Hortensien lassen die Blätter hängen. Ich könnte Bas anrufen.
Ich hole das Telefonbuch und schlage es auf. Und plötzlich, hinter den sieben Ziffern links oben auf der Seite, taucht er auf in seinem roten Jäckchen am Auskunftsschalter. »Garten-Center«, wird er sagen. Und darauf sage ich: »Bas? Störe ich? Hier ist Ellen.« Ich muß mich bei ihm noch bedanken für die Mühe, die er sich mit meinem Garten gemacht hat. An guten Manieren stirbt man nicht.
»Garten-Center.« Es ist eine Frauenstimme.
Ich zögere. Aber wovor habe ich eigentlich Angst? Ich kriege mit Billie und Kes bestimmt keinen Krach wegen Bas. Das ist noch nie passiert.
»Kann ich Bas Feerman sprechen?«
»Moment.«
Er ist ja von früher, er ist sicher, er gehört zu uns, es gibt

nichts, was er von uns erfahren könnte, das er nicht schon wüßte. Thijs horchte mich ständig aus, jahrein, jahraus, mit Engelsgeduld, über jedes Detail wollte er Klarheit. Wer den Hergang nicht kennt, kann nur fragen, fragen, fragen, bis man halb wahnsinnig davon wird. Bas wird mir nie auch nur eine schmerzliche Frage stellen.

»Feerman.«

Ich halte den Hörer ganz fest. »Hier ist Ellen«, bringe ich heraus.«

»Hey, ist nicht wahr, du bist wieder da!« Ich höre die Freude in seiner Stimme. »Hast du einen schönen Urlaub gehabt?«

»Ja. Du bist hier gewesen, nicht? Der Garten sieht prächtig aus.« Warum stammele ich wie ein verlegenes Kind?

»War halb so schlimm. Ich wollte eigentlich die Rabatten einsäen, aber ich wußte nicht, was du willst. Soll ich heute abend schnell mit Samen vorbeikommen? Wenn wir gut wässern, klappt es noch prima.«

Warum sollte alles auch immer kompliziert sein? Ich bin doch nicht so kontaktgestört, wie Lucia meint. »Aber gern. Ich dachte an Lupinen und etwas Kapuzinerkresse und ...«

»Ich bringe Verschiedenes mit. Ich bin nach sechs da.«

Nachdem ich den Hörer aufgelegt habe, bleibe ich noch einige Minuten mäuschenstill sitzen, aus Angst vor einem Migräneanfall.

Schließlich stehe ich auf und gehe in die Küche. Hier habe ich an jenem Abend Billie und Kester gefunden, mit Plastiktüten über dem Kopf, die mit einem Gummiband am Hals verschnürt waren. Die beiden

saßen zusammengesackt am Küchentisch, vor sich die Schälchen, in denen die Pillen gelegen hatten, die ich für sie bereitgestellt hatte. Billie trug orangefarbenen Nagellack.
O Billie! Billie mit ihrem Dekolleté voller Sommersprossen, ihrem kleinen Radio, mit dem sie nachts im Bett »*Candlelight*« hörte, mit ihren Arztromanen, in denen blonde Krankenschwestern immer das Glück fanden, mit ihren rasierten Achseln und ihren Schaumgummi-Cups: für immer sechzehn, all ihrer Pläne und Träume beraubt. Was hätte ich anderes tun können, als mein Haus und mein Herz für sie offenzuhalten, bedingungslos, und ihr hier ein Zimmer einzuräumen, mit Wattebäuschchen auf dem Boden und Fotos von Filmstars an den Wänden: für immer sechzehn?
»Du bist ein Teufelsweib«, antwortet sie frotzelnd. Der leichte Ton in ihrer Stimme ist nur Schein. Meine lebenslustige Schwester kann ja nicht, so wie Lucia, an irgendeinem Tag beschließen, daß sie von ihrer alten Opferrolle genug hat. Sie kann das Heft nicht in die eigene Hand nehmen und ihrem Leben eine neue Richtung geben. Sie kann nichts mehr. In Frieden ruhen können Kester und sie aber genausowenig, nicht, solange ich lebe: Sie sind zu einer Existenz in meinem Kopf verurteilt, mit noch weniger Bewegungsfreiheit, als ich sie hatte, als ich Ida-Sophie zu verlieren drohte. Ich bin verantwortlich für sie beide, ich kann nicht anders, und muß von Zeit zu Zeit mit ihren Launen vorliebnehmen.
Auf der Anrichte liegt unser IKEA-Katalog. Hier Billie, diese Gardinen hatte ich mir vorgestellt. Und so eine Halogenlampe, Kes, gefällt dir die?

An jenem schicksalsträchtigen Abend war ich während des Nachtisches aufgestanden, weil Orson in seinem Zwinger anfing zu bellen. Er stand auf seinen Hinterpfoten und wartete auf mich, ganz außer sich. Ich gab ihm seinen Pansen, aber den wollte er gar nicht. Er machte weiterhin Lärm und sprang an mir hoch. Schließlich wußte ich mir nicht mehr anders zu helfen, nahm die Leine und ging ein ganzes Stück mit ihm spazieren.

Als ich nach gut einer Stunde wieder zurückkam, sah ich vom Garten aus die Silhouetten meiner Eltern im Wintergarten. Es brannte kein Licht, aber das brauchte ich auch nicht, um mir die Szene vorzustellen. Mein Vater würde sich wie immer häufiger nach dem Essen für ein Nickerchen auf die Korbbank gelegt haben. Meine Mutter saß bei ihm. Sie hielt seine Hand. Sein Kopf lag auf ihrem Schoß. Ich begann zu pfeifen, während ich in die Küche lief. Wir kämen, fand ich, für einen Oscar in Betracht, einen Oscar für die Musterfamilie. Dennis Hopper würde im Fernsehen die beleuchteten Stufen herunterkommen, in seinen *»Easy-Rider«*-Stiefeln, und unseren Namen verlesen. Die ganze Welt würde applaudieren.

In der Küche wurde mir nicht gleich klar, was mit Billie und Kester los war, die zusammengesackt in ihren Stühlen hingen, diese Tüten über dem Kopf. Ich dachte an ein Spiel. Dann sah ich Sophies Füßchen aus einer Abfalltüte auf der Spüle herausragen.

Im selben Moment begann Orson draußen wieder zu bellen. Erst als er endlich aufhörte, vernahm ich ein anderes Geräusch. Unter dem Tisch, auf dem noch eine einzige nicht angerührte Pillenschale stand, hustete Carlos in seiner Plastiktüte.

Bas hat nicht nur Samen mitgebracht, sondern auch eine Kiste Enzianpflänzchen und blaßrosa Wasserlilien für den Teich. Er kommt mit den Sachen in den Garten, hinten herum, genau wie damals, als wir beide noch fast jeden Abend gemeinsam gegen das wilde Geißblatt und andere Feinde kämpften.
Unsicher erhebe ich mich aus meinem Stuhl auf der Terrasse, auf der ich den ganzen Nachmittag gewartet habe. Da er nun da ist, fühle ich mich plötzlich so anziehend wie ein Nilpferd. Mal los, Billie, mach was!
»Also«, sagt er aus tiefstem Herzen, »für jemanden, der so lange Urlaub gemacht hat, siehst du ziemlich blaß aus.«
»Hallo auch«, antworte ich.
Sein Blick geht von mir zu dem Kühler mit Weißwein, den ich bereitgestellt habe. Ein einziges Gläschen wird Ida-Sophie nicht schaden.
»Da sind wir also«, sagt er ungeschickt, nachdem ich eingeschenkt habe.
»So ist es.« Sind es meine Lügen, die ich zwischen uns stehen fühle? Ich könnte ja beichten, daß ich überhaupt nicht weg gewesen bin... Ich würde Lucia damit schließlich nicht mehr schaden.
»Was für ein Wetter, nicht?« sagt er und rutscht auf seinem Stuhl hin und her.
»Ja. Prost!«
»Auf deine Gesundheit! Geht es gut mit ...« Er zeigt auf meinen Bauch.

»Könnte nicht besser sein«, sage ich automatisch. Oh, verdammt, jetzt habe ich meine Chance verpaßt.
Wir schauen beide auf die Koniferen, die unseren Kahlschlag überlebt haben. Einige Zypressen sind verdorrt.
Matt sage ich: »Da weiter oben könnte der Enzian ...«
»Hast du meine Karte noch bekommen?«
»Ja, klar.«
Sein Gesicht verzieht sich nervös. »Die Sache ist die, seit du hier wieder aufgetaucht bist, liegt mir etwas im Magen. Oder eigentlich schon länger, natürlich. Ich muß mit dir darüber sprechen.«
»Was meinst du?«
»Ich hatte es dir gleich sagen wollen, aber ich fürchtete, alte Wunden aufzureißen, also hoffte ich einfach, daß du selbst einmal von damals anfangen würdest.« Er warf mir einen verstohlenen Blick zu. Damals: ein mit aller Vorsicht gewähltes Wort. Das Blut erstarrt in meinen Adern. Ist er also doch sensationshungrig, genau wie Marlies und Gerda und all die anderen? Was will er mich fragen? Was will er von mir wissen? Warum ich damals nicht sofort zu meinen Eltern in den Wintergarten gerannt bin, zum Beispiel? Wäre das nicht die logischste Reaktion gewesen für eine zu Tode erschrockene Zwölfjährige? Welcher Instinkt war dafür verantwortlich, daß ich Carlos unter dem Tisch hervorzog und schnell in den Keller schleppte? Er würgte, und seine Lippen waren blau.
Bas beugt sich zu mir herüber. »Ich muß dir dies hier zeigen, Ellen. Ich kann nicht anders.«
Er reicht mir ein doppelt gefaltetes Stück Papier.
Ich falte es auseinander. Es ist ein alter Notizzettel mei-

nes Vaters. Seine deutliche Handschrift, der weite Buchstabenabstand, die schwungvollen Initialen. Unwillkürlich kneife ich meine Augen zusammen, reiße sie dann wieder auf.

»Es geht um das Datum.« Bas zeigt darauf.

6. April 1973.

Am 7. April hatte die Polizei, alarmiert von Bas, der immer als erster ins Büro kam, morgens früh die fünf leblosen Körper im Haus gefunden. Es waren keine Spuren von Gewalteinwirkung festzustellen.

Voller Unverständnis starre ich auf den abgegriffenen Notizzettel in meiner Hand: Stunden vor dem schrecklichen Abend, genau an diesem Tag, hatte mein Vater Bas mit diesem Zettel gebeten, eine Urlaubsreise für zwei Personen nach Florida zu buchen. Es sollte für meine Mutter eine Überraschung sein, schrieb er dazu. Das Ganze war als zweite Hochzeitsreise gedacht.

Bas legte seine Hand auf meinen Arm. »Verstehst du, Ellen? Dies ist doch kein Auftrag von jemandem, der vorhat … Ich bin damit zur Polizei gegangen, sofort. Dort fand man es seltsam, das schon, aber sie hatten ja auch diese Erklärung deiner Eltern …«

»Diesen einen Satz, meinst du. Der nichts erklärte.«

»Ja. Daß sie dafür gesorgt hätten, daß ihr nicht leiden solltet. So ähnlich war es doch? Bei der Untersuchung waren sie dann auch überzeugt, daß deine Eltern in vollem Bewußtsein …«. Er fängt an zu schwitzen. Grimmig blickt er mich an. »Deine Eltern waren solch nette, ordentliche Leute. Es muß irgendein Wahnsinniger im Spiel gewesen sein. Ein Mörder, der sie gezwungen hat, diese Erklärung … Du arbeitest doch selbst in der

Gerichtsmedizin. Könnten nicht irgendwelche Beweisstücke übersehen worden sein? Nach all der Zeit ist das natürlich nicht mehr mit Gewißheit festzustellen, aber könnte es nicht rein theoretisch möglich sein, daß sich die Polizei geirrt hat? Der Gedanke hat mich nie losgelassen, Ellen. Und als du hier plötzlich wieder aufgetaucht bist, wußte ich, daß ich dir diesen Auftrag deines Vaters zeigen mußte. Er hatte nicht vor … er kann nie und nimmer vorgehabt haben … Wir haben es hier von seiner Hand schwarz auf weiß! Und von deiner Mutter habe ich es auch nie geglaubt. Sie waren stolz auf euch! Sie liebten euch! Es gab für sie keinen Grund, nicht sehen zu wollen, wie ihr erwachsen werdet! Weißt du, was dein Vater immer über dich gesagt hat? Daß du sein …«

»Hör auf!« schreie ich. Ich bin so außer mir, daß ich mich an der Tischkante festhalten muß.

»Ich wollte dir doch nur Mut machen. Ich dachte, daß du …« Sein klitschnasses Gesicht zittert.

Fünfundzwanzig Jahre lang hatte er ungebeten über uns nachgedacht. Er hat sich im Bett gewälzt, fest überzeugt von der Liebe meiner Eltern zu ihren Kindern. Einer Liebe, die sie in Wirklichkeit nur füreinander empfanden. Wir waren nur ein Nebenprodukt und der Beweis ihrer Liebe. Natürlich hätte es keine Tragödie gegeben, wenn die Hormone meiner Mutter nicht außer Kontrolle geraten wären, aber im entscheidenden Moment entschied sich mein Vater für sie und nicht für uns. Er ließ sich von ihr mitreißen, statt sich ihr zu widersetzen. Ein gemeinsamer Tod: das ultimative, pervertierte romantische Ideal. Während Kester, Billie und Sophie ihren letzten

Atemzug taten, hatte er ganz verliebt seinen Kopf in ihren Schoß gelegt. Dafür kann es keine Vergebung geben, nie. Dagegen muß man sein Herz verhärten, für immer. Es gibt nichts Monströseres als das, was mein Vater getan hat. Bei vollem Bewußtsein hat er dem Tod seiner eigenen Kinder zugestimmt. Und genau dieses Monströse hat dazu geführt, daß Bas sich bis zum heutigen Tag an einem idiotischen Strohhalm festklammerte. Alles ist besser, als sich klarzumachen, daß Menschen sich in Unmenschen verwandeln können.

Er sagt: »O Ellen, oh, nimm es mir nicht übel! Ich wollte nur, daß du eine andere Perspektive …«

Er rutscht wieder auf seinem Stuhl hin und her.

Ich will es ihm ins Gesicht schreien, daß die Tabletten, mit denen wir betäubt werden sollten, direkt vor meinen Augen ausgeteilt wurden. Haben sie dir das bei der Polizei nicht erzählt, Bas, daß ich dazu eine Aussage gemacht habe, weinend und stammelnd? Und daß ich mit eigenen Augen gesehen habe, daß meine Eltern friedlich im Wintergarten saßen und gewartet hätten, bis ihre Kinder unter den Plastiktüten, die sie ihnen über die Köpfe gezogen hatten, erstickt waren? Fällt dir dazu noch was ein, Bas? Kann das deine Theorie stützen?

In meiner unendlichen Dummheit dachte ich, daß er mein stiller wissender Zeuge sei, dachte ich, daß er als einziger auf der ganzen Welt keine Geschichte und keine Erklärung bräuchte, um alles zu verstehen.

»Hau in Gottes Namen ab!« Ich schreie es heraus. »Und bilde dir bloß nicht ein zu denken: schon zum zweitenmal! Diesmal ist es etwas anderes. Du kommst hier nie mehr rein.«

Er steht auf, wortlos.
Nach einem Augenblick sagt er: »Du kannst mich jederzeit anrufen.«
»*Fat chance*«, sagte Billie lakonisch.

Vor langer Zeit fand einmal ein Fest im »Einhorn« statt. Es war der Abend der Sonnenwende, und Sjaak drückte beide Augen zu, als wir unter den hohen Bäumen Bier tranken. Jemand erzählte von Stonehenge. Keltische Trommeln wurden geschlagen. Der Sommerabend roch nach uralten Dingen und nach dem Gras unserer therapeutischen Begleiter.
Weil ich niemanden hatte, mit dem ich sprechen konnte, saß ich etwas abseits auf einem leeren Bierkasten und schaute zu. Nach einiger Zeit kam ein Kleinkind mit heruntergerutschter Hose herangewackelt, ein knallbuntes Taschentuch um den schmutzigen Kopf gebunden. Ich dachte, daß er ein Neuer sei, und aus Langeweile fragte ich ihn, in welchem Pavillon er wohne. Stotternd sagte er erstaunt: »Zu Hause. Bei Papa.« Er zeigte auf Sjaak.
Ich hatte mir nie klargemacht, wohin Sjaak ging, nachdem er mit uns Abendbrot gegessen hatte. Sjaak mit der hellroten Ente und dem Palästinensertuch, Sjaak mit dem Van-Nelle-Atem und den matten indischen Reifen schien also die ganze Zeit ein völlig eigenes Leben geführt zu haben. Wir waren nicht genug für ihn. Er brauchte unbedingt auch noch so ein dreckiges Kind.
Aus Neid gab ich seinem Söhnchen einen Schubs, so daß er ins Gras fiel. Er fing sofort an zu brüllen. Trotz

des eindringlichen Trommelgeräusches hörte es Sjaak. Sein Kopf bewegte sich in Richtung des Jungen, als ob beide durch ein unsichtbares Band verbunden seien. Sofort kam er mit großen, schwebenden Schritten auf uns zu. Er war schon ein wenig *stoned*. »Was ist los, Frodo?« fragte er. »Hey Mann, wir feiern 'ne Party!«
»Sie hat mich geschubst«, greinte das Kind, rappelte sich hoch und rieb sich mit beiden Fäusten die Augen.
Sjaak fixierte mich mit glasigem Blick.
»Ich bin kein Babysitter«, schnauzte ich. »Du bist da schön am Kiffen, und ich soll hier auf ihn aufpassen!«
»Das ist gar nicht nötig, Ellen. *Cool it!*« Er legte seine Hand auf Frodos Kopf.
Sie ähnelten einander, wie Billie meiner Mutter ähnlich gesehen hatte und ich meinem … Ich konnte mich nicht mehr beherrschen. »Ich will auch einen Vater!«
»Also, da können wir ziemlich wenig machen, nicht wahr? Aber Scheiße ist das natürlich, Mädchen.«
Nachdem ich meiner Ratlosigkeit freien Lauf gelassen hatte, bekam ich sie nicht mehr in den Griff. »Kann ich nicht bei dir wohnen?«
Er runzelte die Stirn und dachte konzentriert nach. »Nein, wir erwarten gerade wieder was Kleines, und wir haben nur eine kleine Wohnung in Schalkwijk, wir haben kein Zimmer für dich.«
»Aber ich habe nie ein eigenes Zimmer gehabt. Das finde ich nicht schlimm. Ich schlafe einfach auf dem Sofa.«
Ich atmete so schnell, daß mir ganz schwindlig wurde. »Ich werde jeden Abend abtrocknen! Wirklich wahr! Und ich werde das Baby wickeln, das kann ich auch furchtbar gut!«

Er schüttelte den Kopf, während er nervös an seinem Joint zog.
Ich wurde innerlich ganz grün und blau. Machtlos murmelte ich: »Warum will mich niemand haben?«
»Sie wollen keine Pubertierenden. Das siehst du doch auch an Marlies und Gerda: Nichts gegen zu sagen, prima Mädchen, aber man wird sie nicht mal an die Straßensteine los. Das ist die Realität. Es liegt nicht an dir. Du mußt hier einfach noch durchhalten, bis du achtzehn bist!«
Achtzehn! Dann konnte ich schon tot sein. »Blöder Idiot!« rief ich.
»Schimpfen macht es auch nicht besser«, sagte Sjaak. Er zog sein Haarband etwas tiefer in die Stirn. Er schien kurz zu zögern: »Aber ich werde dir doch ein Geschenk machen. Komm mal mit!« Er nahm meine Hand.
»Ich auch!« rief Frodo, und ich dachte geschockt an Carlos, der nun Michiel Kamphuis war, und ich fand mein Leben einfach nicht zum Aushalten, wirklich nicht zum Aushalten.
»Hey, King Kong, kletterst du mal eben auf diesen Baum?« sagte Sjaak. »Wenn ich gleich zurückkomme, mußt du ganz oben sitzen, verstehst du? Und dann springst du runter und ich fang dich auf.«
Dann liefen wir beide zu unserem Pavillon, an den Lagerfeuern vorbei, deren Rauch sich in den windstillen Abend hochschraubte, an den leise singenden und sich wiegenden Leuten vorbei, die sich ganz fest hielten, so fest, daß man es bis in die Haarspitzen fühlte.
Er sagte: »Marti und ich haben dieses Geschenk extra für dich aufbewahrt. Ich sollte es dir von ihr geben,

wenn ich dächte, daß der richtige Moment gekommen sei. Weil dein Gedächtnis in letzter Zeit wieder so gut funktioniert, glaube ich, daß es nun wohl soweit ist.«

Ehrlich gesagt, hatte ich nie verstanden, warum so ein Aufhebens von meinem Gedächtnis gemacht wurde. Ich hatte es in den ersten Wochen im »Einhorn« ganz toll gefunden, als ich noch dachte, daß ich in einem Ferienlager sei, und jedem mit meinen Geschichten über die schöne Helena von Troja imponierte. Wollte ich das Geschenk wirklich?

»Du wirst dich bestimmt sehr darüber freuen«, versicherte er mir, während er aus der Anrichte im Wohnzimmer ein flaches, in braunes Papier eingewickeltes Päckchen hervorholte.

Es war unser altes Fotoalbum mit dem gepolsterten Einband und den dünnen Zwischenseiten, auf die Spinnennetze geprägt waren. Meine Mutter hatte immer die Fotos eingeklebt, mein Vater die Unterschriften hinzugefügt: »Michiel und seine Lego-Burg«, und dann das Datum.

Daß ich enttäuscht war, ist noch vorsichtig ausgedrückt. Ich flippte völlig aus, und sie mußten mich in ein dunkles kleines Zimmer sperren, wo es nur eine Matratze gab. Nach drei Tagen durfte ich heraus.

Das schreckliche, verletzende Album. All diese bedeutungslosen Aufnahmen von scheinbar völlig normalen Erwachsenen und Kindern, vertieft in ihre völlig normalen Tätigkeiten: An keiner Stelle warf das Schicksal, das auf uns wartete, einen Schatten voraus. Ein Junge auf einem Fahrrad. Ein Mädchen, das eine Tasche mit Einkäufen auspackt. Eine Mutter mit einer Schale voller Äpfel. Ein Vater mit einem Baby auf seinem Schoß. Es bestand einfach keine Beziehung zwischen dem, was ich auf den Fotos sah, und dem, was mit uns geschehen war. Es hätte genausogut das Album einer wildfremden Familie sein können.

Darum versteckte ich es. Ich vergaß die meiste Zeit, daß ich es hatte.

Jahre später, bei Umzügen von einem Zimmer in die nächste Wohnung, stand ich manchmal da und hielt es in meinen Händen, ich fragte mich, warum ich es aufbewahrte. Selbst Thijs hatte es nie zu sehen bekommen. Erst seit Ida-Sophie regelmäßig danach fragt, ist es ein fester Bestandteil unseres Lebens. Und bei diesem Gedanken wird mir plötzlich etwas klar. Ich bin früher nie darauf gekommen, aber ist es nicht so, daß diese alten Fotos wieder ihre Bedeutung bekommen, seit ich sie mit Ida-Sophies Augen betrachte?

Ich bringe den Weinkühler und die Gläser in die Küche. Die Flasche Wein, die ich mir mit Bas teilen wollte, gieße ich in den Ausguß. Es ist jetzt wichtig, einen klaren Kopf zu behalten.

Das Album liegt im Wintergarten. Ich nehme es mit auf die Terrasse. Hier, meine Mutter mit den Äpfeln. Früher sagte der Schnappschuß mir nichts. Nun kann ich Ida-Sophie eine ganze Geschichte erzählen. Woher kommen diese Geschichten? Habe ich sie wahrheitsgetreu rekonstruiert aus den Ereignissen jener Zeit, aus Dingen, die ich damals halb bewußt aufgeschnappt haben muß, oder habe ich sie mit meinem späteren Wissen über den

Zustand meiner Mutter ausgemalt? Oder habe ich, um den Hergang stimmig zu machen, meinen Eltern Handlungen, Gedanken und Motive zugeschrieben, die nur eigenen Überlegungen entsprangen?
Aber für eigene Überlegungen muß man sich Mühe machen. Deine Phantasie kann stocken, während doch diese Geschichten voll und ganz, ohne jedes Zögern in mir auftauchten. Sagt Ida-Sophie sie mir vor? Ist sie die Erzählerin und nicht ich?
Ich klopfe vorsichtig auf meinen Bauch. Natürlich. Du bist es. Du weißt unendlich viel mehr als ich: Du warst ja immer dabei, ununterbrochen, während ich in die Schule ging oder im Garten mit meinem Hund spielte. Keine Sekunde ließ meine Mutter dich aus dem Blick. Du schliefst sogar am Fußende des elterlichen Betts. Du hast gehört, was meine Eltern in der Intimität ihres Schlafzimmers besprochen haben. Erzähl es mir! Warum hat mein Vater nichts dagegen unternommen? Was hat ihn bewegt?
Nun werde ich die Antwort erhalten.
Gehetzt blättere ich die Seiten um. Es gibt nur wenige Fotos, auf denen er zu sehen ist. Er war meistens der Fotograf. Hier! Kurz nach deiner Geburt, als du so ein Heulbaby warst. Du liegst bei ihm auf dem Schoß und brüllst. Er schaut dich besorgt an. Er fühlt, wie sich sein Herz zusammenkrampft. Er denkt: Wenn du vorher gewußt hättest, wie tief der Schmerz und der Kummer deiner Kinder dich treffen werden, dann hättest du nie eine Familie gegründet. Nun, da es einmal soweit ist, willst du nur noch eins, primitiv und machtlos: daß sie alle gesund und glücklich sind.

Schnell blättere ich weiter, auf der Suche nach einem Foto aus späterer Zeit. Aber da ist schon die letzte Seite. Da ist Carlos wieder mit seiner Burg aus Lego-Steinen, direkt hinter ihm steht meine Mutter mit ihrem strahlenden Lächeln. Sie sagt: »Wirklich toll. Machst du noch Ritter dazu?«

Carlos nickt.

»Und Pferde?«

»Nur ein Pferd. Für alle abwechselnd.«

»Das ist sehr praktisch. Dann stecke ich inzwischen die Wäsche in die Waschmaschine.«

Im Badezimmer sortiert sie die Wäsche nach Farben. Nachdem alles geklärt ist, stimmt sie sogar die unangenehmste Plackerei glücklich. Jeder Tag kann ja der letzte sein, und sie ist dankbar für jeden Moment, in dem sie den Geruch von Kesters Socken noch einatmen oder Ellens Fußabdrücke im Flur aufwischen kann. Wenn deine letzte Stunde kommt, sind es die Trivialitäten des Alltags, die dir die größte Freude und Sinngebung verschaffen: Sie bilden das Material, aus dem die Wirklichkeit deines Lebens mit deiner Familie besteht, sie verdienen es, ausgiebig zelebriert zu werden.

Sie hat lange in Angst und Dunkelheit gelebt, aber das ist nun vorbei. Friedlich gestimmt stellt sie das Waschprogramm ein und sieht dann nach, ob Ida noch schläft. Sie beugt sich über die Wiege und küßt die Kleine zärtlich auf die Nasenspitze.

Sie mußte ihr Mädchen so quälen, weil Gott es wollte. Monatelang hatte sie getan, was sie konnte, um die Sünde aus dem zarten Körper zu vertreiben und Idas ganze

Umgebung zu reinigen. Aber für Gott war nichts gut genug. Kein Opfer, wie schwer auch immer, genügte ihm. Er kannte keine Gnade. Was konnte sie in ihrer Verzweiflung anderes tun, als ihn für seine Zurückweisung zu bestrafen, indem sie selbst seinen Platz auf seinem Thron einnahm? Nicht gnädiger Gott! Gnädige Mama, das war die Wahrheit. Sie erklärte es Ida flüsternd, während sie einen Apfelentkerner in ihre Vagina trieb.

Die Dunkelheit war danach undurchdringlich geworden, denn an wen sollte sie ihre flehentlichen Bitten nun richten? Und wer, im übrigen, hielt den Kosmos nun in seinen Händen, wer setzte nachts die Sterne ans Firmament? Alles mußte sie übernehmen, und wenn sie Ida nicht so unendlich geliebt hätte, so unendlich, daß sie ihr Leben für sie hingegeben hätte, dann hätte sie vor Erschöpfung längst aufgegeben.

Sie reinigte die Wunden ihrer Tochter und fügte ihr neue zu, zu Boden gedrückt von ihrer Verantwortung. Während sie kochte, während sie Sibylle die Hausaufgaben abhörte oder Michiel mit seiner Salbe eincremte, löste sie auf der anderen Seite der Welt Überschwemmmungen aus, durch die ganze Dörfer im Schlamm versanken; sie war verantwortlich dafür, daß Vulkane ihre Lava ausspien, daß Kinder auf kargen Böden an Hunger starben, daß korrupte Obristen nach der Macht griffen, daß der Orang-Utan beinahe ausgestorben war, daß in allen Gassen der Welt vergewaltigt, geraubt und totgetreten wurde, daß in Cape Canaveral ein Start mißglückte, daß in Kalkutta eine Lepra-Epidemie aufflammte und daß Elvis Presley sich in Graceland aus Kummer zu Tode fraß.

Das Baby wimmerte und zitterte am ganzen Leib. Wie sehr sie beide doch litten. Konnte dem geplanten Leiden kein Ende bereitet werden? Warum mußten sie beide für alles Böse in der Welt verantwortlich sein? Warum hatte das Böse in seiner Falschheit ihre unschuldige Familie als Brutstätte auserkoren? Jeden Tag zeigte es seine Anwesenheit in denen, die sie liebte. In dem plötzlich frivolen Augenaufschlag ihrer lieben Sibylle, in dem unaufhaltsamen Wachsen der Brüste, gegen das Ellen machtlos ankämpfte, im Hervorbrechen des Bestialischen in Frits, der immer die Zärtlichkeit und Achtung selbst gewesen war – nur ihr kleiner Michiel und Kester waren davon noch unberührt, aber für wie lange noch?
»Wir müssen sie beschützen«, sagte sie zu Ida. »Jetzt, da ihre Seelen noch rein sind, müssen wir sie retten.« Aufgeregt lief sie mit dem Baby hin und her. Ihre prachtvollen Söhne, Kester mit all seinen Talenten, Michiel mit seinen – aber Michiel war schon ein Gezeichneter! Bei dem Gedanken gaben ihre Knie nach. Michiels Verbrennungen mußten das erste Anzeichen dessen gewesen sein, was ihre ganze Familie erwartete.
Nun gab es kein Halten mehr, sie geriet in Panik. Sie kniete mit Ida auf den scharfen Kieselsteinen des Gartenwegs und versuchte, Gott zurückzurufen. Sie betete: Nimm mich, aber rühre meine Kinder nicht an! Sie lag auf den Knien, gelähmt von der Erkenntnis, daß Gott und das Böse dasselbe sein mußten. Und daß sie, indem sie sich seinen Platz angemaßt hatte, mitverantwortlich geworden war: Sie war die dritte in der unheiligen Dreieinigkeit, die das Verderben säte und mit immer längeren Tentakeln um sich griff.

Sie mußte Wasser aus einem Felsen schlagen.
Sie mußte einen Brombeerstrauch zum Brennen bringen.
Sie mußte Gesetze erlassen: Ehrt den Teufel und seine Trabanten, sonst werdet ihr bis in alle Ewigkeit in der Hölle brennen!
Es kam darauf an, noch gerissener zu sein als der Böse selbst. Demütig erklärte sie ihm, daß er ihren Teil der Weltherrschaft haben könne, sie ziehe sich freiwillig zurück. Wenn er im Tausch dafür wenigstens nicht die Seelen ihrer Kinder und ihres Mannes für sein Höllenfeuer fordern würde.
Er lachte sie rundheraus aus.
Sie hielt durch. Sie war seine Handlangerin, und das gab ihr ein Anrecht auf bestimmte Privilegien. Jedenfalls war er ihr ein Blutgeld schuldig: ihren verdienten Lohn. Sie forderte ihn, kaltblütig und redegewandt. Sie wollte freies Geleit für ihre Familie, das war alles. Sie wollte nur, daß ihre Kinder und ihr Mann nicht bis zum Ende aller Zeiten unter den abscheulichsten Marterungen darben müßten. Sie kämpfte wie eine Tigerin für ihre Sache, aber er machte sich nicht einmal die Mühe, ihr zu antworten.
Sie war bis ins Mark erschüttert. Selbst der Teufel wollte keinen Pakt mit ihr schließen. Es gab also keinen Unterschied mehr zwischen Tag und Nacht, Leben und Tod. Sie gab auf. Sie konnte nicht mehr – und was war schließlich noch auszurichten?
Sie legte Ida in die Wiege, streichelte den gequälten Leib. Alles vergebens.
In ein paar Tagen würde Ostern sein. Sie würde Küken machen müssen und für Michiel einen albernen Hasen.

Mechanisch suchte sie schon in Schubläden und Schränken nach Material, Draht, rotem Papier für die Schnäbelchen, als ihr der Widersinn klarwurde: Jetzt, da alle Hoffnung definitiv geschwunden war, fing sie an, Vorbereitungen für das Fest der Hoffnung, den Tag der Auferstehung zu treffen.

Verwirrt setzte sie sich an den Küchentisch, an dem Frits und sie im vorigen Jahr nach dem Eiersuchen die Kinder über Idas Ankunft informiert hatten. So wie jedes brennend gewünschte Kind war Ida ein Kind der Hoffnung gewesen. Bekräftigte das Osterfest nicht geradezu, daß sie ebenfalls das Kind der Auferstehung war?

Nun fand alles endlich seinen Platz. Ida mußte mit demselben Auftrag zu dieser Familie gesandt worden sein wie der sündenfreie Junge, der vor zweitausend Jahren in einer Krippe geboren worden war, nämlich um die Welt an das Bestehen des Bösen zu erinnern und um dieses Böse mit seinem verletzlichen, menschlichen Körper zu bekämpfen. Das Leiden ihrer kleinen Tochter hatte also doch Sinn gehabt, es mußte allein noch mit dem Tod gekrönt werden, um sie unsterblich zu machen. Ida würde den Stein von ihrem Grab schieben und für alle Zeit rein und unschuldig sein, Erlöste und Erlöserin zugleich. Über jedes Gesetz erhaben, unantastbar, souverän. Allmächtig.

»Aber habe ich sie denn für den Tod geboren?« fragte sie laut, ihren Auftrag nur halb begreifend, genauso wie diese Frau in Galiläa.

Sie schloß ihre Augen. Das ewige Leben für ihr gepeinigtes Kind. Langsam verwandelte sich ihre Bestürzung in Dankbarkeit und Hingabe.

Es war ruhig im Haus. Im Büro wurde hart gearbeitet, die Kinder waren noch in der Schule. Sie stand auf und berührte verwundert eine der Wände. Hier, in diesem Haus, hatte sich das Wunder unbemerkt vollzogen, hier war Ida geboren worden. Es war fast Vollmond gewesen und kalt, aber sonst schien es eine Nacht wie alle anderen gewesen zu sein. Warum wird Erwählung immer erst im Nachhinein deutlich?

Dann hob sie ihren Rock hoch und berührte sich selbst. Ihr Schoß glühte und pochte. Aus dieser sündigen Hitze und aus diesem Körper war Ida geboren worden. Hierfür mußte sie selbst in all ihrer Unwissenheit das ganze Leben lang vorherbestimmt gewesen sein. Dies war schon beschlossen, als sie noch jung war und ihre sauertöpfischen Eltern ihr mit der Einfalt der Dummen immer wieder höhnend vorhielten: »Denk mal nicht, daß du etwas Besonderes bist!«

Dafür hatte sie Frits van Bemmel geheiratet.

Ihre ganze Ehe mit ihm war nichts anderes als die Vorbereitung auf diesen Augenblick gewesen. Sie kniete an der Wiege nieder, die leergeweinten Augen ihres Kindleins starrten sie seelenlos an.

Margje senkte den Kopf. »Dein Wille geschehe«, flüsterte sie Ida zu. »Erlöse uns von dem Bösen, in Ewigkeit, Amen.«

Es fiel eine solche Last von ihr ab, daß sie dachte, ihr Herz würde emporsteigen. Ohne weitere Überlegung nahm sie Ida hoch. Sie trug sie zur Spüle, wischte die Brotkrümel weg und legte Ida mit dem Rücken auf die Granitplatte. Sie nahm ein Fleischmesser aus dem Block und begann, es mit langen heftigen Schwüngen zu wet-

zen. Sie fühlte sich von Kraft und Selbstvertrauen durchströmt. Sie war eine Auserwählte. Sie war das Instrument von Idas Willen.
Das Messer schimmerte matt. Sie prüfte seine Schneide kurz mit der Fingerkuppe. Dann hob sie es hoch, während sie mit der anderen Hand Idas Jäckchen bis ans Kinn hochschob.
Es sollte ein Osterfest werden, wie sie es noch nie erlebt hatten. Hinter ihr auf dem Küchentisch lagen die Sachen bereit, mit denen sie gleich die Küken und den Hasen machen würde. Und Eier anmalen, das würden sie heute abend alle gemeinsam machen.
Plötzlich sah sie sich selbst, gespiegelt in der Fensterscheibe, mit dem erhobenen Messer in der Hand. Sie schnappte nach Luft. Sie schlug die Hände vors Gesicht, erfüllt von Bestürzung. Das Messer landete klirrend auf dem Boden. Benommen ließ sie sich auf einen Stuhl fallen. Ihre Zähne klapperten.
Wer garantierte ihr, daß Idas Tod genügte, um das Böse abzuwehren? Das war eine widerliche Eingebung des Teufels. Satan versuchte, sie zu einer Scheinlösung zu verleiten, um den Rest ihrer Familie in der Hand zu behalten. Sie schluchzte laut auf: Erst wenn Frits und die anderen Kinder auch starben und ihnen der Segen der Märtyrer teilhaftig wurde, waren sie vor dem Höllenfeuer gefreit.
Trotzig dachte sie: Aber dann werde ich nie sehen, wie Michiel seine zweiten Zähne bekommt, Kester hat umsonst für sein Moped gespart, Sibylle wird nicht heiraten, Ellen nicht zur Universität gehen. Dann erlahmte ihr Widerstand. Denn waren dies, bei Licht besehen,

nicht einfach Nichtigkeiten? Und sprach hier nicht nur ihr egoistisches Mutterherz? Oh, wie unendlich besitzergreifend die Liebe doch war! Was war schon das Opfer ihrer irdischen Leben im Vergleich mit der hellstrahlenden Ewigkeit, die sie danach erwartete?

Wenn sie nun zögerte, blieben sie für alle Zeit der hilflose Spielball des Bösen. Jetzt mußte sie einen Entschluß fassen, jetzt, in diesem Moment der offenbarten Wahrheit. Sie wollte bitten: Laß mir dann wenigstens Frits! Laß jemanden da sein, der mich trösten kann in all den Tagen und Nächten der Einsamkeit und Dunkelheit, die mich danach erwarten! Laß mich nicht allein mit mir selbst, danach!

Aber könnte er dann noch mit ihr unter einem Dach leben? Er würde es nie verstehen, er würde sie verfluchen, er würde sie hassen, er würde sich sofort von ihr abwenden. Schon jetzt, da ihr Opfer nur ein Vorhaben war, würde er sie dafür verachten, wenn er davon wüßte. Er würde seine Hand gegen sie erheben. Unwissend, wie er war, würde er alles tun, was er konnte, um sich ihr entgegenzustellen. Ohne seine Kinder würde sein Leben nichts mehr wert sein. Sie würde seine Liebe für immer verlieren.

Sie rannte zu Ida, die, das Jäckchen noch immer hochgeschoben, kraftlos ein Bein baumeln ließ. Margje umfaßte ihren Fuß. Die Zehen wie die von Frits. Um ihre Liebe zu bewahren, eine Liebe, an der sie trotz des Eingreifens des Teufels nie gezweifelt hatte, mußten Frits und sie sich zusammen mit ihren Kindern im Tod vereinigen.

Ida amtete unruhig. Sie versuchte, ihren Fuß aus dem

Griff der Mutter zu winden. Ihre Hände ballten sich zu Fäusten. »Gib mir dann wenigstens die Kraft, dies auszuführen«, schrie Margje sie an.
Über ihrem Kopf wurde eine Tür zugeschlagen. Erschrocken blickte sie auf. Es wurde sofort wieder still. Sie dachte an ihren Mann hinter seinem Schreibtisch, an ihre Kinder auf dem Weg von der Schule nach Hause. Jetzt. Es mußte jetzt entschieden werden!
Dann öffnete Ida ihren Mund. Sie schrie es heraus. Fuchtelte mit ihren Armen. Eines nach dem anderen las Margje die Worte von ihren blutleeren Lippen ab: »Wir werden dafür sorgen, daß sie nicht leiden.«
Es war besiegelt.
Gehetzt zog sie eine Schublade auf, fand einen Stift und einen Notizblock und schrieb die Worte des Bundes sorgfältig auf. Danach, schon sicherer, riß sie das Blatt ab und verbrannte den Rest des Blocks. Die Asche streute sie über ihren Kopf und den des Babys.
Bis zu dem Augenblick, da der Teufel wieder versuchen würde, seinen Einfluß zur Geltung zu bringen, durfte sie sich nun ausruhen. In der geliehenen Zeit würde sie noch wie früher ohne Beschränkungen ihre Familie genießen können. Sie brauchte das Böse nicht mehr zu bekämpfen. Sie hatte es überwunden, mit Idas Hilfe.

Nach einem letzten Blick auf das glückliche Gesicht meiner Mutter schlage ich das Album zu. Es ist totenstill im Garten. Es beginnt schon zu dämmern. Die Vögel schweigen und kein Windhauch läßt die Bäume rauschen. Langsam stehe ich auf und gehe hinein. Meine

Tritte hallen im leeren Flur wider. Vor dem Keller bleibe ich stehen. Das ist der einzige Ort im Haus, den ich bis jetzt gezielt vermieden habe. Aber hier muß ich sein, wenn es mir jemals gelingen soll, den Faden wieder aufzunehmen: an demselben Ort, an dem er vor fünfundzwanzig Jahren abriß.

Es macht mir Mühe, die Tür zu öffnen. Das Schloß ist verrostet, der Rahmen klemmt. Billies alter Zufluchtsort ist offensichtlich jahrelang nicht benutzt worden.

Vorsichtig steige ich die knarrende Treppe hinunter und setzte mich dann, behindert durch meinen dicken Bauch, auf eine der untersten Stufen. Ich atme die stickige Luft ein, während ich mich umschaue.

Billies Holzstege liegen da noch, morsch geworden und verschimmelt. Mein Blick fällt auf ein paar Kerzen, die Reste auf einem Tellerchen festgeschmolzen, und auf Schälchen mit vergangenem Weihrauch. In blassen Buchstaben steht noch immer *»Kilroy was here«* an der feuchten Wand. Es ist praktisch nichts verändert seit der Nacht, als ich mich hier mit Carlos in Todesangst versteckte.

Ich denke an meinen Vater, aber ich habe keine Tränen, weder vor Erleichterung, weil ich den wahren Ablauf nun verstehe, noch aus Mitleid, weil er nur das Opfer der Umstände war, noch aus Reue über den bitteren Haß, mit dem ich ihn die ganze Zeit zu Unrecht verfolgt habe.

Ich lege meine Arme um meinen Bauch und wiege Ida-Sophie so, wie ich Carlos hier vor fünfundzwanzig Jahren in meinen Armen gewiegt habe. Ich konnte ihn nicht wachkriegen, wie fest ich ihn auch immer kniff. In mei-

ner Panik schüttete ich ihn so furchtbar hin und her, daß er sich übergeben mußte.
War mein Vater da schon tot? War er schon tot, als ich ihn im Wintergarten liegen sah, oder war er da nur betäubt von den Schlaftabletten und dem Valium, das meine Mutter sich aufgespart hatte? Träumte er friedlich von der Reise nach Florida, mit der er sie überraschen wollte, da sie jetzt wieder ganz die alte war? Ein schneeweißer Strand mit Palmen, ein Schwarm knallrosa Flamingos, Cocktails in hohen, beschlagenen Gläsern.
Ganz von Ferne muß er das Bellen von Orson wahrgenommen haben, als ich mit meinem Hund nach Hause kam. Da ist Ellen, hat er benommen gedacht, sie muß ihre Vitamine noch nehmen, sonst bekommt Margje wieder Zustände. Er hat versucht aufzuwachen, um mich dazu aufzufordern, aber sein Körper verweigerte den Dienst. Und während er wie ein Ertrinkender, der an die Oberfläche zu kommen sucht, vergebens mit seiner Benommenheit kämpfte, muß er erkannt haben, daß bei den Pillen, die meine Mutter für jeden vorbereitet hatte, etwas nicht mit rechten Dingen zugegangen war. Vielleicht hat er sogar gedacht: Ich muß Ellen warnen.
»Es tut mir leid, Papa«, sage ich laut. »Ich wußte es nicht. Ich wußte es wirklich nicht.«
Nun weine ich doch. Jede Träne brennt vor Scham und Reue, wie der Aschenregen von Pompeji, von dem ich ihm vor langer Zeit voll Begeisterung erzählt hatte, nach einer Geschichtsstunde. Er hörte wie immer aufmerksam zu, seine Füße auf der untersten Schublade des

Schreibtisches. »Selbst das Brot, das bei den Leuten auf dem Tisch lag, und die Hunde, die darunter schliefen, wurden versteinert! Gewaltig, nicht Papa?«
Noch in derselben Nacht hatte ich einen Alptraum, in dem ich unter kochender Lava verschüttet wurde. Ich schrie vor Angst so laut, daß das ganze Haus aufwachte. Mein Vater kam in seinem Pyjama und setze sich zu mir. Er strich mir so lange über meine Schultern, bis die Spannung verschwand. Er flüsterte: »Hier kann das nicht passieren, Liebling, hier bist du sicher.«
Ich schluchzte noch etwas und schenkte ihm nur halb Glauben. Jeden Augenblick konnten lodernde Schlacken durch das Dach brechen.
»Denn schau doch mal, was ich für dich habe!«
Ich sah hin. Ich sah nichts, aber dann machte er eine Gebärde wie ein Zauberer. Und obwohl seine Hände noch immer leer waren, sah ich nun deutlich, daß er mit einem Schwung einen Regenschirm aufmachte und diesen über meinen Kopf hielt. Ich seufzte vor Überraschung.
»Hier. Halt mal gut fest!« Er hielt mir seine zusammengeballte Faust hin und gab mir einen Gutenachtkuß.
Zusammengekauert sitze ich auf der Treppe, wische mir die Tränen aus meinen Augen. In meiner Brust glüht der Fleck, auf dem immer Kühle geherrscht hatte, weil mein Herz dreiviertel meines Lebens genauso versteinert gewesen ist wie das Brot und die Hunde der Einwohner von Pompeji. All mein alter Haß und meine Wut sind ein Scherbenhaufen, zertrümmert.
Unter Papas Regenschirm, so hatte er gesagt, kann dir nie etwas passieren, Ellen. Nie.

Vielleicht, vielleicht ist es der Kraft seiner Beschwörung und der Magie seines Schutzes zu verdanken, daß ich die Tragödie von damals überlebt habe. Das Versprechen von Sicherheit, einem ängstlichen Kind von einem Elternteil gegeben, ist ja das wichtigste Versprechen eines ganzen Menschenlebens. Dieses Versprechen hat bestimmt so phänomenale Kräfte, daß sogar das Schicksal vor ihm zurückweichen muß.
Ich presse meine Hand an meine Brust und fühle meinen Herzschlag, das Herz, das nun endlich sagen kann: Papa, du warst gut, so wie du warst. Ich habe mich in ihm geirrt, aber ich war ja noch klein. Und auch in mir selbst habe ich mich getäuscht. Ich bin nicht die, die ich zu sein glaubte: die im Stich gelassene Tochter eines Schwächlings. Um seinem Andenken gerecht zu werden, muß ich mich selbst Schicht für Schicht gründlich revidieren.
»Ich werde es tun«, murmele ich. »Es wird mir gelingen.« Dann blicke ich auf.
Billie und Kester stehen Hand in Hand vor mir.
»Was ist los?« flüstere ich.
»Das weißt du genau«, sagt Kester genauso leise.
»Das ist das Ende für uns beide«, sagt Billie. Sie lächelt unsicher.
Erschrocken ziehe ich mich hoch und suche Halt an der schmutzigen Wand.
Kester kommt zögernd näher. »Du gibst uns doch nicht einfach auf?«
Billie stammelt: »Das haben wir nicht verdient, Ellen. Ohne uns wärst du schon lange …«
»Schon lange was?« sage ich, ohne nachzudenken.

»Ohne euch hätte ich Freunde und Freundinnen gehabt, ohne euch wäre meine Ehe nicht …« Ich erschrecke über die Wahrheit meiner eigenen Worte.
»Wie gemein!« sagt Billie. »Ohne uns hättest du nie die Liebe kennengelernt. Das hast du selbst tausendmal gesagt.«
Ich schweige. Das, was ich immer für Liebe gehalten habe, war das eigentlich der richtige Name dafür? Ein Experte auf dem Gebiet bin ich nun bestimmt nicht. Ich blicke auf die bleichen, durchsichtigen Gesichter der beiden. Ich hole tief Atem. Eine Sache steht fest. Solange ich sie nicht loslasse, wird ein Teil von mir immer die Zwölfjährige von damals bleiben. Das ängstliche, verwirrte Kind.
»Ich muß mit meinem Leben weiterkommen«, sage ich gepreßt.
Kester streicht durch sein Haar. Dann steckt er seine Hände in die Taschen. »Treu sein, Ellen, ist eine Tugend.«
Das waren auch die Worte meines Vaters, damals, als Billie beim Muscheldamm davongelaufen war. Er lehrte mich damals ebenso, daß man, um treu sein zu können, wählen können muß. Sehr gut wählen können muß. Es gibt ja auch noch so etwas wie Treue sich selbst gegenüber.
»Du kannst nicht mehr zurück, nie mehr, Ellen, wenn du uns nun verstößt«, sagt Billie traurig. »Du verlierst uns für immer.«
»Nein«, sage ich aus voller Überzeugung, »nein, denn ich habe das ewige Leben nicht. Ich komme zu euch zurück.« Ich lache durch meine Tränen hindurch. »Es ist

nur für eine kurze Zeit. Es ist nur für den Rest meines Lebens.«

Oben an der Kellertreppe halte ich inne. Ich stecke meine Hand nach der Klinke aus. Kurz ergreift mich ein wehmütiges Gefühl. Angenommen, daß ich hier eingeschlossen bleiben werde. Verwirrt schüttele ich meinen Kopf. Das war damals, nicht jetzt.
Ich könnte die Tür einfach aufziehen, aber ich tue es nicht. Ich denke an meinen Vater, und mir wird klar, daß ich Trugbildern ausgeliefert bleiben werde, wenn es mir nicht gelingt, auch endlich mit eigenen Augen zu sehen, wie es war, hier mit Carlos versteckt zu sein. Nie habe ich die Erinnerung aufleben lassen wollen. Immer ist diese Nacht ein Loch in meinem Gedächtnis geblieben.
Ich zögere einen Augenblick, dann gehe ich die Treppe wieder hinunter. In der dunkelsten Ecke lasse ich mich auf den Boden fallen. Ich lege meine Hände neben mich auf den Fußboden. Hier war es. Hier saßen wir.
Ich hatte solche Angst, daß es mir beinah wie eine Erlösung vorgekommen wäre, wenn meine Eltern uns gefunden hätten. Ich begriff selbst nicht, wie ich so ungehorsam sein konnte. Ich würde nach *Death Row* gebracht werden, weil ich meine Vitamine nicht genommen hatte und mich hier mit meinem Bruder versteckt hielt, der einfach nicht aufwachen wollte. Sein schlaffer Körper fühlte sich klamm an in meinen Armen. Er stank nach Erbrochenen. Er atmete schnell und flach.
Um mich herum knarrte das Haus.
Die Nässe troff die Kellerwände herunter, als ob sie

weinten. Das Blut hämmerte in meinen Ohren, so daß ich nicht hören konnte, ob meine Eltern mich suchten und meinen Namen riefen. Ich rollte Carlos von meinem Schoß und legte ihn seitwärts auf den Boden. Meine Beine verweigerten fast den Dienst, als ich die Treppe hochkrabbelte. Ich tastete nach dem Schlüssel, den ich an der Innenseite der Tür herumgedreht hatte. Ich bekam ihn nicht mehr herum, wie sehr ich auch an ihm herumdrückte. Meine Hände wurden klamm. »Mama!« schrie ich. »Papa!«

Oben saßen Billie und Kester nun bestimmt feixend vor *»The Monkeys«*, und Sophie bekam vor dem Schlafengehen noch eine zerdrückte Banane. Es war natürlich ein Spiel gewesen, mit diesen Plastiktüten. Wie hatte ich auch nur einen Moment etwas anderes denken können! Vor Traurigkeit weinend, saß ich an der Tür.

Warum suchten sie mich nicht? Ich spitzte die Ohren, aber ich hörte kein Geräusch. Es mußte schon spät sein. Sie lagen doch wohl nicht schon alle im Bett? Sollte ich zur Strafe vielleicht die ganze Nacht im Keller bleiben, war es das? Hatten Mama und Papa beschlossen, daß ich …

Und plötzlich verstehe ich es. Mit einem Schlag wird es mir klar. »Sie hatte mich einfach vergessen«, sage ich laut, bestürzt. »Sie hatte zuviel um die Ohren.«

Meine Mutter war in ihrer letzten Stunde schließlich ganz auf sich allein gestellt. Wie im Fieberwahn muß sie zwischen dem Wintergarten und der Küche hin und her gerannt sein, schnell, schnell, außer sich vor Aufregung, die Tüten, das Gummiband, wie bringt man eine ganze

Familie gleichzeitig ums Leben, zuerst Billie und Kester, sobald sie am Küchentisch anfangen einzudösen, danach Carlos und Sophie, eine Küche voll toter Kinder, die schreckliche Euphorie, als ihre Aufgabe beinah vollendet war, nun nur noch Frits und sie selbst.
Und die ganze Zeit hatte ich am Strand lachend Stöckchen für meinen Hund geworfen. Mit einem verrückten Orson war ich hinter verstört kreischenden Möwen hergerannt. Schwarz und beängstigend, ein wahrer Höllenhund, trabte er die Flutlinie entlang. Es war Ebbe, Muscheln knirschten unter meinen Füßen, und manchmal rutschte ich kurz über eine angespülte Qualle.
Als ich in der Dunkelheit nur noch die weißen Schaumkronen der Wellen erkennen konnte, bemerkte ich, daß es schon sehr viel später sein mußte, als ich gedacht hatte, und ich radelte so schnell ich konnte nach Hause.
Ich kann mich noch erinnern, wie kühl die feuchte Abendluft war und wie ich auf dem Fahrradweg nichts anderes hörte als das Summen meines Dynamos. Ich weiß noch, daß ich vorhatte, zu Hause zur Überraschung für jeden einen großen Becher warmen Kakao zu machen, mit aufgeschäumter Milch. Danach würde ich Carlos seinen Pyjama anziehen und ihm wie jeden Abend noch eine Geschichte vorlesen. Meine Eltern würden ihm einen Gutenachtkuß geben, wenn ich fertig war, und mein Vater würde mich kurz in die Wange kneifen, ein Kneifen, das ausdrückte: Du bist der Zement, Ellen. Wo wären wir ohne dich?
Es wird immer gesagt, daß die Wahrheit unter allen Umständen dem nagenden Zweifel vorzuziehen sei. Stimmt

das? Es stimmt, daß ich fünfundzwanzig Jahre lang jeden Morgen mit der Frage aufgewacht bin, warum gerade ich das Drama überlebt habe. Aber die Antwort ist zu entsetzlich.

Weil ich nicht da war, bin ich an diesem Abend einfach übersehen worden.

In ihrer Panik und Aufregung hat meine Mutter mich nicht vermißt. Meine Existenz war ihr schlichtweg entfallen. Wenn sie auch nur einen Moment hätte innehalten können, um *Ellen!* zu denken, dann hätte ich das drei Kilometer weiter an dem stillen Strand gefühlt oder vielleicht sogar gehört.

Aber meine Mutter hatte mich vergessen.

Epilog

In der Eibe und in der Stechpalme kämpfen keckernde Drosseln um die ersten Beeren. Die Felsenbirne am Gartenweg steht flammend rot, und an jeder geschützten feuchten Stelle lugen Pilze aus dem Boden. Man bekommt ganz von allein Lust, Holz zu hacken und Kürbissuppe zu kochen.

Alle sind sich einig, daß dies ein unvergleichlich schöner Herbst ist. Mitte Oktober, und man kann noch oft draußen sitzen.

Schon dreimal ist der Makler mit Kaufinteressenten da gewesen: einer von einer Werbefirma, ein anderer von einer Anwaltskanzlei, ein dritter, der Räumlichkeiten sucht, um eine Kindertagesstätte zu eröffnen. Mir ist es egal. Ich kümmere mich nicht um die Besichtigungen, auch nicht um die Verhandlungen, das Feilschen. Ich bin schon fast zu schwer, um noch Treppen zu steigen, und meine Gedanken sind ständig bei der bevorstehenden Geburt.

Als ich einen Anruf bekomme, daß die Sache entschieden ist und die Firma Van Bemmel in eine Werbeagentur umgewandelt wird, tut es mir nur um den Garten leid, den ich bald vermissen muß. »Können Sie das Haus in drei Monaten übergeben?« fragt der Makler.

Dann erleben wir hier noch Weihnachten und haben alle Zeit der Welt, um ein neues Haus für uns zu finden. Besser geht's gar nicht. Ich bin so aufgekratzt, daß ich Bas im Garten-Center anrufe und frage, ob er zum Essen kommt. Sauerkraut mit Würstchen, schlage ich vor. Bas ist ein Mann der einfachen Genüsse, aber deren Kaloriengehalt ist sehr hoch.

An diesem Abend deckt er den Tisch, während ich Wacholderbeeren ansteche. Mein Bauch gerät an den Herd, und plötzlich äußern Ellbogen ihren Protest, Knie schütteln sich, Füße treten. Dort pulsiert das Leben. Die hat Spaß daran. Die kann es fast nicht mehr erwarten.

»Was überlegst du?« fragt Bas. Er nimmt mir die Gabel aus der Hand und schaut mich forschend an. Er ist kein Heiliger. Wenn ich ihn überfordere, werde ich ihn verlieren. Wir sind einfach zwei Leute, die versuchen, das Beste aus der Sache zu machen, genau wie alle anderen.

»Ich bin mir noch immer nicht sicher«, antworte ich. »Ich habe eine ellenlange Liste, aber ich kann mich nicht entscheiden.«

»Gib die Liste her!« sagt er und dreht das Gas für die

Kartoffeln etwas herunter. Er kann immer nur eine Sache erledigen. Das rührt mich.

Ich gebe ihm das Blatt. »Sag du es«, sage ich, »sag du es, wie wir sie nennen sollen!«

Inhalt

Teil eins

Teil zwei

Epilog